国家出版基金项目
NATIONAL PUBLICATION FOUNDATION

丝绸之路青海道丛书
李健胜 主编

凝眸青海道

丝绸之路

刘大伟 著

青海人民出版社

图书在版编目（CIP）数据

凝眸青海道 / 刘大伟著 . -- 西宁 : 青海人民出版社 , 2017.4
（丝绸之路青海道丛书 / 李健胜主编）
ISBN 978-7-225-05323-3

Ⅰ . ①凝… Ⅱ . ①刘… Ⅲ . ①散文集－中国－当代 Ⅳ . ① I267

中国版本图书馆 CIP 数据核字 (2017) 第 093546 号

丝绸之路青海道丛书
李健胜　主编
凝眸青海道
刘大伟　著

出 版 人　樊原成
出版发行　青海人民出版社有限责任公司
西宁市同仁路 10 号　邮政编码：810001　电话：（0971）6143426（总编室）
发行热线　（0971）6143516 / 6137731
印　　刷　陕西龙山海天艺术印务有限公司
经　　销　新华书店
开　　本　720mm × 1010mm　1/16
印　　张　16
字　　数　185 千
版　　次　2017 年 6 月第 1 版　2017 年 6 月第 1 次印刷
书　　号　ISBN 978-7-225-05323-3
定　　价　32.00 元

总序

Preface

德国探险家李希霍芬首次使用“丝绸之路”这一名词以来，丝绸之路的开辟、发展、变迁等问题成为学界长期关注的热点。习近平主席于2013年9月7日在哈萨克斯坦纳扎尔巴耶夫大学演讲时提出建设“丝绸之路经济带”的构想，同年10月，习主席访问东南亚，提出与东盟国家共建“21世纪海上丝绸之路”，2015年2月，“一带一路”建设推进会议在北京召开。在此国家战略背景下，掀起了新一轮研究丝绸之路的热潮。

一般而言，丝绸之路是指中国与中亚、东南亚、南亚、西亚、北非、南欧等地相互交往的陆路及海上通道。就陆路丝绸之路而言，通常认为它是张骞通使西域后才开通的，其实，早在远古时期中西间即已开始利用丝绸之路草原道、河西道、青海道等进行经济、文化交流。历史上，丝绸之路青海道又称“羌中道”“青海路”“吐谷浑路”等，作为陆上丝路的组成部分，一直被认为是两晋时期因河西走廊路线受阻而形成的。实际上，早在距今四五千年前，西羌族群已将丝路青海道国际化，两汉以来，青海北部丝道一直发挥着战备通道的功能，而以“河南道”为主体的南部丝道，则是连通我国西南地区与中亚、西亚的重要贸易通道，具有相对独立的交通功能。

根据道路命名的一般通则，结合相关研究成果，我们把青海道的三大干线分别命名为“羌中道”“湟中道”和“河南道”。其中，“羌中道”特指柴达木盆地的丝道，“湟中道”是湟水流域自东向西延伸的丝道，“河南道”则指青海境内黄河以南的丝道。三大干线皆有数条重要的支线，比如，“湟中道”支线乐武路、宁张路是连通青海道与河西道的著名丝道；三大干线之间有很多丝道相连，例如，青海湖周围的丝道连通了三大干线，使之在这一区域得以交汇。

历史文献及考古发现证实，青海道曾是一条著名的国际贸易通道，中原丝绸、茶叶等经此丝道输往中亚、南亚等地，中亚、西亚及青海地区的香料、玉石、“师子”、羊毛、马匹等，经青海道各干线运进中原，沿线的西宁、都兰、茶卡、结古等城镇曾经是支撑东西贸易的中继站。青海道曾发挥过重要的政治功能，魏晋南北朝时期，中亚诸国使团经河南道至益州（今四川盆地），借长江水道至建康（今南京），向南朝诸政权纳贡，草原王国吐谷浑亦借此丝道与南朝交好；唐时，文成公主经唐蕃古道入藏，沿线所经包括“湟中道”及“河南道”西线的部分丝道，这条丝道也是唐蕃使团往来的必经之路。青海道也是一条文化交流的大通道，两汉以来，中原儒家文化传播至“湟中道”及“河南道”东线一带，使儒学成为青海与中原地区融通的人文基础；魏晋隋唐时期，中原僧侣借青海道西去取经，西域高僧亦借此道至东土传播佛法，中原佛学蔚为大观，青海道功不可没。此外，青海道还曾发挥过一定的军事功能。

青海道的历史可谓悠久绵长，马家窑文化彩陶，齐家文化玉器，卡约文化青铜器物，都是青海史前文化高度发达的象征。青海道沿线是我国重要的多民族聚居区，羌族、鲜卑、吐蕃、回回等民族，曾在这里书写下辉煌灿烂的民族历史，汉族移民对青海道沿线的开发、利用，极大地促进了当地社会文化的进步、发展，如今，西宁、格尔木等城市的各个角落都散发着浓郁的移民文化气息，处处表征着中华民族多元一体的基本格局。青海道沿线也是典型的多元文化交汇区，儒学、道教、佛教、伊斯兰教融汇于此，不同文化体系的辨识度颇高，彼此间又能建构起水乳交融的亲密关系，至今，这一区域仍是多民族文化资源富集区。回眸青海道的数千年发展史，驿路上传唱的“瞎话”、贤孝，飞针走线间传递的神圣与庄严，东来西往的过客们撒播下的文明种子，都值得当下的人们认真聆听、仰视、反省，因为那里有东西文化交流的生动场景，那里也蕴藏着浩瀚的历史长河中洗练而成的人类智慧。总之，青海道沿线的民族宗教与社会历史、民俗风物与商贸活动等，都是深深刻在这条丝道上的人类印记，它不仅代表了过去的辉煌与荣光，也是探索未来之路的重要资源。

这套丛书分《刻写青海道》《凝眸青海道》《风物青海道》《复兴青海道》四种，分别由青海省丝绸之路经济带研究院青年学人李健胜、刘大伟、李言统、张效科担纲完成，我们试图从历史学、文学、民俗学、经济学等角度研探、回眸、体味青海道，并试图从中汲取复兴青海道的人文与社会资源，既能对学术研究有所贡献，又能挖掘、弘扬沿线民俗文化，也能以文学的感性触动读者心灵。相信该丛书的出版，能够推进和深化有关青海道的学术研究，也能帮助读者朋友更好地感受青海道沿线的历史文化与民族民俗风情。

编者

2016年6月2日

目录

叁 历史回音

壹 文明曙光

自古以来，河湟谷地是中华文化的繁盛之地。不管是喇家遗址的温情脉脉，还是柳湾彩陶的富丽斑斓，抑或是马家窑文化的丰富细腻，还是诺木洪文化的特色鲜明，为世人展现了传承久远的文明和人类生生不息的活力。世事沧桑，岁月悠悠。自汉以来的丝绸之路的开辟，这里曾是丝绸南路的必经之地，商业的流通带来经济、文化的交流不断，商旅驼队、贩夫走卒、官家客商、脚户平民，往来穿梭其中，悠悠的驼铃、哒哒的马蹄，和着人类对未来无尽的探索精神，为我们演绎了一个个动人的故事。

大昆仑

一

很多年前的书桌上定有笔墨摆放。其中，有一种纯蓝墨水的牌子叫“崑崙”。那时候我不明白为何一瓶小小的墨水竟然拥有如此大气的名称。直至电脑普遍流行的今天，当我也加入了敲击键盘的行列，并组合出一些浅浅淡淡的文字后，蓦然怀念起钢笔和纯蓝墨水来。

我似乎能够读懂那个小小瓶了里装着的满满的蓝了。那是繁体的“崑崙”，装在旧书包里沉甸甸的，写在本子上蓝汪汪的，着实好看。然而，这种以书写为基本功能的墨水已经成为历史。所有的历史都承载着文化，哪怕它很细小，很具体。但现实中的“崑崙”又是那么大——它不仅是一座山的标识，一个民族精神高度的象征，更是一种文化在传递过程中不断被丰富的见证。

当然，除了键盘敲打，我依旧钟爱从笔尖上不断流出的蓝色神韵。

二

昆仑是一座山。无论是典籍中的“崐崘”或是墨水瓶上的“崑崙”，都指明了它与山脉的密切关联。古人习惯用“巍巍昆仑”来描述这座颇具神性的西部大山。地理学上的昆仑山脉西起帕米尔高原东部，横贯新疆伸延至青海境内，蜿蜒2500公里后抵达四川省境内，平均海拔在5500—6000米之间。此山以东经81°为界，分为东昆仑和西昆仑，进入青海省境内的东昆仑山系庞大，主要山脉达11座之多，其中南支可可西里—巴颜喀拉山是长江、黄河两大水系源头的分水岭。俯瞰山体，可以看到星罗棋布的湖泊沼泽经由地脉源源不断地走向江河两大源头，并清晰地勾勒出长江、黄河与澜沧江的发源地。这块神圣的地方也是昆仑文化的发祥地。

昆仑山口是青藏公路穿越昆仑山脉的咽喉所在，也是世界屋脊汽车探险之旅的必经地段。1956年4月，时任国务院副总理的陈毅同志在前往西藏途中路过昆仑山时激情满怀，写下了《昆仑山颂》：

峰外多峰峰不存，岭外有岭岭难寻。

地大势高无险阻，到处川原一线平。

目极雪线连天际，望中牛马漫逡巡。

漠漠荒野人迹少，间有水草便客行。

粒粒砂石是何物，辨别留待勘探群。

我车日行三百里，七天驰骋不曾停。

昆仑魄力何伟大，不以丘壑博盛名。

驱遣江河东入海，控制五岳断山横。

峰多如笋，岭多难寻。这便是苍茫的昆仑，巍峨中泛出亘古的底色，挺拔中彰显博大的胸怀。

山口有碑，主碑、副碑、陪碑、雕塑皆由汉白玉构成，层次分明，矗然而立。主碑高 4.767 米，是昆仑山口海拔高度的千分之一；碑底座用花岗岩石砌成 9.6 平方米的基座，象征她坚实地屹立在祖国 960 万平方公里的土地上。

昆仑山口碑南侧立有昆仑山口纪念碑和杰桑索南达杰纪念碑，用以纪念这位为保护可可西里野生动物而捐躯的藏族优秀儿子。不远处有昆仑六月雪观光台。六月飞雪对青藏高原之上的大昆仑而言，并不是什么传奇景观了。当大片大片的雪花自昆仑峰顶轻轻飘来，那分明就是神的语言，落在大地之上，润泽着每一个可能的生命。

于是，江河流了出来。母亲河就在那里，文明的摇篮就在那里。

千山之宗，万水之源——这是昆仑山得天独厚的地理优势，也是其当之无愧的文化史地位。自盛唐以来便拥有了“若非群玉山头见，会向瑶台月下逢”的美誉；及至现代，更有“横空出世，莽昆仑”的华章屡见不鲜。如果细细梳理，还能从《山海经》中翻检出嫦娥奔月、精卫填海、女娲炼石补天、王母蟠桃盛会等神话母题与昆仑山的各种关联。因此，先民称昆仑山为中华“龙脉之祖”，它充盈着神秘、神奇而又神圣的意蕴，这种意蕴的解读与延伸就是昆仑神话。

三

作为“昆仑神话”和“昆仑文化”意义上的昆仑，它是一个令专家学者论争不休的话题。有学者就“昆仑山到底在哪里”这一论题，综合古文献中的诸多观点，做出了细致的归纳，代表性的观点有八种，具体包括西北说、祁连山说、东南说、海外说、今广西南宁境说、登州大小昆仑山说、滇西中缅边界之高黎贡山（亦名“昆仑隅”）说、东海方丈山说等说法。

对此，近代学者更是众说纷纭，见仁见智。有的人附会古籍《穆天子传》，认为昆仑在波斯；有的据《禹贡》来定昆仑，认为天山即昆仑山，也有定为冈底斯山的。茅盾先生在研究过程中发现，在古史资料中有昆仑山既是“帝之天堂，又是魔之冥狱”的记载，说法前后抵触，因此他认为昆仑山神话系后人所伪造，现实中并无真实存在；李文实先生参照昆仑山西王母神话，将昆仑山定在青海境内；还有的学者从宗教学的视角出发加以考证，认为昆仑山是萨满教中的宇宙神山之一。此外，还有从字音、字义上探究“昆仑”的学者，大家观点林立，各持己见。诸如郑玄的“混沌”说、闻一多的“葫芦”说、萧兵的“天形”说、吕薇的“母体”说等等，[①]不胜枚举。

文化当然需要争论，在不断的碰撞交流中逐渐迫近其精神内核，这是文化工作者的基本立场。就我个人翻阅过的文献资料来看，出现于汉代以前的“昆仑山”只是一个宗教或神话概念，并不是一个具体的地名，大约汉代以后，昆仑才成为一座具体地理山脉的名称。当然，这种相对清晰的判断来自《昆仑神话》，这是一本在学界颇有影响的书籍，作者赵宗福先生是我的硕士研究生导师，国内研究昆

①马成俊等著：《青海民间文化新探》，民族出版社 2008 年版，第 4 页。

仑神话的权威专家。他在论著中指出，任何现实中找到的昆仑山不可能等同于神话中的昆仑。神话昆仑是我们的先民们充满了想象的综合性艺术，因而神话中的昆仑在方位上多少有些飘忽不定，有时在大地西北，有时在宇宙中心，有时还在几个地方出现，总之不像现实中的昆仑那样岿然不动，所以想一定要给神话昆仑具体地划定一个现实地理上的位置，可能是不符合事实的。昆仑山神话不是独立的关于特定的一座山的神话，而是生长于古代中华民族深厚的传统文化体系之中，也就是说，她是中华各族古代自然崇拜宗教系统中的一个组成部分，应该从各民族自然崇拜宗教体系中寻找昆仑山神话的地位和意义。

在人们心目中，昆仑山的地位是非常神圣的，因而自古以来人们一直向往和追寻着现实和传说中的昆仑山。从战国屈原"登昆仑兮食玉英"的情怀，到汉武帝钦定于阗南山为昆仑山；从唐穆宗时认定河源有昆仑，到元明清三代的考察记录，都昭示了古人的一个共识：那就是河出昆仑。意即黄河是中华民族的母亲河，她孕育了博大精深的中华文明。而这孕育中华文明的大河，其源头就在昆仑山，这也正好说明了昆仑山就是中华文明的发源地之一。

事实上，无论是现实的昆仑还是神话的昆仑，昆仑山永远是一座神圣的大山，是万山之宗，河岳之根。这座山不仅是古老神话中的人山，而且是中华民族的象征，人们同样用"巍巍昆仑"四个字来形容中华民族伟岸不屈的人文性格和博大精深的文化内涵。同时她还是我们古老民族的发祥地，所以人们常说"赫赫我祖，来自昆仑"。从文化源流来讲，昆仑就是我们民族精神的象征。

四

毋庸置疑，神话是人类最早的幻想性口头散文作品。它是人类童年时期的产物，也是文学的先河。人类最早的故事往往是从神话传说开始的。因为当一个民族渐渐发展，开始对世界和自己的来源问题感到疑惑，并做出各种不同的解释时，恰好标志着文明的产生。世界文明古国（如古印度、古埃及、古巴比伦、古希腊和中国）都有着丰富的古典神话。作为昆仑文化中的一颗璀璨明珠，昆仑神话为这片热土增添了一抹神奇瑰丽的色彩，先民们氤氲其中，书写了更多的传奇，以期泽被后世，创造出更为灿烂的文化。传承至今，我们早已知晓，在浩瀚博大的昆仑文化中，最具远古文化意蕴和浪漫神秘色彩的是关于昆仑山和西王母的神话传说。

昆仑神话体系包括了广为流传于民间的许多神话故事，譬如大家熟知的盘古开天辟地、女娲炼石补天、伏羲始作八卦、燧人氏钻木取火、共工怒触不周山、黄帝创世、仓颉造字、后羿射日、嫦娥奔月、王母瑶池、西王母与东王公、穆天子神游等等。其中最有影响的是有关黄帝、昆仑山和西王母的神话故事。此类故事妇孺皆知，正如鲁迅先生所言：“其最为世间所知，常引为故实者，有昆仑山与西王母。”

这个神话系统由众多的神话人物和神话事项构成，其中，我们将其活动范围出现在昆仑及其辖域的人物称为主线人物；而主要活动在其他区域的人物则称为副线人物。解读昆仑神话，我们必须以主线人物为轴心，兼及副线人物，关注各种神话事项，分清主次，广泛探索，深层开掘，才能窥见全豹，搞清彼此之间的联系。根据这样的解读方法，一般认为昆仑神话中的主线人物主要有：伏羲、女娲、黄帝、少昊、蓐收、后羿、嫦娥、共工、东王公等，其中，西王母为神话中的核心人物。

昆仑神话中的大小神祇数目甚众，而其中的西王母是最为引人注目的一位女神，在古代志怪小说和民间口传资料中，西王母神话影响颇为深远。西王母原是掌管灾疫和刑罚的怪神，非常凶残暴戾，后来逐渐被女性化与温和化，成为一名具有神格和人格双重属性的神话人物，在流传过程中，她的面貌不断发生着变异，神性功能不断膨胀，有关其口头传承资料也不断丰富，最终在民间逐渐建立起西王母信仰系统，并广泛传播于海内外。

据学者考证，殷墟甲骨文中多次出现过“西母”的神名，这个“西母”与西王母有一定的渊源关系，但无从考证其形象及神格功能。古籍《山海经·西山经》中第一次出现了西王母的形象：“西王母其状如人，豹尾虎齿而善啸，蓬发戴胜，是司天之厉及五残。”首次露面的西王母是一个豹尾虎齿、蓬发戴胜、负责上天的灾厉和五刑残杀的凶神，说明她已成为昆仑山上的主要神祇之一。而《大荒西经》又说：“流沙之滨，赤水之后，黑水之前，有大山，名曰昆仑之丘……有人，戴胜，虎齿，有豹尾，穴处，名曰西王母。”这里描述了一位半人半兽的神，也就是西王母女神。

至此，我们可以总结出西王母总体上是“虎齿豹尾、蓬发戴胜、善啸穴居”的形象。可以想象，在实际生活中肯定没有这样的人，根据文化人类学和民俗学的解释，这样的形象不过是原始社会某些特殊人物，在特定的语境中进行的仪式表演形式而已。由此可以判断神话西王母的原型是古代西部某个原始部落的女酋长兼大女巫，[1]这样的形象实际描绘的就是她作为部落首领在某些神圣活动中的特殊装扮。

①赵宗福：《论“虎齿豹尾”的西王母》，《北京师范大学学报》，1993年访问学者专号。

《穆天子传》写到周穆王乘坐由造父驾驭的八骏周游天下，西巡到了昆仑山，他拿出白圭、玄璧等贵重玉器去拜见西王母。第二天，西王母在瑶池宴请周穆王，两人都唱了一些诗句相互祝福。此时西王母的言行已经接近于一位温文尔雅、仪态万方的女王，甚或是一位能歌善舞的妇女了。而《汉武帝内传》描绘的西王母华贵艳丽，秀颜绝世。于是人们开始重新编构她的身世了：葛洪在《枕中书》说西王母是原始天王和太元玉女生的女儿；在民间，西王母被认为是玉皇大帝的原配夫人，叫“王母娘娘”，她的居处种有蟠桃，食之可长生不老。

赵宗福先生通过考察古老氐羌民族及其支系民族的图腾信仰，认为西王母神话连同昆仑神话发源于氐羌游牧民族地区，西王母的“虎齿豹尾”形象应该说是从氐羌先民那里来的。它并不是凭空产生的，而是一个民族根据对自己氏族起源、信仰文化的心理体验“虚构”出来的。此外，通过对羌人岩画、羌人虎信仰习俗及相关神话传说、节令仪式、地名人名和狩猎禁忌等方面的考察，证明伴随西王母的虎乃至白虎是古代西部土著人的图腾产物，而不是后来中原汉民族随意强加上去的。

中国古代流传下来的神话有两个重要系统，一个是发源于西部的昆仑神话，一个是受昆仑神话影响而形成于东部沿海地区的蓬莱神话。这两大神话系统后来相互融合，形成了楚辞中的中原神话。由此，可以认定昆仑神话是中国古典神话的主体，如果说，神话是一个民族文化的源头，是文明古国的象征，那么作为中国古典神话主体的昆仑神话，至少也是中华民族文化的源头之一，也无疑是中国早期文明的曙光。中华文明的繁荣光大，无不与昆仑神话有直接的关联。[①]正因如此，即使生活在现代文明时代的我们，也很有必

---

①赵宗福：《论“虎齿豹尾”的西王母》，《北京师范大学学报》，1993 年访问学者专号。

要去了解和理解自己文化源头之一的昆仑神话，认识她的雄浑磅礴，神奇瑰丽。无论从当代地理学的视角去考证，还是从文化渊源的联系来解读，昆仑神话的生成与演变始终脱离不了青海这块古老的土地。我们可以找寻较多的文献记载、历史遗迹和文化遗留来佐证昆仑神话与青海的关系。

五

对于大昆仑的探寻，除了地理学上的认定外，国人还是习惯于从哺育了中华民族的母亲河谈起，一路追寻，便找到了黄河的发源地。翻开先秦文献，“河出昆仑”“昆仑之丘，河水出焉”的说法屡见不鲜。由此人们认为：黄河发源于昆仑山，若要寻访昆仑，需要沿着黄河溯流而上。基于这样的认识和考虑，千百年来人们以黄河为基准，千里迢迢来探求昆仑山。不管是王侯将相还是僧侣文人，他们都将自己探访昆仑的艰辛和见闻写进了诗文，并流传后世。“君不见黄河之水天上来，奔流到海不复回。”诗仙李白的一声慨叹，道尽了古人对黄河的诸种神思遐想。尽管他们不甚明了这条奔腾的河流具体来自哪里，但他们坚信，养育了中华儿女的黄河是一条伟大之河，其源头必定悠远、纯洁而神圣，难怪诗仙要说“黄河之水天上来”。接近天的地方必然神秘、神奇而又神圣，那里是神仙们的乐土，是宇宙的中心。如此圣地仙境应当非昆仑莫属。众所周知，现实地理中的黄河源头就在青海西南部。先民们对昆仑的寻访其文化价值要大于地理学的意义，因为这是一种对民族之根的探求，一种对理想精神的追寻，是一种神话文化的体验。

除了河出昆仑之说，青海历史上曾有过“西王母国”的史实。地理学典籍《禹贡》里有“昆仑之国”、“织皮昆仑、析支、渠搜，西戎即叙”的记载。意思是说，身穿兽皮衣服的昆仑、析支、渠搜等西部羌戎部落都归向中原，出现过边疆安宁的局面。学界一般认为，昆仑、析支、渠搜等部都在以青海湖为中心的青海境内。此处的“昆仑”大概就是指所谓的“西王母之部（国）”。在《穆天子传》里，周穆王曾西巡昆仑，拜会西王母并与这位女王宴饮赋诗。此段记载究竟是一个美丽的神话还是一段真实的历史？学者们见仁见智，各有说法，但基本上形成了一个共识，即这是一段被神话化了的富有传奇色彩的历史，周穆王拜会西王母的地方就在青海湖一带。据有的专家考证，西王母古国当时的“国都”就在青海湖西畔的青海省海西蒙古族藏族自治州天峻县一带。其疆域包括今天青藏高原的昆仑、祁连两大山脉相夹的广阔地带，青海湖环湖草原、柴达木盆地是其最为富庶的中心区域。 文物考古工作者还在柴达木盆地北部的天峻县西南 20 公里处发现了西王母古国女首领的居所，已命名为“西王母石室”，并在此发掘出土了有“长乐未央”“常乐万亿”铭文的汉瓦当等珍贵文物，足以证明早在汉代，此石室与西王母有着不可分割的联系。

汉朝著名学者王充就明确地把青海湖一带称为“西王母国”，这一提法对学者们的研究来说也是一个很好的佐证。特别是学者们对历经两千年风雨的西海郡虎符石匮反复研究后，认为石匮上的虎就是西王母的象征（西王母国以虎为图腾），也是西方的象征。

查阅古籍，我们知道虎是羌人的图腾，而神话中的西王母曾以羌人女王的身份出现在我们的记忆里，而且也是以虎为图腾的。在古汉语里，“虎”的前身叫“於菟”，最早把老虎叫作“於菟”的是先秦西部羌人，后来流行于楚地。我们知道，河湟地区的羌人崇拜虎，代代相传。至今，在青海黄南州同仁县年都乎村，每年要举行一种叫作“跳於菟”的驱傩民俗活动。活动的核心是7名赤裸上身，脸部和上身涂有老虎斑纹的青年男子，他们被称作“虎”，承担着驱走全村瘟疫邪魔的重任。从这些民俗遗踪中，人们可以再次聆听到有关西王母和昆仑神话的古老回声。

不可否认，虎作为一种图腾动物曾存在于古羌人的精神世界，而野牛、马、鹰、骆驼、狗熊等动物则以人类活动“参与者”的角色被记录在公元前1000年左右的岩画中。野牛沟地处昆仑山脚下的格尔木市郭勒木德镇奈齐郭勒河谷的四道梁，曾因野牛密集而得名。凿刻于四道梁南坡的30多幅动物岩画于1987年进入科考人员的视野，由此昭示出这里曾是野生动物的家园，后来逐渐出现了狩猎者和游牧人的身影。然而，更重要的是——这些动物岩画群体中夹杂着车辆图形。看到这些岩画，心头不由产生疑问：野牛沟岩画中的车辆图形来自何处？是谁创作了这些岩画？美国匹兹堡大学的华裔历史学家许倬云在其著作《万古江河》中提出：公元前2000年，西亚、南亚、东欧、北非的族群移动十分频繁，这些族群的移动都伴随着战车的传播，而战车正是在这种背景下传入中国的。尽管没有充足的文献资料证实其观点，但从中可以获取一些考古学的线索，正如唐荣尧先生在《青海之书》中所提的那样：“自欧洲到亚洲的岩画之路，也是一条战车蔓延之路，车辆的图形就出现在昆仑山—天山—祁连山—贺兰山—阴山—大兴安岭的这条线上，如果深居昆仑山中的岩画创作主体是沿着欧洲到亚洲的岩画之路而来的，那么青海大地上的古人类中就有了神秘的‘外宾’。”[1]诚然，文化一直在传播，需要

①唐荣尧：《青海之书》，青海人民出版社2012年版，第6页。

我们在历史之河中找到其意义的出口。

昆仑自然也是历代作家诗人们关注的对象。大诗人屈原就以汪洋恣肆的笔触书写下《离骚》《天问》等不朽篇章，他在诗中描绘了悠远的昆仑，瑰丽的神话，也因此开创了我国文学的浪漫主义传统之先河。此外，还有后世许多文人墨客如明代高僧宗泐、诗人蒋山卿等创作了许多歌咏青海的诗歌，其中，大多写到了与昆仑有关的诸多意象。

六

昆仑山下，有一片叫托拉海的沙漠地带。在这里，所有生命的列阵都是追随河流的走向而分布的，即使是大漠深处的零星植物也不例外。那一年，我从德令哈赶到格尔木，就是想拜谒海子诗歌陈列馆，然后去寻访那些将生命意义诠释到极致的胡杨。谁能想到，这些曾与大海比邻的树木，现在竟然成了离海最远的物种。当地壳上升，海水退去后，风沙占据了原本湿润的土地，很多生物种群选择了离开，而胡杨留了下来。

走过干涸饥渴的河床，翻越一道又一道沙梁，就能看到那些孤独的胡杨，用大大的沙包围护着自己。走近了才隐约感到，这样的围护实际上就是围困，就是掩盖，就是埋葬……胡杨绝不需要用砂粒来遮挡阳光直射或白蚁的蚕食。相反，它们需要推开这些沙丘，尽可能地寻找水分，也需要白蚁搬走它们布满全身的盐碱结晶，这样才可以舒畅地呼吸空气。每当狂风裹挟着砂粒席卷而来，胡杨就会坚毅地站定，用它们孑然的身形阻挡着风沙的前进。而当一切安静下来，每棵树都会因自己的坚持而获得一个臃肿的沙包。在不断地接近中，我看到它们努力从沙包中抽出枝条，在微风中轻轻舞蹈，不敢完全舒展的叶片，也在赭黄的背景中浅浅地微笑。

多美啊——安静，内敛，坚毅，沉稳，在风沙中寂寞地舞蹈，在掩埋中缓慢地成长。它们无须等到托拉海河从昆仑山带回叮咚的泉鸣，也不奢望将一地金黄稳攥于手中。所有的出发与抵达，仅仅是站在老胡杨的身旁，静静聆听生命律动的节奏与方向。

那么，这些大沙包会不会持续叠加，胡杨会不会被深深掩埋……我尝试着在一棵胡杨的根部扒拉出缺口，但很快就被一阵风填平了。同伴国良兄弟解释说，没有用的，很多时候胡杨注定要被砂子掩盖。这种情况下，胡杨会放弃高大的树干，任由其干枯倒地，然后从树根处发出叶芽，用全身的水分滋养其长大，最终成为一棵新的胡杨。有时候，在风沙的强力作用下，胡杨树慢慢地倾倒，整个树干很快被砂子掩埋，时间一久，树干就会变作根。在这条特殊的根上，逐渐生发出许多新的枝条，这些枝条最后成为相对独立的胡杨，而彼此的根则是紧紧相连的。当一棵大树倒在荒漠中，变成许多棵小树时，我不禁为其倔强的生命力深深折服，蓦然想到我们日渐苍老的父母何尝不是如此——拿易逝的青春去应对重重苦难，用弯下来的脊背供儿女们躲过泥泞，攀缘而上。

至此，才能真正理解身处“生命禁区”的胡杨，为什么拥有“千年不死”的美誉。从植物学的逻辑来看，一棵普通胡杨长到60至65年时进入成熟期，100至400年后才慢慢走向生命的终结。然而，这里所说的“终结”，只能理解为胡杨舍弃了原来的躯干，新的生命在其横向伸展的根系上，又在不断地诞生。于胡杨而言，“死而复生”就是一种真实的生命状态，“生命的轮回”由此得以清晰地彰显。

抚摸着眼前一棵苍老皴裂的胡杨树，似乎能感觉到它在风中微微地颤抖。从枝叶稀疏的情况来看，这是一棵很快就要“放弃自己”的老胡杨。不远处，站立着几棵柔弱的胡杨幼苗。刹那间，我似乎明白了缘何老胡杨“死后千年不倒”的原因了——任何一个父母，都不愿在孩子的幼年期匆匆倒下，虽然浑身病痛，哪怕奄奄一息……即使死了，也要倔强地站立，在严酷的生存环境中，给那些柔弱的根蘖苗无穷的生命力量。

昆仑巍峨，但老胡杨终究会倒下的。随着疾风的不断冲撞，干枯的躯体再也无力对抗沙漠前行的脚步。胡杨猝然倒地时，弯曲的身体因受力不均而裂为几截，更加震撼人心的场景，由此暴露在人们的眼前——老胡杨躯干内部是空心的，据有经验的人讲，这个空心用以储存大量水分。由于长期被储存的水浸泡，胡杨的内部角质层非常疏松，时间一长就剥落了。也就是说，在漫长的生命过程中，胡杨是由内而外，慢慢地将自己耗尽的，直至根蘖苗生长出来。胡杨“倒下后千年不朽”，只是被风干的一种描述，任何一种生命必将经历从生机勃勃到枯萎腐朽的过程。胡杨如人，会倒下，也会朽，不倒不朽只是一种对其精神力量的推崇。

胡杨也是知道自己会有一天倒下去的，因为它发现自己内心的空洞越来越多了，这时候，它会难过地流下暗红色的“胡杨泪”来。据植物学家分析，这些暗红色的“胡杨泪”主要构成是盐碱。因为胡杨生存的地方就是盐碱地和荒漠，为了生命的延续，它们不惜腾空自己的身体来存放水分，一生沉淀了那么多苦难，现在只能用眼泪的形式排泄出来。明知这是胡杨的一种自我调节方式，然而当浑浊的“胡杨泪”自皴裂的“树眼”中无声地流出时，所有目击者的心还是要隐隐地疼上一阵。

更令人心疼的是那些柔弱的根蘖苗。在干旱的沙漠里，胡杨的种子很难有获取生命的机会，除非流水将它们带到远离沙漠的地方。作为季节性内流河的托拉海河，理论上只有每年7至9月份才有河水流过，我来到这里正值炎夏8月，可是河水依旧没有来到。地表上的盐碱越积越多，刚刚飘落的胡杨种子，尚未落地就干枯了。面对严酷的生存环境，胡杨选择了特殊的无性繁殖方式——她们将强大的水平根系延伸到很远的地方，去寻找水源，长出幼苗，竭力完成生命的延续。然而，这些刚刚萌发的根蘖苗是柔弱的，一出生便要经受阳光的炙烤，还有风沙的击打和掩埋。

那些小小的身影在风中瑟缩着，摇摆着，最终变成了舞蹈的姿势——或许，这些根蘖苗深深地知道，父母用了一个秋天的时间，放弃高大的躯干，把所有的生命力量输送到有水的地方，这才有了自己鲜活的生命。毫无疑问,所有的根蘖苗就是其父母生命的再生和延续，因此它们一步步地站立起来，用自己的方式阻止沙漠前行，以永不谢幕的方式去诠释“生命舞者”的存在意义和价值。此时，所有的怜爱之情，不知不觉间都化作了敬畏之心，仿佛人的心与树的根是相通的，借助这个通道，我似乎听到了老胡杨最后的叮咛——站不起来，你就是灌木，生命因没有主干而琐碎不堪；长成大树，你就是乔木，面对风沙挑战和世界变幻，你可以寂静地舞蹈，并保持恒久的骄傲。

多少年来，这些坚韧的胡杨根连根站在一起，成为阻止沙丘移动的最后一道防线，不远处的昆仑山以更加伟岸的身躯站在它们身后，将风挡在外面，把珍贵的雨水引至托拉海河……

我蹚过这条河流时，它把昆仑上空的白云和蓝天印在了清澈的水面上。水走远了，云却还在，天空依旧毫无理由地蓝着。

那份蓝，像极了墨水瓶上“崑崙”的颜色。

彩陶的背影

一

在和一个陶罐对视时，会读到一种来自时间深处的宁静。

它饱满的身形总有水波流过，那水波里若有神蛙游动，转瞬却是写意的光晕。双耳低垂着，随时聆听来自泥土的声音。而精致的小口似乎蕴含着什么，又在讲述着什么——蓦然想起诗人昌耀在一首诗里这样写道：

窗台，那陶罐被一束鲜花罩住深不可测的渊口。

我见不到渊底的一潭寒水了……

听不到渊底欸乃一声的舟橹了……

嗅不到神农氏从渊底袅袅升起的草药香……

历史何其漫长，谁也无法预知那些深不可测的渊底究竟藏有多少文明的回声。然而，当那些陶罐被风沙吹拂逐渐呈现在田间地头，一块碎片已无法弥补一段时间的缺口时，只有斜阳小心地拉出它们小小的投影。此时，我才能恍然看到远古羌人辛勤劳作的背影。而当这些精致的器物终于褪下浑身泥巴，沐浴在博物馆柔和的灯光下时，我又分明感觉到每一樽陶罐里都装着一个动人的故事。这些故事是丝绸之路上的花朵，它们从黄土高原一路盛开到青藏高原，又借着三江水流把彩陶文化传向远方。

二

究竟是谁在四千年前的高原上制造出了如此精美的生活艺术品，历史又经历了怎样的风雨变幻，使得这些彩陶被时间的烟尘久久掩盖转而被偶然的机缘带到世人眼前——历史学家告诉我们，这是中原仰韶文化西向发展传播的结果，受之影响，世居青海高原的羌人也较早掌握了制陶技艺。

身为青海人，我很想知道自己与这个古老的部族有没有关联。于是，我寻访民间，期望从传说故事中获取一些蛛丝马迹。老人们讲，《山海经》里有一个峚山，山上生活着峚人，他们可能就是羌人的祖先。后来“峚”字逐渐被“密”所取代，这个部落因此被称作“密人”了。曾经的密人因骁勇而强大，他们一边驯养野牦牛和藏羊，一边拓展着自己的活动范围，足迹一度延伸至青藏高原和黄土高原的交界地带。作为见面礼物，密人将驯化后的羊馈赠予周边邻邦，对方不知如何称谓，于是根据羊的形状称他们为“羌人”，并形象地创造了以羊为原型的“羌”字，将他们生活的地方称为“羌方”。究竟是谁给了密人最早的这个称谓，老人们语焉不详，我只好独自猜测，那可能是仓颉吧——他仰观奎星环曲走势，俯视龟背纹理、鸟兽爪痕、山川形貌和手掌指纹，从中受到启迪，根据事物形状创造了象形文字，遂被尊为中国文字之神。很明显，"羌"为象形，符合仓颉造字的规律。传说中的仓颉是黄帝的左史官，如果"羌"字为他所造，那么我们可以大胆猜测，那时候的古羌人部落与黄帝部落之间有着密切的交流，而且两者保持着友好关系。因此可以判断，羌人部落拥有一个相对安宁的环境，他们耐心地驯养牛羊，精心制作陶器，用自己的方式慢慢向中原文明的生活方式靠近。

但是，从传说中去探寻一个部族的来龙去脉，显然是一种浪漫主义，很多解释以美好的想象居多。真正帮我走进羌人世界的，还是历史典籍。

据《后汉书·西羌传》记载，无弋爰剑曾是一名身为秦国奴隶的羌人，后来逃离了秦国，西逃途中他看到一个隐秘的山洞后躲藏了起来，前来抓捕的秦兵找不到人，便纵火烧洞。就在这性命攸关之际，突然出现了一个巨大的虎形身影，挡住了大火，无弋爰剑因此得救。大难不死的他继续西行，路上与一位被割去了鼻子的女子邂逅，二人同病相怜并结为夫妻。夫妇俩相伴而行，最终到达青海河湟地区。当地羌人闻知无弋爰剑神奇的逃亡经历后，十分敬畏，便推举他做了首领。无弋爰剑开始将自己从秦国学到的农牧生产技术传授给当地的羌人，愈发受到大家的敬重和信赖，前来归附的人也越来越多。据说他的妻子为了遮掩无鼻之丑而时常披发覆面，于是羌人妇女纷纷效仿，逐渐形成该地的披发之俗。无弋爰剑之后，其子孙后代也做了西羌部落的首领。

公元前 4 世纪，河湟地区的羌人经历了一次大的民族迁徙活动。当时，秦国的势力不断向西拓展，兵锋直抵渭水之源（今甘肃渭源地区)。河湟羌人为秦国强大实力所逼，纷纷向外迁移。当时，无弋爰剑的曾孙忍的叔叔印率领自己的部族远徙至今西藏境内，从此以后杳无音讯，后人据此认为这支羌人部落与藏族起源联系密切。而更多的羌人则向西南即今甘南、川西北及滇西北一带流徙，秦汉时生活于这些地区的越巂羌(牦牛种)、广汉羌(白马种)、武都羌(参狼种)等都是南迁河湟羌人的后裔，这些羌人多与当地土著交融结合，对西南地区的民族历史产生了深远影响。当今西南地区不少民族如彝族、纳西族、白族、普米族等都与羌人有一定的历史渊源关系。大规模的迁徙之后，留在河湟地区的只有无弋爰剑的孙子忍和舞弟兄俩。《后汉书·西羌传》中说："忍及弟舞独留湟中，并多娶妻妇。忍生九子为九种，舞生十七子为十七种，羌之兴盛，从此起矣。"

秦汉时期,留守青藏高原的羌人开始了漫长的游牧生涯,他们"所居无常，依随水草。地少五谷，以产牧为业。"游牧于此的羌人组成了大大小小数以百计的部落，随着生活方式的转变，以农业生产为特征的彩陶文化逐渐衰落。至4世纪初期，强大的鲜卑吐谷浑部进入青海草原地区，控制羌族各部为其臣属。于是，在吐谷浑王国的主导下，逐渐形成羌浑一体的格局。7世纪中期，吐谷浑为吐蕃王朝所灭，原属吐谷浑的许多羌族部落纷纷内迁，请求唐朝的保护。其中，最有影响的是游牧于甘、青、川交界的河曲地区的党项羌，这支羌人部落后来辗转迁徙到宁夏地区，于11世纪建立了西夏王朝。安史之乱后，吐蕃进一步占领河湟地区，直到9世纪中期吐蕃亡国。吐蕃王朝统治时期，强制实行吐蕃化政策，青海地区吐谷浑、羌及汉等各民族多被同化，加入到吐蕃即藏民族共同体中。从此，羌族便逐渐从青藏高原销声匿迹。青海作为羌族的摇篮和曾经的故乡，成为一种充满乡愁意味的历史记忆。

我跟这个古老部族可能产生的联系，就这样被时间割裂了。但是可以确定的是——青海是我们共同的故乡。那么，身处异乡的他们，在经历这样的世事变幻之后，还思念故土吗……

三

是的，这片故土被称作“世界屋脊”，多少万年以前还是汪洋一片，如今它拥有世界最高的高原和最干净的蓝天。不信，你看——

从海洋中走出的蓝
被长久地，搁置在陆地顶端
平静，辽阔，风寒

时光很慢，你还不来
雪花已变作雨，汇成世间所有的
河流，又凝滞为疑惑的冰面

在不断倾斜的生命里，它小心翼翼地
呜咽，借一群野驴咆哮
却不忍耗尽，奔向你的势能

所有的词语已回到石头，成为真言
现在，高原只剩下诵经的幡
和一大片无人照看的蔚蓝……

这是我心中的高原，写下这首诗不仅仅是要表达热爱之情，我更想将时间回拨到到 3 万年之前的旧石器时代晚期——想看看在那个遥远的洪荒时代，原始先民是如何抵达海拔 3500—4300 米之间的长江上源通天河流域，又经历了多少岁月后，让诗歌里的高原进入马家窑文化为代表的新石器时代——不管如何追寻，我知道从这一刻起，青海步入了史前文明的辉煌时期，彩陶文化开始大放异彩。

马家窑是个小小的村落，因它命名的文化类型是中原地区仰韶文化西向发展而形成的具有西北地域特色的一种新石器文化。颇有意味的是，当我们惊讶于那些暴露在荒滩地头的瓦罐，并将其称作"鬼罐"时，一个叫安特生的瑞典地质工作者发现了它们的历史研究价值并将其命名为仰韶文化；同样，当我们将流传于西北地区的民间歌谣花儿视作"野草"，并认为其难登大雅之堂的时候，一个叫苏独玉（Sue Tuohy）的美国音乐人类学工作者已经出版了她的学术著作《中国传统文化的纵想：论花儿、花儿会和花儿的学术研究》。面对老祖先留下来的文化遗产，我们总是慢上半拍，或者熟视无睹，个中缘由须得再三反思了。

马家窑文化前后延续了 1800 多年，其基本文化类型包括马家窑、半山、马厂三种形式，主要的文化遗存分布区域东起甘肃泾水、渭水上游地带，西至青海海南境内，北抵宁夏清水河流域，南达四川阿坝北部地区。从分布情况来看，青海东部农业区是马家窑文化的重要分布区域。这里出土了许多精美的陶器，整体而言，这里的制陶技艺高超，规模宏大，数量众多，从而形成了享誉世界的彩陶文化。具体分类，这里出土的器物主要包括饮食器皿（盆、碗、豆、钵、杯等）、盛水器皿（小口尖底瓶、双耳罐、壶等）和贮藏器皿（瓮、壶、罐等），制作过程中主要使用了泥条盘筑法，陶器质地以红陶、灰陶和夹砂陶为主，所用颜料为独特的矿物质颜料。如果原料中含铁较多，陶器烧制完成后呈红色，含锰较多的呈黑色。所有可见的陶器中彩陶的比例很高，几乎占了一半以上，尤其在选择陪葬物品时，当时的人们更多选择的是彩陶。

制作陶器首先是为了满足生活所需，人们可以用它存放粮食、果品和水等生活必需品，在此基础上先民们将其当作了造型艺术与构图技法的艺术品——那些丰富精美的纹饰不仅是他们思想意识和观念情感表达的重要形式，而且也承载着他们的价值判断与审美理想，可以说每一种符号都是先民关于生活与世界的一种独特认知与表达。尽管我们也可以在很多文化遗址见到彩陶，但是绘制手法如此繁缛瑰丽、富于变化且有章可循，这种风格的彩陶类型非马家窑文化莫属。再仔细观察，就会发现彩陶绘彩的部位也比其他彩陶文化广泛得多，许多细泥陶的外壁和口沿布满了花纹，甚至一些大口径器物的内壁和其他夹砂的炊器上也常常绘有彩色纹饰。有的器物还盛行内彩，也就是说在器物内壁绘有大量纹饰。这些彩陶的图案多取材于自然，以蛙纹、水波纹、鱼纹、鸟纹、蝌蚪纹、草叶纹、葫芦纹等较为多见，还有许多用这些纹样变形而成的各种图案和几何纹，其中的蛙纹最引人注目。

在整个青海的彩陶中，蛙纹彩陶数量众多，仅青海乐都柳湾出土就达 8000 多件，而蛙纹的变化也有近百种。那么，为什么原始先民要在彩陶上绘制大量的水纹和蛙纹呢？根据符号民俗学的解读我们可以得知，大量水纹的绘制表明原始社会水患严重，面对洪水人们深感无力而产生对水的畏惧和崇拜心理，便有了彩陶上各种形式的水波纹、漩涡纹；洪水过后，人类损失惨重，而青蛙毫发无损，人们看到这种情景，开始幻想拥有青蛙那样水陆两栖的生存本领，并为青蛙强大的生殖力所折服。很多研究者认为蛙纹是原始先民生殖崇拜的符号，既表达了先人乞求人丁兴旺的思想，又隐含着在母系社会中，人们对女性生殖能力极为肯定的一种表现。彩陶上绘制的蛙纹越多，或许关于生殖崇拜的思想表达就越为强烈。

这些彩陶上除了绘就各种花纹外，还有各种以几何形为主的符号，仅青海柳湾墓地就发现有100多种，其中较为常见的有“一”“|”“十”“○”“卐”等等，这些符号大多是画在彩陶壶的腹下部，研究者们推测它们可能是代表器物制造者的记号，也可能是代表某氏族或家族的一种徽号，也可能是我国古文字最原始的形态之一。[①]在我看来，这些貌似简单的符号表达了不一样的含义。在那个没有文字的年代，先民们一般采用较为直观的形式表达出他们的认知。或许，这个小小的“一”就是一条路的缩影，两端可以无限延展，左侧是不甚明了的“来处”，右端是不可预知的“归处”，由此似乎可以判断彩陶上绘制的“一”就是关于时间的标识，如果一个人在这人世间走了很长的路，那么他在大地上画下的“一”应该很长，反之则短。

由此我猜想“|”就是他们的空间概念，一条竖线分出了最基本的方位——前后、左右，甚至分出了生与死的界限，它也可以无限延展，顶端可达苍穹，底端可入地心，如果将二者综合起来考量，那就构成了表达时空概念的二维世界，“十”不就是这个二维时空的直观描述吗？有了它，先民们就知道了自身所处的位置，以及未来的方向，当然也可以回忆过去，甚至让自己“归零”。“○”应该是一种循环思维的表达，因为他们看到了太阳的东升西落，昼夜的轮换交替，“○”既是起点同时也是终点，或指既无起点也无终点的循

①王予波主编：《大美青海》，青海人民出版社2010年版，第52页。

环规律。在我看来，“卐”就是一个规定了方向的循环符号，它似乎永远处于顺时针旋转的状态，这种旋转方式与藏传佛教里的经筒转动方式一致，似乎那个时候就表达着轮回的思想，把“卐”绘制在陶器上，就是一种吉祥的光芒……

这些站立在青藏高原的彩陶，有不少堪称国宝级的艺术精品，其中最具代表性的彩陶是 1973 年在大通上孙家寨和 1995 年在同德宗日出土的舞蹈纹彩陶盆。上孙家寨是一个古文物汇聚的地方，那里出土的陶盆的内壁上绘有 15 人分 3 组集体舞蹈的图案，舞者手拉手，头带发辫状的饰物，下体有反方向的尾巴状的饰物。地处青海东南部的宗日出土的陶盆内壁绘有 11 人和 13 人的两组集体舞蹈图案，人物的头饰比较宽大，下着尾饰，舞者连臂，两组人物间以折纹、斜纹和圆点纹相隔，盆内下侧绘有四组平行蛙纹，在表达形式上与组舞相为呼应。这两件极富艺术韵味和文化意蕴的舞蹈纹彩陶盆的发现，引起了学术界的热烈反响，研究者们纷纷从生产、生活及艺术、宗教等方面探究其中丰富而深刻的内涵。青海民俗学者霍福认为，宗日舞蹈盆中的实心圆点代表的是太阳，锥立状人代表了古代的“九巫”，他们在进行一种原始的迎日和送日仪式。

遥想那个蒙昧时代，人们对刮风下雨、日升日落等自然现象因无法理解而逐渐产生畏惧心理，随后因畏惧而产生了崇拜心理。在这些复杂的天象中，唯有太阳的出现给他们光明和温暖，于是他们开始自发舞蹈，迎接太阳的到来；等到太阳落山时，他们又舞蹈相送，希望黑夜过后，太阳还能照旧出现。如此一来，太阳就成了他们心中超自然力量的存在，继而产生了与太阳有关的祭拜与卜筮内容，仪式中的手拉手的舞蹈形式也成为后世连臂舞的原型。

这些舞蹈纹盆既是记录古代社会的巫书和历书，也是极具研究价值的地理志和民俗志。从文化人类学的视角判断，舞蹈呈现的意蕴合乎先民的原始生活逻辑和宗教思想。今年夏季,我如愿来到同德，看到了宗日文化遗址的代表性藏品，切实感到它的古老与丰富，遂赋诗一首，题为《舞蹈纹盆》：

细泥，红陶。世界是一口大碗
用来盛放粮食、甘霖和乐舞

草木之上，太阳如鸟。每飞一圈
生命的蛙纹中就会传来遥远的鸣声

这是舞蹈时刻，手牵手，长裙曳地
迎日，送日……光影转换，大地流金

你鼓鼓的腹囊蕴含二十四种天象
每一种组合对应着人世苍茫

青藏高原上的彩陶如这块隆起的土地一样，总是充满了隐秘的神性与独特的个性。1974 年，人们在乐都柳湾发现了一件彩色裸体人像壶，这是一件器型独特、文化意蕴极为丰富的陶器。这件陶壶的颈腹部彩绘着一个全身裸体人的形象，人像右侧还彩绘有圆圈纹和蛙纹。人像五官俱全，高鼻梁，巨口硕耳，矮短身躯，粗腿大手。最令人惊奇的是人像的性器官部位明显突出，较为夸张，既有男性特点，又具女性特征，其中蕴含着神秘而奇异的文化意味。对此，人们进行了各种各样的猜测与解释，有研究者认为这是母系氏族社会向父系氏族社会过渡时期的祖先崇拜行为，也有人说这是一种两性同体的巫师形象。

或许，历史研究者们忽略了原始人也是具有想象力的，甚至是诗意的——在那个茹毛饮血的年代，为了生存他们精诚团结，无论男女老幼都是共同劳作，共同娱乐。严酷的生活环境早已让他们形成了“你中有我，我中有你”的生存观念，实际上，这就是一种和谐的生活状态。这种和谐应该包括了两性的和谐、生殖的和谐以及血缘关系的和谐。

彩陶文化作为具象的一种文明形式，一经产生便开始了迅速的传播旅程。发现于湟中县大源乡石嘴村的陶鬲就是一个例证。这是一种夹砂粗灰陶，分档袋足、侈口单耳，耳上部高出器口并形成扳手，被研究者称作“唐汪氏陶器”的代表。典型的“唐汪氏陶器”包括双折耳罐、双大耳彩陶壶、双大耳罐、圆腹罐、双耳罐、有扳豆和有扳鬲。尽管研究者对这种陶器的文化类型及其归属尚未定论，但从甘肃—青海—新疆这一发掘路径来看，“唐汪氏陶器”显然是沿着后世所确认的古丝绸之路分布的，其鲜明的文化传播特性再次证明了青海与外界的普遍联系。

当然，文化传播之路错综复杂，在我们不断的追寻和疑问中，正是那些站立在时间深处的彩陶把碎片状的历史缀连起来，给我们一个相对清晰的思考路径。谁也不可否认，在它们低矮的背影里，聚集着人类早期的文明。

发现玉器

一

在很久以前——比恐龙称霸地球还早数亿年的岁月里，一种构造精美、质地坚硬、内涵丰富的石头在高寒雪峰中诞生了。

一场剧烈的地壳运动让镁质大理岩领受了中酸性岩浆“热烈入侵”和“浪漫碰撞”，两种介质的不同成分在强大外力的作用下开始角力、分解、融合。最终，这些复杂的矿物元素孕育成了珍贵的含玉矿石，而在后来的多次造山运动中，有的矿石裸露出地表，早早闪现出美玉光滑的身段；有的则被抬升至海拔四五千米的雪域高山之上，默默用风雪擦亮自己高洁的品质。

这座神奇的山叫作昆仑山，丰富的玉矿就滋生于海拔 5000 米以上的山峰之间。这里终年积雪、冰川纵横，地质风化极为严重。每当最为炎热的夏季到来时，积雪开始慢慢融化，逐渐被风化的原生矿表层开始破碎，直至崩落山涧，在雪水的不断冲刷下走向河谷，进入不同的河道。再经过数万年的冲刷磨砺，玉石保留了其中最为精华的部分，成为玉石家族中最珍贵和稀有的品种，人们称之为羊脂玉——意思是拥有如同羊脂肪一样温润细腻的质地。依据颜色的不同，人们将玉石划分为白玉、碧玉、墨玉等品种。实际上，这些颜色的变化并没有改变玉石最本质的矿物学成分，它们的成因主要是由于玉石中包含了不同的微量元素。含石墨的呈现出黑色，含锰的带有褐红色，含铁的玉石会因铁元素所占比例的多少，呈现出浅绿、深绿或者浅黄色，如果含有多种微量元素且各自分布不均匀，那么在同一块玉石上还会呈现多种颜色驳杂的现象。

颇具盛名的新疆和田玉和青海昆仑玉就产自西部的大昆仑。幼儿启蒙读物《千字文》就有“金生丽水，玉出昆冈”的记载。传说中的周穆王西巡昆仑之后，曾“攻其玉石，取玉版三乘，载玉万只”而归。这些神话传说和历史记载，不仅蕴藏着丰富的历史遗迹，而且透过这一幅幅色彩斑斓的画面，与当今考古发掘的玉器相联系，我们可以清楚地窥探到黄河中上游地区的远古父系部落与昆仑北坡母系部落之间是怎样以昆仑玉器为载体沟通交往的。先民们从昆仑北侧出发，向东西两翼延伸，把美玉运送到更为遥远的地方。于是，由近到远，不断向东方和西方延长伸展，终于开拓出了一条最早的玉石运输路线——“玉石之路”。

仔细揣摩，这条时代久远的“玉石之路”实质上就是古“丝绸之路”的前身——人们从古于阗出发，绕过昆仑山北麓，抵达玉门关后再辗转进入中原。还有一条“玉石青海道”是从若羌出发，取道昆仑，经柴达木盆地，过青海湖，沿湟水进入祁连山南，再到中原。毋庸置疑，这条道路为此后数千年的中国玉文化提供了必要的条件。

然而，“玉石之路”横穿崇山峻岭，斜跨江河湖泊，路程遥远且充满了艰难险阻，诚如司马迁《史记》中描述的那样：“取玉艰难，越三江五湖，至昆仑山，千人往百人返，百人往十人至。”由此我们可以大胆猜测——青藏高原与中原地区、东南沿海地区和整个西方商贸文化交流的最早媒介应该是玉石，丝绸和瓷器应该是之后的事情了。产自昆仑的玉石首开我国边疆与中原、东方与西方交流的运输通道，在东西方经济文化交流中所起的重要作用可能不及“丝绸之路”,但在时间概念上它比“丝绸之路”早了2000多年。“丝绸之路”显然是后来丝绸交易商人利用“玉石之路”这一古老的通道发展起来的，可以说，昆仑玉石在东西方经济文化的早期交流过程中具有无可替代的作用。

如果我们把和田玉与昆仑玉进行比对，就会发现它们品质相近，矿属相同，是昆仑山同时孕育的两个孩子。只是前者过早为人所识，并通过世人熟知的古丝绸之路演绎出许多关涉历史的风雨故事，后者则长久待字闺中，直至2008年与北京奥运会的一场相遇，才向世人展露了其迷人的芳华。

二

不难想象，在那个茹毛饮血的年代里，远古人类是怎样开始了制作简单劳动工具的漫长历程，以此来维持他们艰难而单调的生活。因为生产能力低下，他们只能就地取材，选取一些颇具硬度且手感不错的石头作为劳动工具和装饰品，此时，美丽而坚硬的玉石很快成为他们制作原始工具的首选材料，这也是新石器时代大量出土玉质工具的主要原因。

远古人类在把玉石当作工具的制作和使用过程中逐渐认识了玉石的价值和审美特点，从此，玉石逐渐成为人们用以生产劳动、美化生活的稀有之物。可以说，先民们对玉石审美价值的最初判断，昭示着人类文明又一渊源的形成。学者们把新石器时代的玉器称为“彩石玉器”，尽管这是一个十分接近于蒙昧时代的萌芽时期，但这已经为后世玉文化的滥觞开启了一个重要的源头。

在遥远的史前社会，人们尚不能用科学的思维方式来解释自己赖以生存的这片土地，风雨雷电的发生、梦的产生、死亡的到来……一切都归因于一种超自然力量的存在。于是，他们把主宰人间的超自然力量视为神灵的旨意，而这些稀有而珍贵的天然玉石，无疑就是神灵的恩赐，每一块玉石都蕴藏着神秘的通灵神性。

于是，我们遥想在原始的宗教祭祀活动中，人们经常跪拜在象征神灵意志的玉器面前，一遍遍祈求着神灵的护佑。特别是在决断部落重大事情如农事、征战等问题上，他们会摇响法器，期望神灵予以明示。在这个过程中，玉器的最早使用者——部落首领兼大巫师扮演着极其重要的角色。每个巫师都身着特定的法衣（如西王母“虎齿豹尾，蓬发戴胜”的装扮就是一种典型），这件特制的法衣概缀有以图腾形象为主题的动物玉器和弓形玉佩。这些弓形玉佩一般象征着天际风云，在法事中起着通灵的重要作用。

一般而言，经过了充分的准备活动后，法师开始进入仪式，也就是老百姓所说的“做法活动”——以行为癫狂、言语不能自控的“神灵附体”形式直接和“另一个世界”进行沟通，沟通的媒介就是身上的各种玉器。法师的主要任务是通过玉器向神灵传达部落的心声，譬如说到何处去采集果实会有更多收获，明天的狩猎是否存在危险，后天与异族部落打仗能否获胜……这是昏迷状态下的一种发问，神灵则通过其身上的这些玉器告知他相应的方法或结果，这些神谕的传达虽然出自法师之口，但是他全然没有意识，等他“回神”（神灵离开其身体）清醒以后，按照众人领受的神谕去处理部落重大事务，即便结果不甚理想，他们也会坦然接受，因为那是神灵的旨意。

就是这样，当远古的部族在巫师的召唤下，一次次走向神圣的祭坛，史前玉器便顺理成章地成就了玉文化最为辉煌的早期文明。这种文明也自然开启了中华民族久远而漫长的历史征程。

三

时光流转，距今3000多年的古老中国开始进入王权统治的时代。此时，玉器沟通神灵的功能逐渐消隐，取而代之的是王权尊严的彰显。历时数千年的古代玉器，也从巫玉时代走到了王玉的时代。

众所周知，玉门关——这个曾被历代诗人反复咏叹的西北关隘，其响亮的名字就来源于玉石之路。它是昆仑玉料进入中原地区的第一个关口，地处敦煌以西，在汉代朝廷专门派兵驻守，并正式定名为玉门关。古代玉石经过玉门关后，经过两次东渡黄河，最后到达雁门关。雁门关是北方草原和中原地区的分水岭，也是玉石之路进入中原的最后一个关口，一旦越过这个门户，昆仑玉石就算真正进入了关中地区。

这条延绵数千公里的玉石之路的终点，就是商王朝的都城。据史记载，商朝是一个创立了辉煌青铜文明的古老王朝，在它统治的数百年时间里，同时也创造出了当时最辉煌的玉器文明。这是中国从史前文明进入王权社会后，古代玉器文明达到的第一个巅峰。此时的玉器虽然依旧散发着神秘的光芒，但它已经不再是原始部落通灵巫术的象征，它的主人也不再是当年的部落首领和巫师，王的权威让这些古代玉器承载了更为神圣的含义。玉石成为王公贵族专门享用的圣物,平民百姓无权使用。因此,这个时代被称作“王玉时代”。

及至周代，人们进一步赋予玉器鲜明的等级观念。玉器的颜色、大小、造型都象征着不同的等级，级别不同的官员手持不同的玉器来表明自己的身份。当然,这些贵族身上佩戴的玉器也有相同的意义，那就是佩戴玉器时，他们的姿势会更为恭谨，连走路的步幅都会有所限制，极力表现出一种“谦谦君子”的形象。

缘何如此？这里面有个故事：有一天，孔子的学生请教老师一个问题——为什么大家都重视玉而轻视像玉的石头？孔子回答说，大家这么做，并不是因为玉石少而像玉石一样漂亮的石头多，更重要的原因是由于玉石凝聚了上天赋予它的一些特性，而这些特性与君子美好的品德是相符合的。这次简短的对话被后世孔子的追随者们反复引用，并加以诠释和论述，最后得出结论：玉石象征着君子的美好品德。于是，君子佩玉之风开始盛行，天然美玉象征君子美好品德的观念也成为后人的共识。

可以说，孔子改造了西周时期玉文化的内涵，为后世开创了一套关于玉的全新的理念，这是一种笼罩着人文主义光芒的思想，洋溢着高尚的道德意识和丰富的伦理精神——在同一件玉器上，它的缺点和优点都会毫不保留地呈现出来，这是它的诚实；其内在的色彩和外部映现的光泽相互映衬，互不侵犯，这是它的宽容；如果我们敲击玉器，则会听到它的声音清脆悠远，纯净而不杂乱，这是它的条理抑或原则。要成为君子，就要具备这些品德，而天然的玉器由于上天的恩赐，已经凝聚了这些特性，这正是君子需要比照和学习的最高境界。因此，古代社会的君子常常玉不离身。在那个时代，评判一个人的思想品行高低，看看其佩戴的玉就知道了。于是，在儒家玉文化观念的影响下，春秋战国时期，君子佩玉的风气极为盛行，玉质的佩饰不仅是身份等级的象征，也成了君子品质德行的代表。

从考古视角而言，周代的玉器大多是玉佩饰。从小而精致的玉坠到由几十件甚至上百件玉器组合而成的组玉佩，古代先人们在他们崇尚的礼仪规范中，享受着身为君子的荣耀。在这样的文化语境里，周人的玉佩工艺达到了前所未有的高度。

汉代之后，佩玉之风依然盛行，不仅王室贵族佩戴玉佩，就连他们身边的奴婢也不例外。值得一提的是，汉代人特别崇信“万物有灵”，他们认为天然的玉石凝结了天地之精华，人一旦亡故，只要把玉器覆盖在肉身上面，便可以保佑死者不朽，灵魂升天。在这种信仰观念的支撑下，汉代玉衣应运而生。所谓玉衣是人们以人体为模型，把上千块玉片连缀起来，做成玉制的衣服套在死者身上。不仅如此，他们还要在死者的口中放置精致的“玉含”，手中放上合适的“玉握”，五官也用专门的玉器堵住，甚至连死者的生殖器都要用特制的玉罩盒加以保护。有了这样的防护，汉代人坚信，即使是在令人畏惧的冥界，死者依然可以享受生前般的荣华富贵。

“玉能使人不朽”，这样的理念逐渐赋予了玉器驱灾避邪的内涵，它的影响也一直延续到了后世。《红楼梦》中贾宝玉所佩玉珏、今日普通妇女所戴玉镯，皆有此种含义。然而诗人的感觉却不大一样，女诗人灯灯在得到一件玲珑的玉器并将其挂在胸前时，一种欣赏、犹豫与疼惜相互交织的复杂感情油然而生——

它来到我的胸前。像天空
飘来旧时的云朵。在两座小山之间，它的温度
比一条河流欢快。其中的红色脉络
还保持了恋爱时的羞涩
它是纯情的，剔透的，它让我的手一直在
距离一公分的空中
迟疑。我不敢靠近，我害怕相认，有什么办法才能如愿呢
相近伤身，相离又伤怀

四

如此纯情剔透，令人“相近伤身，相离又伤怀”的精致玉器，出现在那个没有任何金属工具的年代是不可思议的。那时候的原始先民主要以磨制石器的方式制作生产工具，但就在这样简陋的生产条件下，他们硬是将一件件复杂而精美的玉器制作了出来，其创造过程究竟是怎样的呢？答案不会那么简单。因为玉石是一种硬度极高的天然矿物，即使用今天的铁质刀具在上面刻画也很难留下划痕，但是，后世发现的古人玉琮外壁却刻满了神秘的兽面纹饰，玉琮中心还被掏出了一个圆润而匀称的圆孔，外面则是对称的方形结构……

若要做到这些，一个先决条件那就是要找到比玉石硬度更高的物质，只有这样，玉器制作才有可能完成。

从博物馆藏的一块已经基本琢制完成的古代玉璧来看，它出土时上面还残留着大量的砂子，这一现象揭示了古代制玉工艺最为关键的一个因素——那就是砂子的使用。经检测，砂石的矿物学成分

是花岗岩，而其中石英石的比重几乎占到了三分之一。石英石是一种高硬度的矿物，它的硬度可以达到7度，比普通玉石的硬度超过0.5度。因此，大量砂子的存在使玉器的磨制具有了现实的可能性。

翻开地图，可以看到砂子的分布在我国是非常广泛的，而且硬度基本都在7度左右。在几百万年甚至更长时间的风化淘洗作用下，天然岩石中留存下来的最坚硬的部分就是砂子。因此，人们只要到河边取回砂子，把重量较轻的淘掉，选取纯度、硬度、颗粒大小一样的砂子，就可以做成解玉砂了。毫无疑问，用这些高硬度的砂子可以轻易地在玉器表面留下划痕。但令人费解的是，像玉琮这样工艺高度复杂的器物，仅仅依靠简单的手工刻画，无论如何是难以完成的。据专家推测：在当时，应该已经出现了制作玉器最为核心的工具——原始砣机。

砣机是中国古代制玉工艺中最重要的一种工具，它的出现，带来了古代制玉工艺最具实质性的变革，民国时期，古老的砣机仍在制玉工序中被使用。用于打磨的砣具是圆形片状物，它旋转起来后可提供均匀而有规则的摩擦力，通过砣机的连续转动，熟练的玉工只需调整玉料的不同位置，即可随心所欲地雕刻出各种形制的玉器，如果没有砣机的出现，仅仅凭借手工雕刻来制作出那些鬼斧神工的珍品是难以想象的。

可以进一步推测，由于砣机的使用，周代时玉器制作工艺已经达到了一个很高的水平。及至汉代，铁制品的工艺已经发展成熟，铁质的琢玉工具逐渐替代了青铜工具。由于铁质工具硬度高，耐磨性更好，因而这一时期琢磨出的玉器不仅造型复杂多样，而且纹饰也更加圆润流畅。这种工具普遍使用后，制玉工艺无疑又进入了一个全新的时代。

不容忽视的是，魏晋南北朝时期铁制砣机还出现了一次变革，这种变革体现在北齐的《校书图》里：画中文人端坐在一把椅子上校对书稿，这是一种后来人习以为常的坐姿，但是，在魏晋南北朝之前，如椅子般具有一定高度的坐具还没有出现，古人席地跪坐时，使用的都是低矮型用具。有趣的是，古人这种生活习俗的演变却间接带来了制玉工具的改变，当具有一定高度的家具出现后，古代砣机的高度也随之改变了，原来席地跪坐式的砣机慢慢发展成了较高的坐凳式砣机，这种高型砣机被称之为“水凳”，这就是一直到解放初期仍在使用的砣机。小说《穆斯林的葬礼》中提到的“水凳”就是这种典型的坐凳式砣机。

据专家考证，坐凳的高低自己可以改变，一般选择跟自己髋关节一般高的，便于玉工的两个蹬踹起来，机子就可以旋转了，有时候踹的速度相当快，据说一个磨玉工一天的“步履”几乎可以从西宁走到格尔木了。以前制玉时必须得席地跪坐，还需要两到三名玉工的配合，才可以在一台砣机上工作，有人负责砣机的转动，有人负责琢磨玉器，有人负责添加解玉砂，而水凳出现以后，古代玉工可以通过双脚的踩踏，带动砣机旋转，独自一人便可以完成玉器的制作过程。毫无疑问，水凳的出现解放了玉工的双脚。

当一名熟练的玉工可以独自操作一台砣机时，制作玉器也就成了他的个人创作。他可以随意调节旋转的速度和力度，不断更换大小不同的工具，它甚至还可以用锉刀更改工具的形状，赋予玉器丰富的艺术内涵和人文精神。《穆斯林的葬礼》中，老艺人梁亦清带着他的徒弟韩子奇日夜雕琢宝船的情节令人过目难忘：

坨子又转动起来，梁亦清此时完全忘却了自我，把他的命、他的心都和宝船、和郑和融为一体了。那宝船上的风帆鼓胀起来，旌旗漫卷起来，舵工、水手呼喊起来，浑厚深远的号子和汹涌澎湃的风浪声在琢玉坊中震天撼地地响起来，三保太监郑和站在船头，魁伟的身躯随着风浪的颠簸而沉浮，双目炯炯望着前方，随时监视着前途中的不测风云……

不难理解，梁亦清为雕琢这艘宝船而倾尽心力，就是为了彰显他们这个族群不畏艰险、积极探索的开拓精神，为此，他付出了生命的代价。由此来看，玉器的内涵已然超越了品德的范畴，更多体现为一个民族精神的高度。

五

青海的玉器文化当属齐家文化。这种文化于 1924 年首次发现于甘肃广河齐家坪，距今约 4 000 至 3 600 年之间。主要分布在甘肃、青海境内的黄河沿岸及其支流、陕西西北部、内蒙古西部和宁夏部分地方。青海省境内齐家文化遗存有 430 处，主要分布于东部河湟地区，特别是民和、乐都两县最为密集。

齐家文化的人们过着定居生活，坚固、美观、具有防潮作用的方形或圆形半地穴式的白灰面房子是齐家文化的古人在建筑技术上的一大创举。齐家文化时期，原始农业仍然是占主导地位的经济部门，生产工具仍以石器为主，但所选石材更为坚硬，其中一部分还选用了玉石料，加工也更加精细。青海境内齐家文化遗址中发现有铜刀、铜镜、铜泡、铜指环与铜饰品。此外还出土了大量玉器。这些玉器品种繁多，工艺精美，成为铜器之外齐家文化中最值得重视的文化元素。除工具类的玉刀、玉斧、玉锛、玉纺轮等之外，以璧为代表的各种礼器引人注目。由于文化内涵极其丰富，玉文化因之成为齐家文化的重要特征。最近发现的青海民和喇家齐家文化遗址中不仅出土了各种玉器，而且还有未加工或半加工的玉料、玉坯以及玉器残屑、下脚料等，极有可能当时该地已有制作玉器的作坊，“玉料大致属于青海西部昆仑山东缘的昆仑玉和新疆和田玉”。①

从民和喇家遗址来看，齐家文化已具有很高的社会政治结构。该遗址是一处以窑洞建筑为主体的以齐家文化为主的原始聚落，毁于地震和洪水灾难，是罕见的史前灾难遗址。值得一提的是，考古人员于 2002 年在青海喇家遗址发现一个直径 20 厘米左右，高 10 余厘米的倒扣陶碗，碗内盛有长约 50 厘米，直径约 0.3 厘米，看起来细细黄黄的面条，很像中国西北部小麦粉做成的拉面。由于陶碗倒扣而且被洪水物质覆盖，这碗 4000 年前的面条才得以保存至今。一场地震，一碗拉面，一种文明的见证。该遗址不仅发现了象征至高无上权力的所谓“王者之器”——被誉为“黄河磬王”的巨大的矩形石磬和国内最大的玉刀，而且还发现有广场、环壕、祭坛等遗迹，以及可能是属于部落首领的高规格墓葬等等，综合因素表明这里应该是当时的社会权力中心或原始城堡。特别是玉刀与祭坛的同时出现，让我们看到了远古时代的青海，同样有着部落首领和巫师所强化的玉石文化。

对于中国而言，青海只是一个蕴含玉矿的省份之一；对于世界而言，中国只是众多玉料出产国中的一个，在大洋彼岸的拉丁美洲和新西兰，同样有着悠久的制玉传统。譬如中美洲的玛雅文明，其延续时间长达 4000 多年，在它的鼎盛时期，玉器文明一度非常发达。其中，大量玉质面具的出现就是玛雅文明的典型代表。然而遗憾的是，随着

①王予波主编：《大美青海》，青海人民出版社 2010 年版，第 56 页。

玛雅文明的消亡，中美洲的制玉传统也随之中断了。新西兰的毛利族人同样有着久远的制玉历史，但奇怪的是，他们的玉器制品似乎始终停留在装饰品的层面上，对于玉器文明而言，其内涵显得太过单薄了。

与西方文化不同的是，古老中国的玉器文明不仅从未间断过，而且随着时间的推移，其文化内涵愈显丰富和厚重。在这里面，昆仑玉的发掘与传播，更是从文化的层面凸显着青海与外界的紧密联系。

青铜时代

一

设想有一面镜子，能照见远古的沙场、驰骋的骏马和美丽的容颜——它必定拥有诸多故事，譬如历经厮杀颠沛而不至于破碎，挂在胸前而凝聚了几代人的体温，闲暇之时用以描柳眉、贴花黄……但它最终和主人一起被黄土深深掩埋以致沉睡了千年——事实上，这不是假设，追溯文明初期的历史长河，确实有这样一面铜质的镜子，在时间深处熠熠生辉。

这面沉睡了几千年的镜子来自青海省贵南县尕马台。它是迄今为止在中国发现最早的一面铜镜，隶属青铜家族，被研究者称作七星纹青铜镜。关于铜镜的起源问题，从文献记载情况来看，可以追溯到古史传说时代，《黄帝内传》中就有“帝既与西王母会于王屋，乃铸大镜十二面，随月用之”的说法。当然，传说不等于历史。七星纹青铜镜的出现与一次考古发掘有关。1977 年，由北京大学历史系考古专业的部分师生和青海省考古队组成的专家队伍对贵南县尕马台遗址展开了为时两个月的考古发掘。此次发掘共发现齐家文化墓葬 44 座，在其中一座墓中发现了一具完整的男性尸体，七星纹青铜镜就挂在墓主人的胸部。

这是一面齐家文化的青铜镜，直径 8.9 厘米、厚 0.3 厘米、重 109 克。跟我们的一般认知相仿，圆形的镜身，平滑的表面，镜子的背面有一个半球状的圆纽，圆纽的周围装饰有一圈凸起的弦纹，而且凿有双孔——似乎是用来悬挂的。镜子内周装饰有七角形图案，图案空隙处装饰有好看的斜栉齿纹。整个纹饰布局简单大方，有章可循，三道凸起的弦纹巧妙地将铜镜划分为内外周两个部分。外周的两道弦纹除装饰作用外，还具有一定的保护作用，用以防止镜边折断或镜体变形；凸起的那道斜纹又将内周划分为两个部分，七角形的栉齿纹与这道弦纹相结合，犹如光芒四射的太阳正在冉冉升起。整个图案布局紧凑大方，没有主次繁简之分，显现出高超的制作艺术和古朴的美学风格，在中国青铜镜史上是一件少有的艺术珍品，具有极高的史学研究价值。

除七星纹青铜镜外，科考队员在尕马台还发现了铜环、铜泡、指环、手镯等小件装饰品。这批铜器的器形小巧玲珑，便于携带，这样的形制与游牧生活的特点有着一定的联系，可以推测青海共和盆地的齐家文化在当时深受游牧文化的影响。研究者通过分析其特点，推断这种简单的环状铜器及铜泡可能属于甘青地区本土制作；然而，从七星纹青铜镜的形制及七星花纹分析，又有可能是外来物品。七星纹青铜镜是一件有柄的镜子，由于它的镜柄属于木质，因而未能保存至今。比对其他地区的考古文化，有柄的铜镜显然不属于中原地区铜镜形制，而是巴克特里亚地区铜镜的典型风格，尤其是星状纹饰，常见于巴克特里亚等地出土的年代更为久远的遗物之上。“由此可以推断，尕马台七星纹铜镜与巴克特里亚地区铜镜属于同一系统，属西方文化外来品。”①

想必这样的舶来品十分珍贵，在那个洪荒还未褪尽的青铜时代，是谁用宽大的胸怀裹藏了它，跋山涉水，穿越沙场，把它交给一双纤纤素手……遗留在木柄上的指纹与体温，又是在怎样的风云变幻中逐渐失散，最终风化于大漠烟尘中的？可惜的是，历史只能推测出一个大致的年代，却无法再现往日的情景了。

无独有偶，大通上孙家寨也发现了卡约文化的一面双蛇铜镜。与七星纹青铜镜不同的是，这面铜镜有桥形钮和双向盘绕的两条蛇，蛇身用浮雕手法刻画而成，其中一条与镜纽相连。蛇头略呈三角形，两两相望迎向镜纽。蛇身呈顺、逆时针方向盘旋两周，以镜纽为中心，构成多个同心圆，填充于铜镜内区。蛇身至尾部两侧饰有相向的斜线纹，间距基本等同，具有极强的立体感。图案布局新颖大胆，线条简洁流畅，与七星纹铜镜相比更富创意。从铜镜中心出发的一个个同心圆恰似一圈圈美丽的涟漪，荡漾于平静的湖面；又似一圈圈清晰的年轮，刻画在时间的深处。毋庸置疑，动物纹饰的出现不仅打破了传统的几何形纹铜镜及素面镜的风格，而且丰富了纹饰的种类，增强了青铜艺术的写实感。这面铜镜的出土，为西北地区乃至中国青铜艺术的研究提供了非常宝贵的实物资料。

从制作技术来看，七星纹铜镜是典型的合范铸造，其工艺技术已经摆脱了原始状态，可以说代表了这一时期手工业生产的最高水

---

①郭晓芸：《青海出土中国最早青铜镜》，《西海都市报·第一阅读》，2014年3月17日。

平；小件铜环、铜镯等则多为锻打而成，说明热锻与铸造技术在当时已作为成型工艺而使用。这里面有一个细节值得关注，那就是七星纹青铜镜出土时是挂在墓主人胸部的，由此可以推测青铜镜是墓主人生前喜爱之物，也有可能是墓主人身份的象征，因为在尕马台发掘的墓葬中，只有一座墓中发现了青铜镜，这说明虽然当时已经出现冶铜技术，但作为代表较高制作工艺水平的青铜镜也并非人人能够拥有。由此可以判定，七星纹青铜镜不仅是青海先民青铜艺术审美意识的体现，更有可能是早期氏族权力的某种象征。中国科学院李虎候研究员曾对七星纹铜镜的成分进行了非破坏性鉴定，通过鉴定发现，七星纹青铜镜的铜锡比为 1：0.096（含锡约 8.8%），与后期成熟的青铜镜合金相比，这面铜镜含铜比例较高，而含锡较低，可能是我国铜镜起始阶段合金配比较为原始的表现。

如此来看，这样的铜镜也许不是用来“描柳眉，贴花黄”的，那个跨越万水千山，从风雨中接住铜镜的手也有可能不是纤纤素手——从合金配比来看，镜面并不白亮，它最大的可能性是氏族首领或巫师等具有一定地位的人用来沟通天地的媒介。而上孙家寨双蛇铜镜的出现，表明当时青海的青铜艺术有了更进一步发展，尤其是动物纹饰的刻画，隐含了动植物崇拜已从大量自然崇拜中进一步分化的信息，它为后世人们探寻远古先民的图腾崇拜思想提供了一定的线索。

可以确定的是，七星纹青铜镜和双蛇铜镜在一定程度上反映了当时人们的生产能力、身份地位和审美意识，据此，我们有理由相信——在 4000 年前的青海高原上曾经绽放过青铜艺术之花，青海的先民们很早就掌握了农牧业生产和手工业制造技术，并且迈入文明社会的门槛。

二

如果说铜镜承载着青海先民古老的生活文化气息，那么大量铜饰的出现则将他们原始朴野的生活状态引向了较高的审美层级。出现于湟源县大华乡中庄村的人头像铜饰就是一件极具美感的青铜艺术珍品。这件铜饰呈月牙形，两端各饰有大人和孩童头像。大人头像呈圆形，面部微微向后倾斜，头像铸有双耳，颧骨较为突出，口部镂空，鼻梁高直，双目凝视前方，表情严肃，若有所思。孩童头像的五官线条比较柔和，小小的圆脸，大大的眼睛，鼻子不甚突出，也铸有双耳。大人头像高至孩童头像的颈部，而孩童的身体两侧各有一个浮雕人面像，头部呈长方形，大眼大鼻小口，不见双耳。两侧人面像之间以半圆形銎相连。整个人头像铜饰犹如一成年人背负一孩童，孩童在其背上远眺前方——这是一个典型的生活场景，它会让人想起一个人的幼年时光，母亲温暖的怀抱和父亲宽厚的肩膀。

铜饰整体上突出了高高在上的孩童——表情生动，憨态可掬，看上去令人不由心生喜爱之情；大人的面部表情相对死板，隐约呈现饱经风霜的苍老之态。尽管在那个年代没有可供后世阅读的书籍，但这样的造型艺术分明是一首生动的诗，写尽了源自生命的新鲜力量和难以回避的人世沧桑；当然，它也是一篇经典散文，让人读出了一个人幼年时的成长之路就是父母前倾的脊梁。然而当这些年幼的孩童一个个长大成人，并为自己的梦想奔走远方时，他们的内心深处是否还藏有一个历经沧桑、日趋佝偻的背影——这些背影犹如垂首田间的青稞，把杂草隔在外面，把籽粒抱在怀里，又似从故乡小路上一路走来的马莲，把蓝色花朵举在头顶，柔弱的花蕊里盛放着珍贵而细小的“白面”……端详这件铜饰时，脑海深处不禁浮现出一个背着孩童的母亲形象来，我在一首诗里将她称作《赶路的马莲》：

路的夹角，走来一簇马莲
每一片叶子，都用纤弱的手
捧出小小蓝天

.

她避开高速路和收费站
从乡下赶来，像我们小脚的母亲
背负孩子，把一条路走得又弯又远

.

城市多么嘈杂，飞尘就在头顶
建筑物半闭着眼睛，漠视
这人间所有的奔走与悲欢

.

马莲似乎是知晓的，却不问阴晴
只顾赶路，在她越走越小的篮子里
装满了发烫的白面烙饼

尽管铜饰的画面投射出一种描绘不尽的温情，然而从立体的角度去透视，发现它又是一个中空的构件，不由得让人怀疑其使用时可能也装有手柄。“手柄”这一词汇极易让人联想到某种特权和身份地位——在那个古朴的岁月里，拥有“手柄”的人不是氏族首领就是大巫师了，他们举起一个憨态可掬的孩童和饱经沧桑的母亲，绝非是为了发动战争和掠夺财富，更多可能是出于对生命的敬意，从文化学的角度而言，这里面蕴含着生殖崇拜的意味，其意图有可能是在向神灵祈求得到子嗣。

显然，这样的猜想与另一件青铜艺术品的文化意蕴有着内在的联系。在大华中庄卡约文化墓地，人们发现了一件青铜鸠首牛犬杖首。所谓杖首，“一般是部落首领组织某种活动中运用的器物，或是神职人员举行某些宗教仪式时所使用的重要法器，它具有一定的社会或宗教含义，同时也是执杖者社会地位的象征”。[1]鸠首牛犬杖首是一件圆筒形青铜器物，上端饰有鸠首，鸠首上面的构图令人惊讶叫绝——有一头母牛，腹下有个正在吃奶的小牛犊，母牛睁大双眼直视着前方的一只狗，从威严的眼神来看，母牛毫无惧色。眼前的狗不停地做狂吠状——双耳直立，前腿向前弯屈，尾巴上翘，随时有可能扑向母牛进行撕咬。这又是一个颇具画面质感和生活谐趣的场景，令人不由想起牛羊跪乳、鸡犬相闻的山村生活。

青铜鸠首牛犬杖首的艺术构图重在塑造母牛与狗，而鸠首和小牛犊只有一个大致的轮廓，这样的构思更能突出牛犬相斗的紧张动态。方法上，对母牛和狗的刻画也做到了重点突出，繁简有致。整体看起来，母牛的犄角显得过于粗大，第一眼看上去好像存在一种比例的失衡感，但是读懂了艺术家的心思后才能发现，把牛角放大实际上是画面结构的需要——犄角是母牛自我保护和进行搏斗的重要武器，虽然生活中的母牛常常表现出迟缓、笨拙的样子，但是遇到紧张和危险情况时，它们便会怒目圆睁，亮出锐利的犄角，无须冲锋就可以吓退敌人。显然，艺术家们掌握了极为丰富的生活经验，对牛的生活习性也是了如指掌，因此，我们在这件杖首上才会看到一副夸张的牛角，也深谙一切艺术都是来自生活的基本道理。从画面的动态效果来看，耸肩、屈腿、翘尾……一连串的动作将母牛随

①乔虹：《浅议青海地区的史前青铜艺术》，《青海民族研究》，2004 年第 4 期。

时准备出击的姿态刻画得格外传神。面对母牛犄角的威慑，相对弱势的小狗不敢轻举妄动，它只是用狂吠的形式向母牛发出挑战，同时也做出可能迎战的神态——竖耳、吠叫、翘尾等动作将它描摹得活灵活现。

舐犊情深作为母牛的一种本能，它用充足的奶水与惯常的警惕心守护着牛犊的成长，这种方式像极了前面所提到的人头像铜饰——大人背负孩童，在生活之路上艰难前行。如果说这两件青铜艺术品共同为我们勾画了一个温暖而感人的生活场景，并由此彰显出人类与动物在情感上的某种共通性的话，那么透过其生活层面的基本意蕴，我们可以看到其所反映的哲学意味更加深刻，那就是如何更好地理解生命，以及对生命本身所持有的祈愿、礼赞和敬畏心理。

铜铃是青海青铜文化中常见的一种青铜器。制造技法上，铜铃显得更为精细，文化意蕴上同样突出了古老的生殖崇拜观念。在湟源大华中庄，人们发现了一件造型优雅大方的鸟形铜铃。铜铃为一只鸟形，尖喙，圆眼，颈部刻画得直而长，鸟身有八个橄榄形镂孔，里面装着一枚卵石，整体上呈浑圆状。鸟背上用细密的弧线表示羽毛，下面有圆筒状銎部，剖面是梯形的样子，鸟爪简化为一个圆筒状，可以安装于柄以便使用。爪子与鸟颈部相对应，表达出一只小鸟站立时的优雅之态，散发着轻盈灵动的美感。与鸠首牛犬杖首类似，这件铜铃造型精致玲珑，用写实的艺术手法塑造出一只栩栩如生的鸟形象。作为一种精巧的装饰品，铜铃还是重要的原始宗教乐器。从出土情况来看，这些铜铃大多发现于人骨周围，而且一般都有系绳之用的穿孔。不难想象，每逢祈福酬神、禳灾祛病、狩猎祭祀等重要部落活动中，声响悦耳的铜铃很快成为神职人员举行仪式活动的必备法器。就鸟形铜铃而言，它所反映的文化意味尤其明显。我们知道，鸟形象在远古文化中常常指涉男根，因此，鸟形铜铃艺术实质上也代表了那个时代的生殖崇拜观念。

相对而言，铜牌饰所体现的装点美化功能更为明晰。与中原一带镶嵌了名贵绿松石的铜牌饰不同，青海地区出土的铜牌饰做工简约，虽不华彩照人，却风格独具。一件发现于大通上孙家寨的亚腰形牌饰颇具代表性。这件牌饰上端稍长，有一半圆形小孔，用以系绳穿挂。下端略缩，自然含蓄。牌饰前后两面均有动物纹饰，纹饰主要分布在牌饰的上半部分。其中一面有三只动物，居中是一只体型较大的老虎——虎头高昂，双目直视前方，两耳竖立，全身用横线表示虎斑纹，尾巴自然下垂，整体勾勒出一个奔跑状的老虎；右上角是一头牛，牛头微微低垂着，牛角向前突出，直冲牌饰右角，尾巴自然下垂，腿足简化，线条非常简单，只能看出牛的躯体轮廓；牌饰的左上角也饰有一动物，形体不大，小小的头部冲着左上角，难以确定面目，初步判断可能是类似于羊或鹿的食草类动物。尽管如此，但我们可以清晰地认出这是一幅典型的兽逐图，具有浓郁的北方草原艺术风格。牌饰的细腰部位饰有波折纹，与另一面的鹰纹相对应，呈一字形排列，远远看去有飞翔之意。鹰纹从牌饰的左边逐渐向右上角延伸，产生一种由远及近的视觉效果，立体感极强，足以说明当时的青铜制造者已经掌握了高超的绘画技术，并能将这种技术自如地运用到青铜艺术创作当中。鹰纹上部是一排半圆形的纹饰，仔细揣摩，宛如漂浮于天空的朵朵祥云；鹰纹下部饰有螺旋形纹和短竖线纹，二者又被两道横线相隔，疏密有致，有章可循。牌饰的下部饰有数条突出的小脊，略呈喇叭形。制作如此用心用情，料想拥有它的人必定幸福感十足，我甚至想象其中必有一段美好的故事，犹如后世所唱的一首“花儿”那样，充满了热情与蜜意……

大河沿上的麻石头，

一面儿尖尖，一面儿弯弯，一面儿扁扁，尕磨上能当个底扇；

我就背上了走，手拿的皮绳太短。

给阿哥绣给的满腰转，

面子是单单，里子是毡毡，牛毛的边边，羊毛俩扎给个牡丹；

你就勒上了去，人前头夸我的手段。

此处的“满腰转”是青海土族男子所用两头绣花的腰带，过去一般作为土族女子送给男子的定情物。她精心绣出这条腰带，就是希望心仪的男人系着它，在人前展示自己出众的手艺的同时，表达出她小小的自豪与幸福。因时代所限，那时候人们所戴之物为铜牌饰，但它在功能上与“花儿”里所唱的“满腰转”基本一致，都具有明显的审美功能，只不过以前的饰物因稀有而具有了某种神圣性，而后世的诸多饰品更多体现为生活意义上的世俗性。

如此精美绝伦的铜牌饰在点缀了主人身体的同时，可能也拥有了更深层次的含义——身份地位的象征，尤其是那些拥有绿松石铜牌饰的人们，应该是当时的贵族。如果要对铜牌上的动物形象进行更深层次的文化解析，那么这些虎、鹰形象有可能是不同氏族的图腾标志，把它们铸在铜牌上，人活着时它是一块护身符，人死了同葬于墓穴时，也就成了去往另一个世界的通行证。

除了铜牌饰，大通上孙家寨还发现了饰有变形蛇纹的铜镯和蚕形铜饰，化隆县下半洼村发现了青铜圈饰及连珠铜饰，这些都是那个时代人们佩戴在身上的青铜饰品，蕴含着先民古老的审美意识。随后，铜刀、铜剑、铜戈等器物在青海相继被发现，然而这些刀剑戈矛一般形制短小，少了一种征战沙场血雨腥风，多了几分服务生活的实用性。而且刀剑手柄处往往饰有马、羊、蛇等写实动物，无不透露出北方草原文化的浓郁气息，这些生动活泼、惟妙惟肖的青铜作品不仅艺术地再现了生活的某些场景，展现了先民们高超的手工制造技艺，而且承载了他们的文化记忆。这些艺术品留存到今天，后世的文化艺术就有源可探，有章可循，而它们在不同地域留下的不同身影，足以证明不同地域间文化传播与交流的诸多可能。

三

青铜时代的开始预示着古人类脱离了蒙昧的原始时代，开始进入礼乐齐备的王权时代。青铜制造也从最初的生产工具逐渐衍化为用以战争的兵器，用以祭祀的礼器和用以装饰的工艺品。相对而言，青海地区的青铜艺术更加突出了它作为礼器的祭祀功能。其发展历程大致经历了一个由简到繁，逐步发达的过程。学者张立文认为，“青海的青铜时代呈现出明显的阶段性，大体可分为四个阶段，各个阶段发展并不平衡”。[①]

起始阶段以齐家文化的青铜器为代表。这一阶段的青铜器数量较少，器类也较为单一，用于装饰的青铜器也很少，出土的器物反映出青铜器制造早期的一些特征。青铜器工艺既有本土的地方工艺特色，也有外来文化的影响。发展阶段主要以卡约文化的青铜器为代表。这一时期的青铜器数量依然不多，较为常见的是素面器分布较广，带有装饰的铜器有所增加。器物的造型与风格更多表现出与中原系统青铜器的相似性。这一阶段，带钩大矛等一系列大型铜器

①张立文：《青海地区青铜时代文化研究》，吉林大学博士学位论文。

已经出现，表明当时的制造技术较前一阶段有了明显的提高。也是从这一阶段开始，来自北方地域的文化因素明显增多，这种文化因素对湟水流域的影响明显强于对于黄河沿岸地区的影响，呈现出一种自北向南逐步递减的趋势。同时，也就是在这一阶段，青海地区的铜器在接受了外来文化因素影响的同时，其本身所具有的文化品貌如孔周起缘饰、丁字形饰等也开始向外输出，并逐步影响到北方地区。

繁盛阶段主要以卡约文化时期的铜器、诺木洪文化铜器和部分辛店文化铜器为代表。这是青海地区铜器较为发达的时期，不仅表现在器物种类和数量比较多,而且地区特点更为突出。在这一阶段中，来自中原系统的因素依然存在，但铜器中的北方因素明显增强。这一时期，青海地区与新疆东部青铜文化之间的交往非常密切。这种交往不仅体现在两个地区在特定文化上的相似性，更重要的是新疆可能还充当了青海接受更西面的文化影响的一种桥梁作用。在青海的青铜器当中，可以看到一些来自更遥远西面的青铜文化影响，如潘家梁和塔里他里哈遗址出土的多孔铜钺，与西亚及近东地区出土的大眼钺非常接近。此外，在民和采集的一件铜斧，与阿富汗蒙迪加克出土的一件铜斧非常相似，大华中庄出土的铜泡与阿姆河下游萨卡尔—恰加墓地出土的铜牌饰显然属于同一系统，具有明显的西方背景。春秋战国时期，青海青铜文化进入发展后期，主要以卡约文化时期的铜器为代表。这一时期青铜器数量也比较多，地方特色较为浓厚。同时，来自北方地带的文化影响从湟水流域扩展到黄河沿岸地区，而来自中原文化系统的影响已经日渐衰弱。这一时期是青海与甘肃地区青铜文化联系最为密切的时期，考察两个地区青铜文化的交流路径主要是沿大通河溯行，经过扁都口翻越祁连山，即可进入河西走廊，这是青海与甘肃地区文化往来的主要途径。还有一条通道，可能是沿着湟水、黄河两条河流直接东出青海，到达甘肃东中部。在青铜时代的晚期，青海与川藏地区有着较为密切的文化联系。值得注意的是，来自青海的青铜文化一定程度上也影响到了中原地区的青铜艺术，中原地区后来流行的圆形钮柄镜就与齐家文化铜镜有着内在联系。

这些来自历史深处的青海铜器，犹如沉默耿直的青海男子，不事张扬却内在丰富，浑身上下散发着鲜明的地域特色。了解多了，你就知道其诞生之初就包含了多种不同的文化因素。这些因素在不同的阶段呈现出一种动态的变化。这种状况反映了不同文化力量在青海地区的强弱消长以及青海地区作为文化交流前沿阵地的突出地位。青海青铜文化在发展过程中与相邻地区的青铜文化保持了多种文化联系，这种联系强化了该地区青铜时代文化的多样性，促成了多元文化发展格局的形成。

岁月如风,历史如斯。我们遥想古代先民手握打制石器一路走来，转而进入制陶、磨玉等更为精细化的生活阶段。然而，随着青铜时代的到来，他们把人类文明推向了一个新的高度。重新打量青海远古先民曾经创造的文明时，七星纹铜镜以及蕴含其中的独特文化密码给了我们无限想象的可能。早在4000年前，青海青铜文化就与欧亚草原青铜文化交融相汇，相互影响。可以说，在那个陶器失色的青铜器时代，青海先民紧紧追随着文明的步伐，用更为精湛的青铜艺术迎接着文明曙光的到来。

诺木洪的星光

一

欣赏一位诗人,她的名字叫宇向。未曾谋面的时候,我想象她是一位忧郁而美丽的女子,依据主要来自如下诗句——当我年事已高,有些人依然会/千里迢迢/赶来爱我;而另一些人/会再次抛弃我……

2015年夏天,宇向来参加“青海湖国际诗歌节”,因了这样的机缘,我们得以相见。在诗歌节之外的某个地方,热情的青海诗人们邀约了各自欣赏的国内外诗人,品酒读诗,歌唱“花儿”。宇向是被好友肖黛请来的,同座的还有臧棣、西渡、黄礼孩、李宏伟、郭建强等知名诗人。依照青海规矩,先给客人敬酒,酒过三巡后开始朗诵诗歌,最后开始小范围交流。

宇向就在我左侧的位置上。她话不多,但每说一句都能感觉到内在的纯粹与干净。当她听到有关塔尔湾的诗歌及其背后的故事后，竟然起身拥抱了我一下，并肯定我是个优秀的父亲。我决定用心记住这个拥抱，因为那是基于诗歌情怀的一种感动，是同样作为父母的诗人们的相互鼓励。

离开青海时，诗人们要购买许多青海特产，宇向说她只想买少许青海枸杞。我想起家里有一些，只不过都是散装的，不便送人。翻弄半天，找出两袋枸杞，辗转带给宇向，并短信告诉她——送来两袋青海枸杞是诺木洪的，略表心意。

二

如果宇向不着急返回济南，我打算给她讲讲有关诺木洪的故事。故事里定然包含远古羌人的生产生活情况，譬如他们饲养牦牛、编织彩色毛毯、伴着美妙的骨笛声翩翩起舞……

那是一个遥远的地方，比金银滩草原还要遥远，具体而言是青海省海西州都兰县的一个乡，地处柴达木盆地东南部。那里曾发现过一种古老的文化遗存，属卡约文化向西发展的一个分支，时间上相当于中原地区青铜时代的晚期，是青海高原特殊环境下生成的土著文化，有着鲜明的地域特点和文化内涵，因最早发现于诺木洪乡而被考古学界称为“诺木洪文化”。

在距今约2900年前的诺木洪，有一个叫塔里他里哈的村落。清澈的河流从村庄中心穿流而过，河岸边上生长着郁郁葱葱的林木，河流的尽头却是高低起伏的沙丘。远远看去，诺木洪是一个小小的盆地，塔里他里哈用它袅袅升起的炊烟提示着这里就是西部大漠中的一块绿洲。

有几头牦牛在溪边喝水，调皮的小牛犊用头蹭着水边的树木，似乎是在给自己挠痒痒，又像是在和粗壮的大树抗衡。喝完水，为首的公牛引领队伍慢慢返回村庄，小牛犊撒着欢儿奔到了最前面。村庄在林荫深处，布局显得随意而散乱。

村头走出几个体型健壮、性情彪悍的青年男子，他们佩戴着由光滑的石头、牙齿和骨骼磨制成的饰物，背负做工精细的斧钺铜刀，手持轻便锋利的箭镞，腰缠毛绳，往昆仑山走去，一看便知是进山围猎的好手。茫茫昆仑，山体高大巍峨。山上寒风瑟瑟云雾笼罩，山下树木茂密郁郁葱葱。猎手们藏匿于树荫之中，静候野牛、野驴、棕熊、雪豹和雪鸡的出现。一旦目标进入他们的围猎范围，带头的猎手便吹响骨哨，大家便从四面八方围拢而来，呐喊上前，联手出击。形体小一些的动物被突然迸发的呐喊之声唬得晕头转向，在恍然不知所措之时被轻松擒获。如果是棕熊、野牛这样的庞然大物，猎手们必须保持足够的谨慎与笃定，大家须在头领的统一指挥下，依照计划行事，最终制服猎物。当然，这样的收获很多时候要付出血的代价，很多猎手就是在和猎物搏斗过程中受伤感染，不久死去的。后来，他们试图活捉野牛，将其带回村落慢慢驯化成为家畜。因此，后人发掘该遗址时发现一件陶牦牛，两角和尾部稍残，背部呈波浪形，腹部的长毛及地，显露出牦牛的形象。这些遗物的发现，不仅反映了当时的古羌人已经能够驯养牦牛，而且能够看出牦牛已经成为塔里他里哈人衣食住行不可或缺的生活资料来源，在畜牧业生产中占有举足轻重的地位。

这次，他们捕获了一头肚皮硕大的野母牛。回到村庄，人们兴奋地吼叫着欢呼起来。正在田间劳作的妇女们也放下了手中的石刀和骨耜，纷纷围拢过来判断母牛将于何时分娩，小孩子们挥舞着骨铲，开始模拟围猎的场景……在这样的讲述中，我猜想美丽的诗人宇向或许不甚清楚骨耜为何物——骨耜实际上就是用比较大的兽类（棕熊、野牛等）肩胛骨制作而成的生产工具，一般在骨臼处凿有长方形或圆形的銎，便于使用、悬挂和携带。根据动物体格不同，成型的骨耜有大有小，形状如今天的铁锨或犁铧，可以翻地播种，也可以挖坑设置陷阱，还可以栽培树木花草。根据气候特点判断，那时候人们可能种植的是耐寒的青稞，除了保留种子，大部分用作食物。青稞麦草绵软香甜，适合牛羊咀嚼反刍，牦牛因此得以繁衍。

人们一边围观新获的母牛，一边摆出陶罐里的清水和皮袋里的风干牛肉，招呼着身边还在劳作的人一起休息。此时，河道里的水涨了起来，那水是昆仑神山上的积雪消融后，从陡峭的山体流下来的，一路蜿蜒着叮叮咚咚流到塔里他里哈。在沁凉的河水里，也会顺势滚来光洁晶莹的石头，人们把它拣出来，磨制成耐用的工具和精美的饰物。

田野那边的草场上，马匹、骆驼和牛羊如飘逸的云朵，从一个坡地缓缓转向另一个坡地。坡地一侧，有牧人吹响悠扬的鹰笛。当空灵的音符从鹰腿骨的缝隙中不断飘洒出来时，有人开始沉醉于古老的爱情，有人坚信生活本身就是一种难得的美景。于是，他们开始呼唤走远了的牛羊群，在黄昏时分循着山边的彩霞归来。

村庄是这些被驯化了的家畜和它的主人们休养生息的重要居所。走进村庄，映入眼帘的是高大厚实的围墙。这些围墙用三排平铺的土坯叠砌而成，坚固异常，具有明显的防御功能。墙上的土坯呈长方形，用特质的木质模型夯筑而成。这种制作土坯的方法至今还留存在青海民间。土坯大小各异，制作方法也不同。制作小一些的土坯，需要预先调制好加了麦衣的泥巴，然后装进成排连着的四五个木质模具当中，再用平滑的工具压实、抹平，最后倒扣于平整的地面，待到土坯干透即可使用。使用时，由于模具表面事先涂有草木灰，所以泥巴不会粘连其上。如果制作大一些的土坯，则只需一堆泛潮的黄土，还有一个可供拆卸的活动模具。制作时，将模具放在平整的地面上扣紧，然后装入黄土，用脚踩平后用石杵大力夯筑，最后将表面铲平，卸下模具，一块完整的大土坯就做成了。今天的青海人把这个过程叫“打胡墼”。

我母亲就是打胡墼的好手。记得我上小学那阵子，父亲在邻村唐日台小学任教，家中修建北房所用胡墼都是母亲一人做成的，当一排排胡墼整整齐齐站立在屋后的场院时，过路的人都要夸上句——这胡墼好，盖房顶用！青海话里的胡墼实际上就是“土坯”的意思。这种土坯由散土夯筑而成，只要做成了，使用起来十分方便。叠砌围墙时一旦出现土坯不够用的情况，便可用这种方法快速制作，非常及时，不误工期。

塔里他里哈村叠砌起来的围墙有两种，一种是平面呈椭圆形或卵圆形，这样的围墙形状在今天的青海实属少见，在那个遥远的时代，人们能砌出卵圆形的围墙，极易让人产生“天地混沌如鸡子”的联想。另一种是呈长方形或不规则长方形，这种围墙在今天比较常见。这两种围墙同时出现，在我看来，暗含有“天圆地方”的古老意蕴。依照围墙，形成了很多方形或圆形的土木结构建筑，这便是塔里他里哈人的房屋。房屋的木柱经过精心劈削，呈方形和椭圆形，也有用未经加工的原木做成的，粗糙中透出古朴。房屋外侧，盖有卵圆形的大型牲畜圈栏。栏内有大量的羊粪堆积，同时夹杂着牛、马及骆驼的粪便。这样的场景似乎是在告诉人们，早在先秦时期，活动于诺木洪地区的塔里他里哈人已经掌握了较为先进的畜牧业生产技术。

深入村庄，许多从事冶炼、毛纺、编织和皮革生产的作坊星罗棋布，一幅繁忙的手工业产品生产图景出现在眼前。人们就地取材，从极富矿物原料的石头中冶炼出铜，再制造成铜斧、刀、镞、钺等都较为精致的兵器，这些青铜器物既可用于物质生产，也可用作捕猎武器。冶炼过程中，他们非常注重更新冶炼设备，改进冶炼技术。因此，他们精心制造出来的青铜器和石器、骨器相比，在技术上有着质的飞跃，这也表明当时的塔里他里哈人已进入了一个新的文明时代。

村庄里有专门从事毛纺织的人家，他们都在用自制的木质或石质捻锤捻线。原料是自产的羊毛，起初是将羊毛细细捻作线，再一团一团缠绕起来。等到所有的羊毛都用陶或铜纺轮以及骨纺轮经过简单的加工，进入木制折织机，最终织成毛带和毛布。毛布的主要原料是绵羊毛，人们喜欢用绵羊毛和牛毛染织成褐、黑、红、蓝等颜色的毛线和毛带。织成的毛布有的还经过染色，以黄、褐两色为主，少数为灰黑色、红色或白色。再用线织成毛布，文献中称之为“褐”，因为它“厚实温暖，亦能资以御寒”(《丹噶尔厅志》)所以正适合于青藏高原的塔里他里哈人。当时的居民就使用这种毛布缝制衣服或是其他生活用品，如毛带用绵羊毛织成，毛线和毛绳多用绵羊毛混合牦牛毛织成。大量的考古资料证明，这一时期青海湖以西的畜牧业经济是非常发达的，由此说明中国使用毛纤维历史的悠久。

值得注意的是，很多年以后，人们在已经发现的纺轮和大量毛绳、毛布等织物中，还有一块彩色毛席残片，虽历经千年时光，但是用黄、褐、红、蓝等多种色毛编织而成的条形图案仍清晰可见。据专家考证，这种彩色毛席残片的原材料就是青海的藏系羊毛，即世界公认的西宁“大白毛”。这是至今出土最早的毛席残片，是青海藏毯的雏形。这足以说明，在诺木洪文化时期，散居于青藏高原的羌人已经掌握了毛纺织和染色技术，可以织出几何图案的彩色毛席即编织地毯。由此可以猜想，古老的藏毯编织艺术可能起源于青海。

塔里他里哈人还会制作骨哨、陶埙。骨哨是用兽骨加工磨制而成的，管状。一端磨有一个扁圆小孔，外壁中部有一圆形刻槽，为系绳携带设计。从后世出土的古代乐器来看，打击乐器的陶鼓与石磬,只能敲出单调的节奏。而吹奏乐器中的箫与埙,则出现了多音阶，使古乐器的音质朝着完美的方面迈进。由不定型到定型，由不定音到定音，由个别的单音到多音，这种发展趋势正好符合事物由简单到复杂,由低级向高级的发展规律。从打击乐的石磬到吹奏乐的陶埙，再从吹奏乐的陶埙到管乐的骨笛，都有力地说明青藏高原西部的原始舞乐活动极为丰富。这些乐舞记录着先民们在生活道路上每一个前进的脚印，无论是陶盆、陶鼓还是陶埙、骨笛，都抒发着先民们多样的思绪和情怀，鼓舞着他们不断认识和战胜自然的信心，由此表现出极强的社会生活功能。

显然，在历史的长河里，塔里他里哈是一个略显孤单的村落，然而正是它这种相对矜持的气质类型，为我们守护着诺木洪相对完整的文化印记。由此我们可以确信作为羌人社会重要组成部分的塔里他里哈人社会的存在，他们拥有较为发达的畜牧业经济，并开创了中国毛纤维的悠久历史，又在此基础上发展了早期的藏毯编织艺术。骨哨、鹰笛等吹奏乐器的使用，把诺木洪文化推向了一个更为文明的新世界。

三

其实，这还不是诺木洪文化的全部，至少我还没有交代枸杞。但讲到这里，总觉得也足够了，因为宇向是一个偏爱传统文化的诗人。另外，我还了解到她的绘画经历比写诗还要早。当我描述完她没有去过的诺木洪时，想象着她要是把这个充满远古气息的青海边陲村落画下来的话，定然会带有些许沉郁苍凉的气息。

我看到她的绘画作品中明快的色彩很少，多是沉郁的，紧张的，每个笔触中似乎都带点忧思。这样的作品风格与我在诗歌节上见到的她本人几乎可以对应。宇向曾在一次访谈中提到——当代诗人和艺术家已经失去了我们最优秀的传统，写诗的不懂画，画画的不懂诗。因此，最重要的是作品中怎样把这种宝贵的传统精神展示出来。即便她还在写，还在画，但总觉得自己离那种传统还是很遥远的。在古代，特别是从王维开始，她觉得这些伟大的诗人都是书法家、画家、音乐家……实际上，现在的艺术家、作家欠缺的还很多，你写了一点东西画了一点东西也不值得那么乐观。

这样一来，我好像读懂了她的忧郁——那是一种来自传统的焦虑感，高贵的精神日渐委顿，人们行走在文化的荒漠里，未免忧思重重。于是我又翻出她的一首诗，当然这不是因为 2015 年的那次诗人拥抱，更重要的是在诗歌里，我看到一个冷峻的思考者和写作者是如何拥抱孤独的自己。这首诗叫《我真的这样想》：

我想拥抱你
现在，我的右手搭在我的左肩
我的左手搭在我的右肩上
我只想拥抱你，我想着

下巴就垂到胸口

现在，你就站在我面前

我多想拥抱你

迫切地紧紧地拥抱你

我这样想

我的双手就更紧地抱住了我的双肩

面对传统的落寞和自己的孤独，宇向选择了写诗和绘画方式去表达个体生命的极度体验。如何书写孤独——诗人用了最真诚的、不撒谎的、内心完全敞开的一种表达方式。宇向说她的画一直特别少，更重要的专注点还是在诗歌上，她觉得写诗是个体的一种存在方式，她的生命、灵魂以及在这个时代面临的所有生存的困境，都和诗歌有着紧密的关联，生命的律动、节奏、声调，都在她的诗歌里。

她是如此敏感而孤独，所以在她离开青海后，我便开始了一次漫无目的的讲述——或许，她能听到源自诺木洪的骨哨与鹰笛声。那声音一点点穿越青藏高原，随同静默的黄河一路东去，把传统甚至更为原始的文化光点投射到胶东半岛的沙滩上……

如果这不是诗意或虚幻的想象，我想她也无须登上泰山，就可以从另一首诗歌里起身，回望，并且读到悠远的诺木洪的星光。

波斯萨珊朝银币

一

有时候，历史也像是顽皮的孩童——喜欢用一些显性的事物把自己隐藏起来，然后等待着人们去发现。然而随着时间推移，世事变幻，有些隐藏过深的东西逐渐被人们遗忘了。这时候，它们开始成为名副其实的历史，需要人们在偶然与必然的联系中，发现它的存在，进而揭开其神秘面纱。

若不是几枚古钱币引发的思考与追寻，人们似乎淡忘了青海在中西文化交流史上的重要地位。

1956 年，青海省粮食厅在西宁城内隍庙街（今解放路）工地开挖地基时，挖出了一批银币。这些银币是装在一个口径 10 厘米、底径 10 厘米、高约 25 厘米的小罐内。罐内除装有银币外，还有货泉、开元通宝等铜币。考古人员从发现的 76 枚银币中选出 20 枚进行测量，测出这些银币直径为 2.5 厘米至 3 厘米，重 3.8 克至 4.1 克，平均为 3.95 克。这批银币出土后，青海文管会给著名考古学家夏鼐寄去了银币拓片和照片，以期得到他的评鉴。夏鼐从拓片上判定这些银币都是波斯萨珊朝卑路斯（457—483 年）的银币。由于所寄照片模糊不清，他又去函详细询问，在得到更为详细的补充说明后，又进行了为期两年的详细考证，最终写出《青海西宁出土的波斯萨珊朝银币》一文，发表于学界名刊《考古学报》。

夏鼐认为，这些波斯萨珊朝卑路斯银币是由不同印模压印出来的，花纹大体上是同一类型。依照正面王者肖像的不同，银币可分为 AB 二式。A 式银币共有 15 枚，正面都是王者肖像，冠顶和前部都有新月各一轮，冠顶的新月还托住一个圆球，冠的侧面和后部都有雉堞形的饰物，这是波斯宗教中“天”的象征，也是奥马兹德神的象征。冠后还有两条飘饰。有些比较清楚的银币上，还可以看出王冠底部有一列连珠，脑后的发髻呈球状，髻后有一条由肩部飘上来的飘带。项间有一串连珠组成的项链。由脸前近肩部处开始，有一行钵罗婆文的铭文,有“主上、卑路斯”之意。B 式银币共有 61 枚，王冠的后部没有雉堞形饰物，却换上一对翼翅。波斯的宗教观念里，鹰鸟是太阳的象征，犹如我国称太阳为金乌一样，这一对翼翅代指的应该是太阳。冠顶后面没有两条细飘带，在面前却增加一条由肩上飘起的带形物，和髻后的一条飘带相对称。

虽然银币的两种币式有所不同，但它们背面的花纹是一致的。背面都是通常萨珊朝银币的拜火教祭坛，坛上有火焰，火焰的两侧为五角星（或六角星）和新月。祭坛的两侧各有祭司一人，相对而立，右侧祭司的背后有铭文，是表示铸造的地点，左侧祭司背后的铭文表示纪年。

萨珊王朝的货币共沿用了 427 年，基本上继承了安息王朝的货币体系，以银币为主。银币单位是希腊的货币单位，叫作“德拉克麦”，每枚银币重量平均约 3.9 克左右。萨珊银币不是铸造币，而是用模子打压而成的打压币。币上的文字为钵罗婆文，由阿拉美亚字母稍加变化而成，自右而左书写。主要类型有沙卜尔型、卑路斯型和库思老型几种。一般而言，每个王朝都会制作一式银币，但也有例外，如卑路斯银币即是一个特例，其银币共有二式。卑路斯银币在国外出土的报道并不多，却在我国新疆、青海、甘肃等地的丝绸古道上多有出土。

相对于新疆、甘肃等地出土的萨珊朝银币，西宁出土的这批银币制作精良，数量较多，由此可以推断当时的波斯王朝拥有强大的国力，其文化远播至中国西北地区。这些银币磨损程度较低，说明银币流通的时间并不长。如此品相的银币，对于研究中西方文化交流以及一千六百多年前波斯古国的银币工艺、商贸流通有着重大意义。过去，研究者一直认为丝绸之路是由兰州经过河西走廊而进入今日新疆维吾尔自治区的。然而，随着大批波斯银币在西宁被发现，我们就得重新考虑这一问题了。从时间上推算，公元 4 世纪末到 6 世纪时，尤其是 5 世纪中叶（包括卑路斯在位的年代），西宁已经处在中西交通的重要孔道上了。“这条相对靠南的交通路线，其地位的重要性在当时绝不亚于河西走廊。”[①]

二

波斯国地处亚洲西部，两汉魏晋时期，中国史书依据波斯国王阿萨息斯之名而称其为安息。波斯在安息王朝时期（公元前 248—

①夏鼐：《青海西宁出土的波斯萨珊朝银币》，《考古学报》，1958 年第 1 期。

公元226年），就与我国发生了交通联系。汉代以来，中国曾数次派遣使节前往安息，其中，张骞第二次出使西域时，曾派遣副使访问安息，安息王派二万骑兵到边境迎接汉使。史学家们一般都把这件事当作中国和波斯最早贸易关系的开始。那时候，波斯所用货币多为银币，《史记·大宛列传》里就有安息王朝“以银为钱，钱如其王面。王死，辄更钱效王面焉”的记载。

公元226年，安息王朝一个名叫阿尔达希尔的封君起兵推翻了阿萨息斯政权，在今伊拉克巴格达附近建立了萨珊王朝。随着萨珊王朝的崛起，波斯逐渐成为当时颇有影响的文明古国，它东临中国，西望罗马，控制着东西方的贸易往来。与此同时，萨珊王朝的军事力量与日俱增，随后展开了对外扩张，向西一度攻占了拜占庭帝国的属地叙利亚，最终两国以协议的形式先后确定了多个以丝绸交换为中心的关税城。萨珊王朝东部的贵霜王国覆灭后，他们又对嚈哒发动了战争。嚈哒是典型的游牧民族，史书称其为白匈奴。作战过程中，嚈哒进入了中亚地区，并占领了索格狄亚那和吐火罗斯坦，并以此为基地与波斯诸王朝展开了长达百年的战争。战争的目标显然是为了争夺通向欧洲丝绸之路的商道霸权。

公元5世纪时，萨珊王朝内忧外患严重，内部爆发了大规模农民起义，外部又遭嚈哒侵略。萨珊王卑路斯在与嚈哒作战时，兵败被俘，经割地赔款后，才得以赎回。由此，在公元455—521年间，嚈哒开始统治中亚地区，并成为中国与波斯丝绸贸易的中介。这一时期，波斯曾向中国派遣使者达十余次。6世纪后半叶，突厥势力强大起来，他们随后分裂为东西二部。其中，西突厥看到萨珊王朝日渐衰落，于是把势力扩张到信度河（今印度河）流域，完全占领了嚈哒人的故地。当时，在西突厥的统治范围内的昭武九姓诸国，其中的康国善于经商，他们经常沿丝绸之路深入中国内地进行贸易。在魏晋时期，史书称他们为粟特商人。在这一时期，粟特商人实际上已经成为波斯和西突厥丝绸商贸的中介。

隋唐时期，波斯与中国的文化交流往来日趋增多。隋炀帝曾派遣使者到波斯，波斯也遣使节来回访，并用银币换取中国精美的丝织品。由唐代高僧玄奘口述、其门徒辩机整理而成的《大唐西域记》中称龟兹和焉耆“货用金钱”，而波斯“货用大银钱”。然而，这一时期波斯王室内讧不断，王位更替频繁。据“新旧唐书”的说法，永徽二年（651年），大食入侵波斯，伊嗣俟之子卑路斯遣使来中国敬献礼物，并请求援助共抗大食。唐高宗认为路途过于遥远而未能出兵相助，却授卑路斯为波斯都督府都督。咸亨四年（673年），卑路斯亲自来访中国（《册府元龟》卷999）。卑路斯死后，高宗曾派兵护送其子泥涅师师西去复国，最终没有成功。泥涅师师客居吐火罗二十余年，于景龙初年（707年）返回中国，中宗封他为左威卫将军，不久病死长安。至此，波斯萨珊王朝正式灭亡。

谁能想到，这个神秘而又遥远的波斯王朝留给中国的文化遗存是印有国王半身像的零散银币呢？我们仔细阅读它的制式和略有磨损的表面，一种久远的历史烟尘就会从心底弥漫开来——它不仅是东西经济文化交流碰撞的结果，更是千余年前丝绸之路青海道颇为繁华的直接见证。

三

追寻萨珊朝银币的铸造地点，发现它们基本都在当时波斯国都泰西封以东地区，有些铸造银币的城市曾出现在我国文献古籍当中，如阿巴尔沙尔和巴尔赫这两个在《元史·地理志》中就有记载的地方。有的地处伊朗和中国之间的丝绸之路上，加之商人在古波斯备受尊重，公元6世纪以来，波斯商人的足迹几乎遍布世界各地。不难想象，那时候中国与波斯、伊朗之间的贸易往来有多频繁。

从这个意义上讲，在中国西部的青海和新疆发现众多的波斯银币，实属偶然中的必然。同时，银币的出土，也可窥见一千六百多年前波斯人独特的民风习俗和银币的多重功能。

作为铸币的一种，萨珊银币的主要功能显然是货币，用以流通。在那个时候，作为法定货币的银币其流通范围只能限于本国之内，一旦越出国界，也就失去了身为一般等价物的购买力，顶多作为一种金属银的商品而体现其价值。但是夏鼐先生认为，在国际贸易极为兴旺的时代，会有某国铸币成为“国际货币”的可能，这种货币便会成为当时有贸易关系的各国之间在贸易孔道上的城市一般通用的货币。萨珊王朝强盛时期，其银币在当时的中东、近东和东欧有着与拜占庭金币一样的功能，作为一种国际货币而在各地通行使用。即使后来波斯国被大食帝国所灭之后的很长一段时间内，为了确保贸易通畅，其货币仍然袭用旧制，萨珊银币和拜占庭金币依然作为市场流通的主要货币形式，直至后来才出现了阿拉伯新币。

研究者普遍认为，那些大批银币一起被发现的情况，是银币作为商品的等价物被携带或窖藏，所以它们被发现的地点常可表示当时的贸易和交通的路线。西宁出土的这批银币就属于此类情况，其储藏者可能是把它作为财富储藏起来了，以备将来必要时再拿出来使用。但是，孰料这一藏就给藏了一千多年。与之相似的是，出土于新疆乌恰的一批银币是藏在山中大路旁的石缝中，极有可能是过路的西域客商在遇到危险时临时隐藏了起来，最终成为某种历史的见证。西宁和乌恰发现的这些银币，其储藏或隐藏意义应该不属于作为贵重金属的收藏，更多表现为流通过程中暂时的保存，甚至是紧急情况下的临时藏匿。这种情形似乎亦可印证史书上有关我国西北一些地区在北周和初唐时期存在使用流通西域银币的情况。

中国古代丧葬习俗中，民间除了随葬陶器玉器等珍贵物品外，还存在随葬货币的习俗。萨珊银币作为来自异乡的珍贵货币，自然有可能成为随葬的物品。在高昌地区的墓葬中，人们发现死者口中往往含有一枚货币，有的是“开元通宝”铜钱，有的是拜占庭金币，更多的是萨珊朝银币。[①]这使我们联想到青海地区老人去世下葬前在口中放置金片、银块的习俗，这一习俗至今还保留着。有些萨珊银币出土于佛教寺庙的舍利塔基中，作为“功德”和“善果”的一种方式被民众所崇信，由此也可探寻早期佛教文化的某些特质。

四

2000年，青海省文物考古研究所在对海西州乌兰县大南湾遗址进行考古发掘时，也发现了一批金币和银币。其中，前者被确认为东罗马金币，在青海地区属首次发现，后者则与西宁地区出土的波斯萨珊朝银币极为相似。这样来看，波斯与中国的贸易路线不仅局限在祁连山一带，青海湖以东的柴达木盆地也可能是他们选择的另一条重要路径。

我们知道，魏晋南北朝时期，河西走廊一带群雄割据，战乱频

①夏鼐：《综述中国出土的波斯萨珊朝银币》，《考古学报》，1974年第1期。

繁，这些因素逐渐殃及丝绸之路，致使通往西域的道路一度不太通畅。当时，丝绸之路西侧的青海地区由吐谷浑王国管控。而吐谷浑与中原王朝及南北诸国保持着良好的关系，因此，青海地区相对稳定。许多过往客商及求法僧众因之取道于此，从而使丝绸之路青海道兴盛起来。中国考古研究所研究馆员赵信在其参与编撰的《青海古代文化》一书中不仅详细记述了 76 枚出自西宁的波斯银币，而且通过大量的文献资料，印证了一千多年前的青海交通地位。

历史上，法显在东晋隆安三年 (399 年) 从长安出发，沿河西走廊西行求法，据史料推断当时他的西行路线应该“自长安出发西行，过陇西，经西秦、南凉、越过养楼山 (今达坂山)，出扁都口至张掖，转往西域至天竺”。[①]人们习惯认为的丝绸之路东端，是由兰州经过河西走廊进入今新疆地区的。然而，随着波斯银币在西宁的大量发现，青海在丝绸之路上的重要地位得以重新厘定。

北魏时期，僧官宋云在神龟元年 (518 年) 由洛阳出发赴西域求经时，“西行四十日至赤岭”，又“发赤岭西行二十三日，度流沙至吐谷浑国”，再“从吐谷浑西行三千五百里至鄯善城”。[②]赤岭即今日月山，宋云所走路线显然是翻过日月山，经柴达木盆地西行进入新疆地区的。都兰发现的大量丝织品，乌兰县出土的波斯萨珊朝银币足以证明青海的海西地区当时也处在中西交往的通道上，为促进中西经济文化交流起到了重要作用。

宋云之后，印度摩伽陀国人阇那崛多法师东游长安。他经过于阗等国后，“又达吐谷浑国，便至鄯州，于时西魏后元年也”，“周明帝

---

① 崔永红、张得祖、杜常顺：《青海通史》，青海人民出版社 1999 年版，第 140 页。

② 夏鼐：《青海西宁出土的波斯萨珊朝银币》，《考古学报》，1958 年第 1 期。

武成年（559年）初届长安”（释道宣：《续高僧传》卷2）。鄯州是后魏孝昌二年（526年）所置的，即从前的西平郡地，隋大业三年（607年）罢州复为西平郡。可见阇那崛多所经的路线，是由今日新疆和阗（古于阗），经过青海柴达木盆地而达西宁、乐都的，然后东行直赴长安。

毋庸置疑，青海地区东临西藏新疆，南接巴山蜀水，西依河西走廊，北通甘肃凉州，独特的地理位置使它在很长的一段历史时期内成为中西方商贸交流的要道。特别是从今天的西安—陇西—乐都—西宁—扁都口—张掖—新疆—中东地区的丝绸南路，和从西安—兰州—乐都—西宁—柴达木盆地—新疆—中东地区的贸易往来之路，在公元4世纪末至6世纪的中西交通史上有着极为重要的作用。出现于乌兰县和西宁地区的波斯萨珊银币为我们研究中西文化交流增添了实物证据，同时，也拓宽了人们对于丝绸之路的进一步认知。

今天，当那些活泼可爱的孩童唱着《我在马路边捡到一分钱》的儿歌走出位于西宁市解放路的少年宫时，他们哪里知晓——就在60年前的这条路上，他们的祖辈真的捡起过一些硬币，而这些银币来自一千多年前遥远的波斯国，它们的主人沿着丝绸之路来到湟水流域，从此处或东往中原或南下川渝，遗失在这里的钱币一如时间长河里跃动的音符，奏响了人类文明交流融通的华美乐章。

贰 古道山河

湟水流域西起日月山和青海湖水系相连，北依祁连山与河西走廊相邻，南以拉脊山为界与黄河干流水系相接，整个流域分布在青藏高原与黄土高原的过渡地带上。西宁、乐都等地本来就处在沟通东西方交通的主要孔道上，从而成为『丝绸之路』南道以及『唐蕃古道』上的重要枢纽。

翻看青海及其周边地图，用钢笔勾画出湟水流经的地区：海晏—湟源—湟中—西宁—平安—乐都—民和—兰州……我似乎看到悠悠东去的湟水，用舒缓的方式把青海多民族共同缔造的生产生活文化脉络清晰地描绘在我的眼前。

悠悠湟水

一

年少时生活在大山深处，习惯了在春雪消融后的溪水边映照童年，很少见到大一点的河流。后来到县城上高中时，才知道有条河叫“塘川河”，它经常从作家佩夫的笔下流过，最终汇入湟水。

考上省城的师范大学后，我才见到了真真切切的湟水。它是一条幽静的河流，也不那么清澈，悄无声息地从城市北侧穿过。

有一天，我站在海湖路的大桥上，俯首细看桥下东去的湟水。当时并不知道它来自哪里,又将流向何处，只是隐约感到一丝莫名的怅惘。从我有限的乡村生活经验出发，这样的河畔，应该有花草树木茂密的偎依，然而眼前的河岸两侧，是一排连着一排的楼房和几棵稀疏的白杨。带着这样的心情，我在博客“雪落林川”

上写下了一首题为《湟水》的小诗，后来被郭建强先生看到，拿去刊发在他主持的《西海都市报》“昆仑”副刊上。记得其中有一节是这样写道：

写诗的少年行走在河边
他能否打捞起那些花瓣
紫色的落英，是湟水的歌
是一把多情的镰刀
只有隔着河岸和麦田
我们才可以望眼欲穿……

接下来，是读书的日子，我也慢慢了解到湟水河的“身世”——发源于青海省海北州海晏县包呼图山，东南流经西宁市，至甘肃省，在兰州西面的达家川西古河嘴处汇入黄河。全长 349 千米，流域面积 3200 多平方千米。不同的地质分层和土壤结构，造就了湟水流域峡谷与盆地交错而出的地貌，远远望去，宛若佛陀手中的一串念珠，散发着润泽的光芒。河水流经的峡谷有巴燕峡、扎马隆峡、小峡和老鸦峡，峡谷一般长 5 至 6 千米，其中老鸦峡最长，达 17 千米，沟通了乐都与民和的联系，正如“花儿”里所唱的那样：过去的碾伯是乐都县，老鸦峡出去是民和县；享堂过去是海石湾，想起个花儿了拉夜川……这条峡谷两壁陡峭，谷窄而深，非常险峻。一路走来，湟水穿过了西宁、大通、乐都及民和四大盆地，其中以西宁盆地为最大。一般人叫它湟水河，有的书上也称之为西宁河，这样的命名显然与它所经过的高原古城有关。

求学多年之后，终于在西宁安了家。从此，我的生活与湟水也有了某种关联。我也很清晰地感觉到，西宁这座狭长的省会城市正在渐渐变大，有关湟水的美好记忆，只能从时光深处去采撷了。

二

作为黄河上游的一条重要支流，湟水河谷宽阔，水量充沛，方便农业灌溉。每当春风吹拂大地之时，河流上游的冰雪开始大面积消融。雪水流至西宁的西郊河、北川河和南川河之后，陆续注入湟水。于是河水骤涨，波涛汹涌，呈现出“湟流春涨”的美丽画卷，因此，早在清代时它就被人们列为“湟中八景”之一了。

湟水流域西起日月山和青海湖水系相连，北依祁连山与河西走廊相邻，南以拉脊山为界与黄河干流水系相接，整个流域分布在青藏高原与黄土高原的过渡地带上。其中，湟水流域西头的日月山在自然地理学界有着非常重要的地位，它不仅是中国季风区与非季风区的分界线，也是内流区与外流区的分界线，还是青藏高原与黄土高原的分界线，自然也就成了青海省内农业区与牧业区的分界线。

从地理学的角度来看，日月山以东的湟水谷地实际上属于黄土高原，其平均海拔 2 000 米左右，是青海省平均海拔最低的地区，也是来自太平洋的东南季风能够抵达的最西端，适合小麦、青稞、蚕豆、马铃薯、油菜等农作物生长。置身其间，你会为袅袅炊烟和青青杨柳所迷醉。尤其在春天里，湟水两岸麦苗泛绿，柳枝抚堤，丁香吐艳，美丽的田园风光随处可见。正如河湟诗人张思宪所吟的那样：“湟流一带绕长川，河上垂杨拂翠烟。把钓人来春涨满，溶溶分润几多田。”

日月山以西就是广袤无垠的大草原。春夏时节，碧绿的草原上的羊群如散步的白云，从草坡这头缓缓移向另侧。雄鹰翱翔于天际，牧歌悠扬，直抵路人耳鼓。天还是那么高那么蓝，路依旧伸向远处。此情此景，令人不禁想起王洛宾先生的经典名曲——在那遥远的地方，有位好姑娘，人们走过了她的毡房，总要回头留恋地张望……

毋庸置疑，在青藏高原严酷的气候条件下，河湟谷地当属青海最适宜人居的地区了，遍布于湟水流域的新石器时代遗址，诸如马家窑、卡约等文化遗址说明，早在四五千年以前，这里就有远古人类繁衍生息，他们制造出美丽的彩陶、精致的玉器、厚重的青铜、锐利的铁器……他们用湟水之河，聚拢起人类文明早期的曙光。从整个中国农牧业版图来看，河湟谷地是中原农业文明所能到达的最西端，历代封建王朝对青海的有效管控主要是在这一区域内实施的，而对青海其他地区则多半是若即若离的羁縻施政。可以说，河湟谷地是青海历史的主线，而西宁地区则是历代王朝对青海施政过程中最为关键的一环。

湟水河畔的西宁可谓青藏高原最大的门户，自古以来即为兵家必争之地，素有“西海锁钥”之称。若得西宁，就可以左牵甘凉，右控青海，内屏中原，外梗羌戎；倘失西宁，犹如门户洞开，丝路不畅，边陲难稳。可想而知，如此险要的地理位置必得历代统治者的重视和经营。与此同时，西宁、乐都等地本来就处在沟通东西方交通的主要孔道上，从而成为“丝绸之路”南道以及“唐蕃古道”上的重要枢纽。民国时期，青海筹划建省，当时湟水谷地在全省的经济与人口优势最为突出，选择西宁作为省会城市就成了一种必然结果。青海解放以后，全省绝大多数的人口与经济依然富集于湟水谷地。尽管西宁偏居全省东部一隅，但历史与文化的深厚积淀让它在未来之路上充满了诸多必然性，而这些必然性又是以湟水谷地优越的自然条件为基础的。

可以说，湟水不仅关涉青海省的政治经济，而且也紧紧联系着汉、藏、蒙古、回、土、撒拉等多个民族，并将他们互融共生之后形成的多元文化借用东去的河水带到远方。从这个意义上来讲，湟水就是他们的母亲河。

养育生命，传递文化。一条河的意义，还需要用时间反复去证明吗……

三

翻看青海及其周边地图，用钢笔勾画出湟水流经的地区：海晏—湟源—湟中—西宁—平安—乐都—民和—兰州……我似乎看到悠悠东去的湟水，用舒缓的方式把青海多民族共同缔造的生产生活文化脉络清晰地描绘在我的眼前。

靠近青海湖的海晏，坐拥日月山的湟源——在这片水草丰茂的区域里，天然的地理环境为牧业生产方式的发展保留了足够的生长空间。这种生存方式在以追寻经济目标为宗旨的社会环境中，显得单纯而诗意。我有一个写小说的作家朋友叫索南才让，他就生活在青海湖以北的牧区里，一边放牧一边写小说。他的小说充满了浓郁的牧区生活气息，精致而接地气，尽管我没有接触过他的牧区生活，但我猜测他的日子必定过得随性而踏实。一有机会，他就会来到西宁，领奖、学习和文友们交流。从朋友索南才让身上，我分明感觉到他所持有的牧业文化与日月山以东的湟水谷地始终保持着某种密切的联系。

湟水进入湟中，浓郁的藏传佛教文化迎面而来。塔尔寺——这座藏传佛教格鲁派六大寺院之一、青海省佛学院的最高学府就坐落在鲁沙尔镇西南隅的莲花山坳中。这是一座拥有 600 多年历史的佛教寺院，黄教创始人宗喀巴就诞生于此。传说中聪慧的宗喀巴 3 岁便进入夏宗寺受近事戒，7 岁到夏琼寺受沙弥戒并随高僧端智仁青学经多年，16 岁时离开夏琼寺前往卫藏学法，朝拜各派名寺，访遍高僧大德，刻苦研习佛法，之后在雅隆地区南杰拉康寺受比丘戒。三十多岁时他已经对佛教显密、诸法均有很深的造诣，撰写出了颇有影响的《菩提道次第广论》和《密宗道次第广论》，正是这两大论构成了他创立格鲁派的理论基础。由于宗喀巴离家学法多年，其母香萨阿切思儿心切，就让人捎去自己的一束白发，意在告诉他老母已白发苍苍，希望他能回来相见。但是，一心求法的宗喀巴决意不返，只给母亲和姐姐各捎去一幅用自己的鼻血画成的自画像、狮子吼佛像和一封信。他在信中写道：“若能在我出生的地方用十万狮子吼佛像和菩提树为胎藏，修建一座佛塔，就如同见到我一样。”于是，其母与众信徒用石片砌成一座莲聚塔，后在此塔旁建了一座明制汉式佛殿，称弥勒殿。由于先有塔，尔后才有寺，人们称其为塔尔寺。

塔尔寺的建筑分布于莲花山一沟两面的坡地上，一路走来，可见大金瓦殿、小金瓦殿、大经堂、弥勒殿、释迦殿、依怙殿、文殊菩萨殿、大拉让宫、四大经院、酥油花院、跳神舞院、活佛府邸，以及如来八塔、菩提塔、过门塔、时轮塔和僧舍等主要建筑。这些建筑群布局严谨，错落有致，风格独特，形成了集汉藏建筑艺术于一体的建筑群落。如果说建筑是凝固的音乐，那么塔尔寺的每一片砖瓦都散发着悠然的梵音。再加上酥油花、壁画和堆绣构成的“艺术三绝”，让人不由得为这种精湛的佛教艺术深深震撼。此外，寺内还珍藏了许多佛典、历史、文学、哲学、医药和立法等方面的学术专著，这些也是藏传佛教文化的精深之处。

随同湟水的流向走出湟中进入西宁和平安，发现这里的伊斯兰文化特别兴盛。在湟中，有多个典型的回族乡；在西宁，有著名的东关清真大寺；在平安，有肃穆的拱北建筑。如果回族乡体现出的是穆斯林群众的日常生活及文化习俗的话，那么东关清真大寺则展现了更多信仰层面上的精神风貌。这座拥有600多年历史的清真寺是青海规模最大的一座清真寺，并且与西北地区的西安化觉寺、兰州桥门寺、新疆喀什艾提卡尔清真寺并称为西北四大清真寺。

据寺内《重建西宁大寺碑记》记载，东关清真大寺“创自明代，毁于兵燹”，另据《重建西宁东关大寺碑记》记载：“西宁清真大寺，创自明代,屡经兵资,其地送废。”又据1961年编的《西宁市志稿》载：“西宁东关清真大寺，相传明洪武年间，由明将军西平侯沐英，建东关清真大寺。”

据说，在洪武年间，明太祖朱元璋分封开国有功的回族将领沐英为西平侯，旨在镇守今甘青地区。由于当时明王朝推行屯兵、移民等一系列实边措施，因而居住西宁的穆斯林居民日渐增多。为适应广大穆斯林宗教生活的需要，西平侯沐英在回族上层及宗教人士的支持下，奏请朝廷允准他们在回族聚居的东关地区修建清真寺。不久，一座占地面积达28 000平方米，修有2000余平方米的大殿，两个宣礼塔、一座碑亭院及一些辅助建筑物的清真大寺出现在今西宁东关大街。

每逢土麻日，穆斯林群众就会自发来到清真寺，集体参加“主麻拜”。特别是到了开斋节、古尔邦节等重大节日时，参加礼拜的人数更多。据2013年的“穆斯林在线”报道——西宁地区近二十多万穆斯林群众齐聚于西宁市东关清真大寺举行节日会礼。

据说，伊斯兰教拱北建筑源于阿拉伯，后来传播至中国，几经扩布辗转到青海，并最终落脚平安县巴藏沟乡上马家村。上马家拱北建于村中，占地不大，院内静谧肃穆，墙上镶满了奇花异草和飞禽走兽的砖雕，现为省级重点文物保护单位。在上马家村清泉水库北山顶上，坐落着著名的“卧牛山拱北”。这座拱北占地 1.2 亩，坐北朝南，由前后两院组成，院内松柏参天，环境幽雅，分布其间的砖雕照壁、山门、两侧厢房也掩映在大片树荫下，显得格外清爽。从二道罗汉门进入后院，可见院内正中为面阔三间的歇山式祭殿，殿堂为砖木结构，砖雕和木雕艺术的大量采用使得庄严的建筑群落中闪现出一抹灵动。

在上马家村北，还有一座颇具名气的“凤凰川拱北”。这座拱北始建于清代嘉庆年间，几经风雨沧桑，如今前院已毁，后院依旧保存完整。后院砖雕墙壁上，刻有造型独特的砖雕梅花图 50 余件。在这些梅花图中间,凸显着“寒雀探梅”和“老鼠拉葡萄”的大幅砖雕，浓郁的民间智慧与审美诉求不言而喻——鸟雀在民间文化里，被视为男性的象征，梅花则为女性的隐喻，“寒雀探梅”表达了朴素的男女婚媾意味。在老百姓眼里，葡萄果实繁密，具有“丰收”和“多”的含义;十二时辰中鼠对应子时，喻“子”之意，因此，“老鼠拉葡萄”整体上表达的是丰收、富贵、多子的意蕴。

马翰龚等研究者在《青海伊斯兰教拱北述略》中指出，青海伊斯兰教拱北有四种类型。一是阿拉伯传教士的拱北，如凤凰山拱北，相传为元代中国伊斯兰教苏菲派传教士古土布·兰巴尼·尔布都·来海麻尼的墓庐；二是门宦道祖、教主的拱北，如鲜门拱北，位于西宁市城东区，初建于清乾隆年间，墓主为鲜门门宦创立人鲜美珍；三是虎夫耶门宦“海里帅”（继承者和代理人）、嘎底林耶门宦出家人及各门宦知名人士的拱北，如广德门拱北，位于西宁市城东区十里铺曹家寨村;四为显迹拱北，是指道祖、教主或其他“外里”（圣徒）

在此显过“克拉买提”（奇迹）而修建的拱北，如塔哇拱北，位于大通县城关镇，系库布林耶门宦显迹拱北。[1]

乐都有柳湾彩陶，这里是世界上彩陶出土非常集中的地方，享有“彩陶故乡”的美誉。从博物馆所见的彩陶以其丰富的主题、灵妙的构思展现着史前文化的浑厚古朴之风。那些写意的动物图纹，多样的几何形状，盛大的歌舞场景和鲜活的动感姿态，像湟水跃动奔流的姿态，静谧而不事张扬，臻成彩陶艺术的高峰。

民和官亭镇喇家村光热充足、土地肥沃，黄河绕村而过，柳树河边成荫，因此，这里被认为是一块西北少见的富庶之地。出土于此的喇家遗址是目前我国保存最为完整的史前灾难遗址，在不断向人们展示着青海曾有过的辉煌史前文明的同时，还记录了一场极为罕见的史前灾难。从时间上判断，喇家遗址拥有比意大利“庞贝古城”还要早 2000 年的历史。它呈现了史前部落的最后瞬间，记录了很多母亲在突如其来的灾难面前，用身体掩护着幼小子女的悲壮情景，尽管经历了 4000 多年的风雨，还是能够让人真切感受到母爱的伟大。看到此景，就会想起发生于 2008 年 5 月 12 日的汶川地震，就会想起那几天一位年轻妈妈写给孩子的诗句：

孩子，快抓紧妈妈的手

去天堂的路，太黑了

妈妈怕你碰了头。快——

抓紧妈妈的手，让妈妈陪你走

妈妈怕 天堂的路太黑

我看不见你的手，自从

---

①马翰龚：《青海伊斯兰教拱北述略》，《青海民族研究》，1997 年 3 期。

倒塌的墙把阳光夺走

我再也看不见你柔情的眸

孩子，你走吧——

前面的路再也没有忧愁

没有读不完的课本和爸爸的拳头

你要记住我和爸爸的模样

来生还要一起走……

我们无法知道那时候的灾难有多重，但可以确信的是，4000年前的母亲跟今天的母亲是一样的，同样的爱，同样的心——爱子如命，舐犊情深。正因如此,喇家遗址一度被称为“母爱的旗帜”。这面旗帜，表现的正是存在于中华民族精神财富中最为宝贵、最动人心弦的内容。

毋庸置疑，生产方式决定着生存方式。在湟水流域，山岭切割着土地和草场，人们对于自然环境的适应，得益于一条河的引领。人们依据大山和河流划分出自己的生活空间，并用民俗文化来强调自己的生活边界。但在很多时候，他们渴望超越固有的坐拥青稞小麦和肉食乳酪的生活，从而获得更多的生存空间。为了相互交往的达成，他们又不得不通过对地理人为的选择方式，来确定自己的生存空间，模糊各自的边界，由此出现了很多具有交叉性特征的认知方式及生活方式。这样的生活图景最终表现为“大杂居，小群居“的聚落形式，并且以畜牧一贸易一农耕的内在关联予以呈现，整体上构成了一条内涵丰富的文化走廊。于是，湟水成为他们彼此沟通的首要资源。不同民族间的往来并不因为文化的差异而受阻，相反，他们以十分紧密的需求和依靠而形成了相互的包容性，彼此互补，多元共生。

在这里，儒家文化、藏传佛教文化和伊斯兰文化彰显出自身特点的同时，又能或多或少影响彼此，甚至有一种不可分离的牵连。因此，不论时间过去多久，它们依然和睦如初。爬一趟西宁的南山，我们就可以看到汉传佛寺、藏传佛寺、道观、清真寺紧挨相邻，相互映衬，这样的格局无疑显现了湟水地区文化上的多元特点和气质上的包容秉性。

四

湟水流过的地方，盛产美丽的“花儿”。

“花儿”是一种西部地区特有的民间歌谣，有着丰富的吟咏主题、悠久的历史传承、独特的演唱形式和深厚的文化底蕴。她们是一朵朵盛开于大山乡野的艺术奇葩，影响着一代代憨厚淳朴的民众，按照湟水谷地老百姓的说法，“花儿”就是他们心上的“少年”。从学理角度而言，“花儿是流行于西北甘青宁新四省区，汉族、回族、土族、撒拉族、东乡族、保安族以及部分藏族、蒙古族和裕固族等九个民族的民众用汉语演唱的一种民歌”。[①]按照流传区域，可划分为河湟花儿和洮岷花儿，人们都说青海是花儿的故乡，河湟花儿更是西北花儿的精魂。自然，湟水所到之处，绽放着花儿绝美的身姿。

勤劳朴实的各族群众，无论是劳作田间，放牧山野，还是赶赴庙会、外出打工，甚至在赶车的路上，一有闲暇，都要唱上几句悠扬婉转的“花儿”以表心怀。“花儿本是心上的话，不唱是由不得个家。”在这里，人人都熟悉花儿的内容与唱法，人人都有一副唱“花

①赵宗福：《西北花儿的研究保护与学界的学术责任》，载《民间文化论坛》，2007 年第 3 期。

儿”，漫“少年”的好嗓子，男女老幼都遨游于花儿的海洋，尽情表达着他们对生活的认知和对理想的追求。

高山岭上的鹿羔娃，它在个山尖上站哩；

刚刚断奶的憨娃娃，满嘴者花儿哈漫哩。

从这首唱词里面，我们不难发现花儿就是老百姓生命的一部分，自小至老，伴其一生。每一首花儿的吟唱恰似天、地、人之间的一次对话，有多少快慰与忧伤来自这份绵绵的心肠。

从万物复苏的阳春三月到姹紫嫣红的炎炎夏日，从草长林密的大小山峦到麦浪滚滚的碧野田间，花儿像来自雪线的一股清泉，汩汩流淌于广袤的天地之间，浸润着老百姓沧桑的心坎，描绘出一幅幅撼人心魄的生活画卷。在田间地头，拔草的妇女们“尕马儿你拉回了来，拉回了欢来”的心语里，蕴含着她们对生活理想的希冀，以及思念出门人时内心所隐藏的深深忧伤，那种希冀和忧伤好似一场落雨，滴落在大地之上，让太阳逝了光芒，让听者断了心肠。在山冈野岭,年轻的牧者高歌“上去个高山望平川,平川里一对儿牡丹”，歌喉里燃烧着青春的激情，还有他们对爱情最初的憧憬。花儿以其悠扬婉转的曲调，率真朴野的语言，直抒胸臆的表达，打动了听者，陶醉了歌者。她是歌，更是诗，因为最初的诗就是用来歌唱的。

花儿是湟水谷地民众最好的精神食粮。生活中，他们喜欢用花儿来礼赞生命，歌唱青春。少年无疑是人生中最为多彩难忘的一段时光——充满着朝气和阳光，憧憬着未来和希望。正如这首花儿所唱的：“脸如银盆者手如雪，黑头发赛过了丝线；小嘴是樱桃者一点点血，尕妹是才开的牡丹。”唱词用细致的笔法描绘出了少女的青春美丽，光彩照人。又如：“尕妹好比个嫩白菜，一指头儿弹出个水来”，在这里，生命如同新长的白菜般娇嫩朴素而又单纯，同时充满了生机和活力。“花儿里赛不过藏金莲，人里头好不过少年”，意在昭示人们：青春易逝，要珍惜韶华，有所作为，这样才不虚此生——“年轻的时候草尖上飞，老了时再不会后悔。”

在有限的表达空间里，他们更愿意用花儿诉说衷肠，表达男女之间的深情爱意。很多人认为花儿就是一种情歌，原因就在于爱情题材占了这种民歌的绝大多数。其中，有表达年轻女子情窦初开、大胆追求朦胧爱情的：“二系子草帽往前戴，恐怕是南山的雨来；十七十八的人人爱，恐怕是婆家里娶来”；有不畏外界各种压力，坚决捍卫美好爱情的宣言：“清水们打得磨轮子转，磨口里淌的是细面；宁叫皇上的江山们乱，决不叫我俩的路断。”对爱情的真诚、专一是劳动人民的美德，也是花儿闪光的内容：“山里的松柏树冬夏里青，铁桦树它是个实心；维你者半路里起二心，太子山倒插在海中。”这种对恋人的忠贞不渝之情可与汉乐府民歌《上邪》媲美，着实让人感动。还有许多表现恋爱双方天隔一方，诉说相思之苦的花儿，如：“兰州的木塔藏里的经，拉卜楞寺院的宝瓶；疼烂了肝花者想烂了心，望麻（瞎）了一对儿眼睛……”歌者如泣如诉，凄婉幽怨，听者无不触景生情，潸然泪下。

此外，很多花儿还涉及出门人对家乡的思念、亲朋好友之间的深情厚谊、新社会时代风貌和生产生活中诸多美好或苦难片段主题的，虽数量相对较少，但情真意切，听来回味无穷。

河湟民众除了在余暇时间、劳作之际唱唱花儿外，民间自发形成的“花儿会”又为这种民间艺术提供了一处绝佳的表演空间。花儿会的形成一般与庙会、传统节日关系极为紧密。我们所熟知的各大寺院庙观大都依山傍水而建，并且远离尘嚣喧闹。山上草木繁茂，门前溪流潺潺，环境优美，清净宜人。在特定的传统节日（如二月二、四月

八、五月端午、六月六等），一些寺庙都要进行大规模的法事活动，届时便有四面八方的善男信女前来敬香朝拜，除了虔诚的信徒，小商小贩、卖艺杂要，方圆几十里内的游客都闻讯而来，俗称“赶会”或“浪花儿会”。

穿着节日的盛装，身处花红柳绿、鸟鸣声声的天然会场，眼前的景象不禁使人春情萌动，引吭高歌。抽穗的庄稼与绽放的野花给人以生命的昭示和体悟，给劳累困顿多时的庄稼汉们平添了一种原始生命粗犷朴野的冲动和豪情。“天不下雨者雷干响，惊动了四海的龙王；过路的阿哥好声嗓，有心了我俩人对上。”起初彼此陌生的青年男女先用歌喉搭讪相识，若能对上话茬，感情的距离就会逐渐拉近，气氛也趋于宽松：“胡麻花开下的一片蓝，俊不过山里的牡丹；尕妹的跟儿里坐一天，喝一碗凉水者喜欢。”若此一唱顿生好感，双方一改之前的羞赧，进而坦率大胆起来：“杨柳弯弯弯杨柳，五月端午的绣球；你和阿哥我当两口，好日子还在个后头。”那份对爱情的渴求与热烈不言而喻，有的甚至达到了迫不及待的地步：“早晨里邀着个媒人来，晌午里送着个礼来；后晌里借着个驴车来，擦黑儿我把你娶来。”短短的十二小时内，居然要将传统婚礼中的“六礼”习俗按照规程行完，唱词绝妙的概括性与歌者的急切心理得以完美结合，极具艺术性的表达着实令人拍手叫好。如此，两个情投意合的人便自然地走到了一起。当然其中也不乏失意败北者，不过也不气馁，他们相信“天涯何处无芳草”，况且花儿会年年有、处处有，因此没对上歌的人也好聚好散：“互助的二月二没赶上，大通的老爷山浪上；这一首唱完再不唱，留在个明年的会上。”

尽管日薄西山，倦鸟归林，但更多的年轻人还在纵情放歌，如痴如醉。而人神共娱的庙会活动为他们追寻伴侣的不懈行动提供了十足的合法性：

红白经幡峨博上插，手拉手佛跟前跪下；

三世的夫妻把誓发，四世里还不能罢下。

除了歌唱爱情，赞颂神灵，他们还在描摹自然的博大精深。在这曲径通幽的深山里，在这泉水叮咚的溪流边，他们暂时远离了繁忙和困顿，只身徜徉于花儿的海洋中，用生命原始的悸动和豪情烘托起诗意的寄寓之所；在佛祖神灵前的跪拜与誓愿，也使得他们暂时获取了精神的超脱和言行的默许，毫不顾忌地将日常桎梏一举打破，在尽情地追寻和放歌中，劳苦的心灵得到了歌声之抚慰，蕴积的心绪得以恣肆的宣泄。

在花儿会场上，大家不分民族、不分区域。前来赶会的群众不约而同，欢聚于一处，演唱花儿、交流情感，尤其是各种花儿擂台赛，更将民众的注意力和他们的希冀串联在一起，唱他们所喜，诉他们所悲。如我们熟知的《出门人》《沙娃泪》等曲目，未闻唱词便已经拉近了听众的心：出门在外的人虽劳累不堪，却历尽艰险卖命挣钱；守在家里的女人望眼欲穿，终日泣涕涟涟："端起个饭碗想起个你，面叶儿捞不到嘴里"，对爱人不绝如缕的牵挂，尽显于歌词凄怆的意蕴之中。

在青海，规模不一的花儿会数目甚众。沿着湟水的流向去找寻，很多具有代表性的花儿会便会进入我们的视野。这些花儿会包括西宁凤凰山花儿会——于农历四月八日举行。届时艳阳高照，满目青山，歌手们携情侣，带酒食，三五成群，边饮美酒边赛歌，歌声传遍四野，气氛热烈至极；民和县峡门花儿会——此会历史悠久，每年五月端阳节在满山遍布股股清泉的乱泉滩举行，届时人们头戴杨柳帽，手提节日饭，畅饮清泉水，放声唱花儿，别是一番情趣；民和县七里寺花儿会——每逢六月六，在当地颇具名声的药王庙和药水泉附近，民众汇聚于此，拉开花儿会的帷幕；乐都县瞿昙寺花儿会——每年农历六月十四至十六日举办，在这里，歌手们一边领略瞿昙盛景，一边引吭高歌，心情格外舒畅，歌声分外动听。

另外，地处湟水河上游地区的互助五峰山花儿会——于农历六月六日在素有“风景胜地”之称的五峰山澄花泉边举行；互助丹麻花儿会——农历六月十五至十七日举行，这里土族花儿风格独具，别有韵味，此会是融物资交流、花儿演唱于一体的大型民间活动；还有大通六月六老爷山花儿会——以演唱源于藏族的“长寿令”花儿见长，老爷山峰回路转，林木葱茏，悠悠白云上飘荡着声声花儿，一片诗情画意。这些名目繁多的花儿会中，大通老爷山花儿会、互助丹麻土族花儿会、民和七里寺花儿会和乐都瞿昙寺花儿会已入选第一批国家级非物质文化遗产项目。

各地花儿会一般规模宏大，人数众多，不论待字闺中的少女，还是严守妇道的妇人，乃至两鬓斑白的老者，往日都矜持严肃，一旦进入花儿会现场，则个个神采飞扬，兴奋异常，众人纷纷在热闹非凡的花儿会场上一展歌喉，从而形成一种人人皆歌、其乐融融的和谐场景。特别是年轻人，白天，他们往往三五成群，或男女对唱，或一人独抒其意；然而待到夕阳西下时，他们的行动就变得异常诡秘和浪漫。在丛林密布的山前溪后，只听见悠扬的歌声却看不见多情的歌手，他们心中的花儿呢——似乎也都隐匿在这份神秘的浪漫中了。纵观整个花儿会的始末，我们完全可以拿老百姓的说法去总结：花儿不仅是唱出来的，而是“浪”出来的，“浪花儿会”是民众一年中最为舒心惬意的活动。在那里不仅可以尽情抒怀，一展才情，更重要的是能遇到故知，有幸者还能觅到意中之人，喜结连理。

我们知道，深受传统文化熏染的中国民众很难真正进入忘我狂欢之态，很多时候他们更愿意做一名忠实的观众，静静地聆听世界。而在众人皆歌的花儿会上，再含蓄的人也会忍不住唱上几嗓子，稍有心才（花儿演唱很多时候需要即兴创作，即需要歌手具备很好的素养）的便早早加入了花儿“唱把式”的行列。大家不分民族、不论男女，左手拢耳，或激昂或悲怆地漫起了少年，引来众人的互动和共鸣。许多人生痛苦、生活烦恼于此刻都化为乌有。大家歌唱时代、生活和刻骨铭心的爱，将一切美好的祈愿和祝福融入歌声，实乃余音绕岗，多日不绝。由此来看，花儿会在一定时空范围内高度集中和浓缩了花儿文化的精华，既吸引了颇为有名的歌手（如大家熟知的花儿王子马俊），也集中了最广泛的听众。它不仅是农村社会生活的调节器，也是人们压抑心理的减压器，更是各民族融合交流的黏合剂，从而在局部地区达到了一种真正意义上的民间狂欢。

书写至此，回想起多年前自己站在海湖路桥眺望湟水河远去的情景……蓦然感到，那时候的自己对一条河的认知显然过于肤浅了，再翻出那首书写湟水河的诗歌，显得过于感性和幼稚。好的诗歌亦应该从民间汲取营养，向花儿学习。实际上，花儿就是老百姓的诗歌，既如此，就清唱一首花儿，权作文章的结尾吧——

悠悠东去的湟水河，心牵了甘肃的兰州；

一路蜿蜒么一路走，见面了好好地交流。

祁连北麓

一

1936年的西北，天边云霞浸染着血光，太阳像一颗阵痛的心,被祁连山高高举过头顶。一绺黏滞的液体，一滴一滴凝作深红色的颗粒，从祁连北麓冰天雪地的山坡落入风烟滚滚的河西走廊，渐渐融入北寒带广袤的沙尘里。没有什么可以印证，只有漫天落雪，以静默的方式把它们写在历史的无字碑上。

走过祁连北麓，恍然可以听见那一年的枪炮声从冬天响起，传遍了1937年的大西北，一张张年轻而倔强的面庞浮现在山脚路旁。面对狂奔肆虐的铁蹄，她们秀发飞扬如旗，满心怒火似海，牙关紧咬着坚贞，双眸投射出视死如归的光刃直刺入巍峨祁连的峰巅。

这是一支英勇的“妇女抗日先锋团”。那一年，为了打通重要的国际通道，她们与西路军一道西渡黄河，就在越过祁连北麓，进入河西走廊的途中遭遇到西北军阀马步芳军队的围追剿杀。“娘子军”们与敌人浴血奋战、碧血黄沙，最终用生命和热血谱写了一曲震古烁今、感天动地的英雄篇章……

来到祁连，我总会感觉到这些美丽如画的风景背后，总有一些草是被她们焐暖过的，总有一些叶子是被她们染红过的。而那些无边无际的绿，应该是一种新鲜的生命对她们最为庄重的致敬。

闻知朋友曹谁正在创作长篇小说《血色娘子军》，颇为期待——我想从他那里读到更多穿越祁连北麓和河西走廊的背影，以及背影后面的故事。那些背影定然生动，并且缀满许多可能的词语；那些故事必定与祁连山脉有关，与山之侧的丝绸古道有关。

二

前国务院总理温家宝曾在一篇题为《梦里常回祁连山》的回忆散文里深情地写道：“我常常出神地望着祁连山，它是那样的挺拔，山峰陡峭，棱角分明，直刺蓝天；它是那样深邃，层峦叠嶂，山重水复，深不可测；它又是那样美丽，山峰终年白雪皑皑，在阳光下银光闪闪，山谷松柏成荫，一片葱绿。”

他笔下的祁连是山的海洋，山连着山，岭连着岭，庞大的山系横贯甘青两省之界，蜿蜒犹如卧龙。其西端于当金山口与阿尔金山脉相接，东头至黄河谷地，与秦岭、六盘山相连。整个山系由多条西北东南走向的平行山脉和河谷组成，山脉主要有大雪山、托莱山、托莱南山、野马南山、疏勒南山、党河南山、土尔根达坂山、柴达木山、宗务隆山……全长1000多公里，宽数百公里，山峰高度多在海拔 4000 米至 5000 米之间，最高峰为疏勒南山的团结峰，其高度为 5564 米。

在古代匈奴语中，祁连山意为“天之山”。迄今为止，游牧在这里的匈奴人的直系后裔尧熬尔（裕固族）人仍然称祁连山为“腾格里达坂”，也是“天之山”的意思。山上云雾缭绕，冰川纵横，颇为壮美。一般而言，海拔在 4000 米以上的地方被称作雪线，这样的高度往往是冰天雪地，万物难以生存。然而，在祁连山雪线之上，常常会出现一种生物奇观——在那些积雪较薄的山层中，存活着名为雪山草甸植物的蘑菇状蚕缀，还有珍贵的高山雪莲，以及一种生长在风蚀岩下的雪山草。因此，雪莲、蚕缀、雪山草被誉为祁连山雪线上的“岁寒三友”。

祁连山下有一片名为“夏日塔拉”的草原，当地人也称其为皇城滩和大草滩。这里曾是匈奴王和回鹘人的牧地，也是成吉思汗后裔永昌王只必铁木儿避暑和牧马的封地，皇城草原因留存皇家城池而得名。夏日塔拉四季分明，是一片水草丰美的草原。清人梁份所撰《秦边纪略》中说：“其草之茂为塞外绝无，内地仅有。”藏族英雄史诗《格萨尔》中也讲到这片草原是“黄金莲花草原”。尧熬尔人和蒙古人一直称之为“夏日塔拉”，意为“黄金牧场”。夏日塔拉草原的景色闻名遐迩，素有“影视草原”之称，故事片《蒙根花》《牧马人》《马背小学》，电视剧《和平年代》《王昭君》，风光片《焉支风流》《丝绸之路》《牧马人之恋》《窟窿峡的随想》《丝路绿宝石》等很多影视作品及文化宣传片都曾把这里当作外景拍摄的首选之地。

夏日塔拉草原东边是夹在焉支山和祁连山之间盆地中的大马营草原。焉支山一带气候温暖，森林密布。每到七八月份，与草原相接的祁连山依旧银装素裹，恍若冬日，而草原上却碧波万顷，美丽的金露梅、银露梅绽放其间，将整个草原绘制成黄白相间的水彩画卷。这时候，尧熬尔牧人赶着畜群，唱着牧歌，驮着帐篷缓步而来。当微风把花香和歌声同时带到远处时，一切显得苍苍茫茫，空旷辽远。会使人产生返璞归真、恍若梦境的感觉：

走在夏日塔拉草原
山，就像无数牛的犄角
牛，就像无数山的影子
在长满神话的峡谷
人们守望思想的蓝天
在广漠的牧场
祁连在云朵上飞翔

依稀记得海北诗人才登笔下的祁连，就是白云与群山互为背景的祁连，也是人与牛诗意前行的祁连。

行走在地势平坦的大马营草原上，远远就可以望见蜚声中外山丹军马场。其渊源可以追溯到公元前 121 年，由西汉骠骑将军霍去病始创，距今已有 2000 多年的历史了。那一年，霍去病带领万骑，出陇西，过焉支山、大马营草原，直达祁连山西端。眼见汉家的军马场建成，败退的匈奴各部凄然回首，并发出悲怆的千古离歌——失我祁连山，使我六畜不蕃息；失我焉支山，使我妇女无颜色……及至唐朝初年，在太仆张景顺主持牧马事业的二十四年当中，养马事业繁盛，所养骏马已逾 7 万匹以上。民国八年（1919 年），陆军部委任虞奎武为大马营马场场长，归陆军部军牧司管辖。后因战事频繁，马场几经沉浮，于民国十八年（1929 年）沦为军阀马步青、马步芳兄弟的私人牧场。直至民国二十九年（1940 年）才复归国民党中央政府经营。几经周折，组建为山丹军马场。1949 年 9 月 21 日，中国人民解放军第一野战军奉毛泽东主席令正式接管山丹军马场。随后，它就成了我国乃至亚洲最大的军马繁育基地，为我国的良马培养做出了重大贡献。

在军马二场的十字路口，伫立着一座牧马人顶风冒雪驾马腾空的雕像，喻意牧马人代代相传的人文精神。据说当年曾拿出过好几套雕像创意方案，但均为负责人否决。有一天，祁连上空乌云密布，狂风乍起，一场久违了的大雨很快就要来临。水贵如油啊——此等好云万不可由风吹散！负责人工增雨作业的同志急了，急忙向云端连续发射化学催雨炮弹……几炮下来，那天空乱云飞渡，酷似东海龙王布水点阵——只见它策马扬鞭，任意穿梭在苍宇之间，纵马驰骋在层云之中……雕塑创意人员见状大受启发，认为这“龙王往来”的情景恰似牧马人精神的再现，于是灵机一动，立刻描绘了这个塑像蓝图，最终塑成了这尊极具象征意义的雕像。

还有一则故事与电影有关。上世纪60年代，由多家新闻媒体联合制作的《马场新闻》已近尾声，但是负责创作影视插曲的同志迟迟拿不出满意的作品。有一天，创作者出去散步，偶然听到从普通职工家中传来青海三弦的声音，走近一看，许多人正围坐在火炉旁拨弦弄音，自弹自唱，所唱曲目多为自编自创的风土小调。在此过程中，一位老者弹唱起他新近编写的西北小调，其中两句歌词一听就能引起大家的共鸣——我爱家乡我爱马，马场就是我的家……深受触动的编曲及词作者立即着手编写，终于如期完成了歌曲创作。电影一经公映，立刻引起巨大反响，特别是那首名为《马场就是我的家》的歌曲，已是蜚声全国。

三

从大气与海洋学的视角来看，祁连山受太平洋季风的吹拂，可以说它是伸进西北干旱区的一座湿岛。如果没有这座山的阻隔，内蒙古的沙漠就会和柴达木盆地的荒漠连成一片。而有了这座山，有了山上的冰川和山区降雨形成的一条条河流，才有了河西走廊和丝绸之路的勃勃生机。

然而祁连山之于中国的意义远不止于河西走廊和丝绸之路本身，它不仅引来了外商、送去了玉石，更重要的是它造就和养育了冰川、河流和绿洲——祁连山南麓的雪山融水就是柴达木北缘那些城镇和绿洲的生命之源，而德令哈、乌兰、天峻、刚察诸县都是靠祁连山的雪水来养育生灵的。与此同时，祁连山的冰川融水也是青海湖的重要水源之一。从这个意义上讲，祁连山是西北生态链中非常重要的一环，有了它的孕育与沟通，才有了中原经济文化由此越过大漠与西域乃至欧洲地区产生密切的交往。有了这样的现实基础，东西文化的交流才有可能兴盛起来。

我们知道，黄河穿过青海民和抵达兰州后，开始掉头北上钻进茫茫沙漠之中。北上的黄河实际上构成了一个显著的地理界限，人们将黄河以西的大片区域称之为河西。理论上讲，河西一带本应该是浩瀚的沙海地带，但是因为有了高大的祁连山和源自雪峰的涓涓溪流，于是在祁连山北麓形成了由诸多绿洲连缀而成的狭长地带，这个地带被称之为河西走廊。

尽管河西走廊一带良田万顷，瓜果飘香，经济意义显著，但从“走廊”一词的基本含义来看，这条狭长地带所具有的沟通和交流功能远远超越了其他价值，这种沟通不仅限于中原地区和西北边疆的交流，更重要的是它还承载着沟通世界的重要使命。因此，人们在命名时,不叫它“河西地带”或“河西地区”,而称之为“河西走廊”。这条走廊对古代中国的意义非同寻常，特别是在航海技术不太发达的那个年代，东西方的交流和贸易主要通过陆路来进行。于是，兴盛起来的丝绸之路就是欧亚大陆之间最重要的贸易和文化交流通道，而祁连北麓的河西走廊就是丝绸之路上最为重要的一段。

丝绸之路之于中国，犹如尼罗河之于非洲。它不仅仅是一条关涉经济的贸易之路，更重要的是一条文化之路，早期佛教和伊斯兰教的传播就是沿着丝绸之路进行的，因此丝绸之路完全可以称之为宗教之路。

据史书记载,后来随着丝绸之路的开辟,自西汉哀帝元寿元年（公元前 2 年）始,佛教逐渐从印度传入中国。此后的东汉永平七年（公元 64 年），有蔡愔、秦景等赴天竺求佛法，在永平十年（公元 67 年）迎来印度僧人摄摩腾、竺法兰至洛阳，并有“白马负经而来”，于是创建了白马寺。这一时期的西域是佛教的兴盛之地，不少高僧大德通过丝绸之路来到中国内地传教。从此，佛教开始在中原地区流行。唐朝及五代十国时期，王室内外对佛教极为尊崇，许多名僧都是受邀来到中土，宣扬佛法。如名僧鸠摩罗什受邀从龟兹（今新疆库车）来到长安后，遂被尊为国师。高僧真谛亦应梁武帝之邀，经海上丝路于中大同元年（546 年）来到南海（广州）弘法。在此前后通过丝绸之路来华的西域僧人还包括安息僧人安清、安玄，大月氏僧人支娄迦谶，龟兹僧人佛图澄，北天竺僧人觉贤，南天竺僧人菩提达摩等。其中不少人都成为著名的译经翻译家。

与此同时，丝绸之路也成了中国人西行求法的必由之路，一定程度上形成了与西域僧人东行传法进行着呼应和互动。“有据可查的第一个到达印度的中国人是汉献帝建安十年（205 年）从鸟鼠山（甘肃渭源）出发的成光子，而沿丝绸之路西往的中国僧人则以曹魏甘露五年（260 年）西渡流沙的朱士行为始。”[①]此后，从陆上丝路西游、沿海上丝路东归的东晋僧人法显成为中国历史上的第一个“海归”。此后的玄奘和义净也都留下了西行求法、东归译经的感人故事，尤其是玄奘取经归来，由他口述、门人辩机整理写出了著名的《大唐西域记》，这部游历随笔集后来成为《西游记》的成书蓝本。

从这个意义上讲，丝绸之路是佛教得以传入中国的关键，而这种以佛教为内核的交流来往不仅使丝绸之路充满了生机，更重要的是加深了人们关注心灵的思想意识，长期浸染之后，与本土的道教形成一种互补共存的文化生态。正如沈济时所言：“佛教文化是外部文化大规模输入中国的第一次，它进入中国后，很快便被中国固有文化所改造、吸收，成为中国传统文化的一个重要组成部分。”[②]因此，佛教通过丝绸之路进入中国并在这片厚土上生根开花，一定程度上拓展了中国文化的开放性与包容性。

当然，丝绸之路上的文化交流不是单一的，来自阿拉伯地区的伊斯兰教也是在唐朝时期传入中国西北地区。《布哈里圣训实录精华》一书中记载了穆罕默德说过的这样一句话：“学问，虽远在中国，亦当往求之。”由此不难发现，阿拉伯人曾经对中国文化充满了向往之情，同时也表明他们是一个善于交流学习的民族。唐高宗永徽二年（651 年），阿拉伯帝国第三位哈里发奥斯曼派遣使节抵达唐都长安，从此，中国与阿拉伯两大文明体系正式交往的历史帷幕正式拉开。这件事情在《旧唐书》中也有记载：“永徽二年八月乙丑，大食

①卓新平：《丝绸之路的宗教之魂》，《世界宗教文化》，2015 年第 1 期。

②沈济时：《丝绸之路》，中华书局 2010 年版，第 107 页。

国始遣使朝贡。”后来，人们也将这一年视为伊斯兰教传入中国的开始。随着使节的互通往来，中国与阿拉伯之间的交往日臻频繁。学者范文澜曾说：“当时中国文化独步在世界上为摩诃末所推荐，阿拉伯与中国在精神上的友好关系,从摩诃末时就开始了。”①据史料记载，从永徽二年到贞元十四年（651—798年）的148年间，阿拉伯向中国派遣使节达39次之多，除官方的使节外，大部分涌入西北的则是阿拉伯商人。因这样的机缘，伊斯兰教开始沿着丝绸之路由阿拉伯、波斯及中亚穆斯林商人在经济交往活动中随同传入中国西北地区。据《青海省·民族志·回族志》调查收集到的口碑资料和有关藏文文献的记载——在唐代，中亚商人越过葱岭和祁连山，到达青海河湟一带经营商业贸易，继而从事耕作，伊斯兰教随即拥有了自己的文化土壤。今日西宁回族中的哈、丁、穆、白等姓的先祖据说就是移居来此的波斯人，他们成为伊斯兰教在青海的最早传播者——这段口碑资料同有关史料记载是完全吻合的。当然，也不能忽视，海上丝路也是伊斯兰教进入中国东南地区的重要途径。

毋庸置疑，无论是佛教还是伊斯兰教，都是沿着祁连山北麓的丝绸之路传播到中国的。我们沿着丝绸之路溯源而寻，就能清晰地画出佛教的传播路线和分布区域，单从佛教的石窟分布情况来讲，最西头的就是举世闻名的敦煌莫高窟，接下来是榆林石窟、昌马石窟、张掖市的文殊山石窟、马蹄寺石窟，再往东是武威市的天梯山石窟，越过黄河继续延伸直到天水的麦积山石窟。甚至可以说，山西大同的云冈石窟、河南洛阳的龙门石窟都是丝绸之路上佛教石窟的继续和延伸。

---

①范文澜：《中国通史》（第3册），人民出版社1994年版，第374页。

不仅如此，早在丝绸之路之前，这条通道还是运送玉石的主干路线。这条道路如此重要，它存在的依据究竟是什么——我们关注的目光似乎只聚焦于贸易往来和文化交流，对这个基础性的问题却鲜有人去深究。如果让我来做出回答，我想都是因为祁连山。

祁连山，虽然不是中国的名山，但它拥有世界上少有的雪山和冰川融水，这些融水最终成为河流，并流向山脚的河西走廊。于是，河西走廊就成了西北沙漠地区珍贵的绿洲。有了绿洲就有了人间烟火，就有了出发和驻足。可以说，祁连山是丝绸之路得以形成的天然屏障，没有它就没有中西方的贸易往来和文化交流。

如果说世界文化史上有很多美丽的篇章，那么祁连就是一首聚天地之灵秀，集历史之烟尘的大美诗篇，正如宗福先生在一首诗里所写的那样：

十里层楼碧翠间，万重松壑祁连湾。

我来翻唱凉州曲，歌伴飚轮出玉关。

日月山下

一

在日月山下,有一个名叫“下若月”的村落。它偏僻、幽寂，凡俗中透着几分诗意。想起这个村落是因为诗人昌耀——这棵当代中国诗坛的大树，曾把生命与文学之根深深扎进西部大荒的土壤里，随后又像一阵朔风那样匆匆离去……

2000 年 9 月，当我怀着激动的心情走进青海师范大学中文系，看到楼梯口标志性的鲁迅头像时，内心原本模糊的愿望开始变得清晰起来。在这里，我可以研读鲁迅、萧红、沈从文、钱钟书……甚至可以寻访到生活在西宁的诗人昌耀。但是，万万没有想到，就在我考上省城大学之时，昌耀辞世已经多月了。于是，我不得不从《中国当代文学史》的教材中去寻找他，从肖黛老师的口头和文字的叙述中去阅读他。

我所了解到的昌耀孤独、敏感、天真，生活充满了困顿，命运写满了荒诞，而他的诗篇却是独一无二的——厚重、深邃、古奥，在俗世中升腾着精神的光焰，显现着重金属的质感以及诗性的高贵与尊严。他的生命历程中每一次与异乡的关联，都与命运有着某种不可逆转的机缘……

1953年，昌耀在朝鲜战场负伤后回国治疗，伤愈后进入河北省荣军学校读书；1955年从荣军学校毕业来到青海，随即被调往青海省文联。1956年，青海省文联主办的《青海文艺》创刊，昌耀随即成为该刊最年轻的编辑。1957年，刊物更名为《青海湖》，此时的昌耀依照文联的常规性安排，前往黄河岸边的贵德县河西乡定点“深入生活”。而与此同时,一场声势浩大的“整风运动”与“反右派斗争”正在酝酿和展开，正当昌耀返回单位并向领导汇报完下乡创作的情况后，一场不可逆转的灾难正在悄悄向他靠近。

作为“深入生活”的创作实绩，昌耀从大量诗稿中选取两首标题为《车轮》和《野羊》的新作交给编辑部。尽管只是两首短诗，但编辑部主任看过后颇为满意，并当即拍板，拟在《青海湖》当年第10期庆祝国庆专号的诗歌版面头题刊发。然而，谁也没有想到，正是因为这两首短诗铸成了昌耀无可挽回的冤案。那是“反右”斗争形势逆转的紧张时刻，昌耀对此一直持有消极淡漠的态度，此举让那位赏识他的领导人为恼火，昌耀因此而得到了一个非常特殊的待遇——编辑部派人前往印刷厂，对已经下厂开印的1957年第8期《青海湖》月刊进行紧急稿件调整，撤下别人的作品，换上了昌耀的那两首小诗，并在后面附加了一个简短却足以致命的“编者按”——这两首诗，反映出作者恶毒性阴暗情绪，编辑部的绝大多数同志认为它是毒草。鉴于在反右斗争中，毒草可起肥田的作用，因而把它发表出来，以便展开争鸣。

至此，编辑部对这两首诗已经做出了明确的定性——它们是毒草。无法为自己辩解的昌耀因此以“大山囚徒”的身份，辗转来到日月山下，接受劳动改造。这一来，就是22年。初到日月山时还是弱冠之年，然而告别这个地方时已年逾不惑。

对于一个人而言，22年何其漫长；对于等待开发的西部大荒来说，它仅仅是岁月之河里一掬小小的浪花。

二

如果人生也是一部历史的话，那么来到日月山无疑是昌耀生命历程中极为重要的一个环节，它不仅是人生的一次重大转折，也是其诗歌创作中有关命运主题的直接来源。将昌耀放到西部诗歌史乃至整个当代文学史中去考察，都能彰显其无可替代的重要意义。即便是今天，当海内外的著名诗人来到青海后，众人都有一个共同的心愿——到日月山下去“看看老昌耀”，去聆听漠北之风吹过草原时大地微弱的回声。

当然，他们看到的是坐落于湟源县丹噶尔古城的昌耀纪念馆。这座纪念馆是在众多诗人的倡导下，由湟源县政府多方筹划于2009年建成的。2011年的某个秋季，我因工作需要到湟源牧校讲学，课程结束后顺道去拜谒昌耀纪念馆。

走进丹噶尔古城，深秋的季风迎面而来，恍然感到自己正行走在历史深处。这是一座得名于藏传佛教寺院东科尔的古城。地处湟水源头，黄河北岸，距离西宁市区有40多里。这里也是黄土高原与青藏高原的结合部、农耕文化与草原文化的分水岭，唐蕃古道与丝绸南路从这里穿越，众多民族在这里集聚，在文献典籍中享有“海藏咽喉”“茶马商都”“小北京”等诸多美称。

远古时期，这里是羌人的活动区域。至公元前 61 年，汉后将军赵充国出兵河湟地区，平定西羌，随后置临羌县，隶金城郡。三国时期隶属西平郡，北魏时属西都县，隋时改为湟水县，隶鄯州（西平郡），唐代归鄯城县，安史之乱后属吐蕃辖地。宋徽宗崇宁三年（1104 年）隶属西宁州，明时隶西宁府西宁县，清代设丹噶尔厅，仍隶西宁府。据记载，古城修筑后，即设丹噶尔营，建参将署 1 员、千总署 1 员、把总署 2 员，演武厅、军火库、火药局、草场各 1 间，廒仓 20 间。道光三年（1823 年），由于军事需要，将丹噶尔营升格为镇海协营，驻副将一员，负责环青海湖等地的军务，并保证丹噶尔商业贸易的正常进行。从建城之日起，设立丹噶尔营、镇海营、将军府、千总府等，先后派副将 14 名、副总 17 名、参将 7 名、都司 29 名、千总 4 名、把总 31 名，足见其军事地理位置上的重要，是名副其实的“兵城”。民国二年（1913 年）改丹噶尔厅为湟源县。

建制以来，随着各民族的文化交流和商业贸易的发展，古城内先后修建了城隍庙、金佛寺、火祖阁、玉皇庙、关帝庙、财神庙、北极山群庙、清真寺等宗教建筑群落。这些庙宇建筑宏伟，壁画精美，同时也把儒、道为核心的汉文化，藏传佛教为核心的藏文化和伊斯兰教为核心的穆斯林文化展现得淋漓尽致。特别是各民族间频繁的贸易往来，使得这样一座古老的边城日渐兴盛起来。

值得一提的是，唐肃宗以后这里开通了“茶马互市”，产自青海的大批牛马被交换到内地，而内地的茶、丝绢等物品同时也被交换至牧区。到了清朝初年，互市地点开始增多，主要包括镇海堡、多巴、白塔儿（今大通老城关）等。清政府平定罗卜藏丹津叛乱之后，对互市进行了严格的控制——规定只准每年的二月和八月在日月山进行互市交易，并派军队弹压。显然，这样的规定不能满足各族群众之间的交换需要，以致怨声载道，统治者便数次放宽政策，并将日月山互市地点移至丹噶尔（今湟源县），日期也予以放宽。丹噶尔互市由此成为日月山互市的延续，很快成为“汉土回民、远近番人及蒙古人往来交易之所”。嘉庆、道光之际，丹噶尔的商业贸易进入兴盛阶段。据清代《丹噶尔厅志》记载，在丹噶尔，“青海、西藏番货云集，内地各省商客辐辏，每年进口货价至百二十万两之多”，成为当时西北地区显赫的民族贸易的重镇。

及至民国十三年（1924 年），商业贸易达到高峰，城内拥有大小商户及手工业 1000 余户，从业人员达 5000 多人，贸易总额白银达到 500 万两以上，商贾云集，贸易兴盛，在民间渐有“环海商都”和“小北京”的美誉。

三

在丹噶尔古城，寻找到昌耀纪念馆时已近黄昏。我向一位坐在纪念馆门口织毛衣的女士询问如何入馆参观的事宜，她表示已经到下班时间，要参观明天再来。显然，她就是纪念馆的“售票员”。拜访不成，内心竟涌出一些莫名的哀伤来……

于是选择了漫游，伴着落日余晖穿过青砖红柱的狭长街道。一路上看到诸多玉器老店，民族服饰的展销，反映贸易的雕塑和一些老旧的照片……各个店铺和洋行的门口都挂着极具民族特点的灯箱式广告招牌，这些五彩斑斓的灯饰让许多旅人流连忘返，仿佛边塞的冷落有了它们的闪烁而变得温暖异常，甚至连古旧的建筑上都溢满了时光的华彩。

我知道，蜚声四方的湟源排灯，其原型就是这种古老的广告招牌。或者可以说，湟源排灯是中国最早的广告灯箱。

作为一种古老的民间艺术，湟源排灯起源于清代中期。据传，当初街市商家为了在夜间招揽顾客，纷纷制作商号广告牌灯箱，箱内点燃蜡烛，挂在商号大门上，后来逐渐发展成图案丰富、形式多样的广告牌灯，后来演化为排灯。这种排灯首见于道光九年（1829年），当年的元宵节展出了大量过街排灯。光绪后期，古城内的京津洋行从苏杭购回纱灯、宫灯、彩灯，悬挂在洋行里外，为湟源排灯的发展起到了极大的促进作用。

到民国初年时，湟源排灯的发展步入鼎盛时期。那时候的元宵之夜，丹噶尔古城内灯笼高悬，彩布篷街，每隔十米就有一架排灯。所有的排灯被点亮时，整条街道流光溢彩，宛如白昼。好看的排灯从古城西门（拱海门）到东门（迎春门），一路蜿蜒，犹如长龙，一直延伸到万安街、张家尕铺；还有一路排灯直下丰盛街，及至火祖阁。人们拖儿带女，[illegible]路赏灯，间或聆听街头的吹拉弹唱，或购买一些生活用品……

在那个年代，四方商旅齐聚丹噶尔古城，用精湛的排灯艺术表达着生活的内容。对于本土民众而言，排灯是灿烂的生活一角，而对于那些常年旅居高原的客商而言，排灯也许就是他们的乡愁。

那么，这种交织着生活与乡愁的民间艺术是如何呈现的呢？据民间艺人讲述，很久以前的排灯大都由长 2 尺、宽 1.5 尺的方格纱窗组成，大都五格两面，共十格，长约丈余，画面绚丽多彩，栩栩如生。现在的排灯制作工序，首先是用上好木料制成框架，并将传统的花草人物等图案精心雕刻于框架上。框架制成后，上面蒙纱，并根据不同架形，绘制出当地群众喜闻乐见的神话传说、民间故事、风土人情和名人逸事等画面。最后的步骤是内置蜡烛，进行艺术的排列和组装，使单个排灯具有整体的艺术效果和主体思想。

老艺人讲,以前还保留着大量排灯框架,但是在1958年的“反右”运动中，排灯框架大多被毁，图案也基本散失。直到1992年，湟源县文化部门组织艺人重新制作了70副排灯，赶在1993年正月十五展出。从此以后，排灯艺术得以恢复和延续，到1997年，在丹噶尔古城重新形成了“排灯一条街”。

作为一种珍贵的文化遗产，当地政府和百姓非常重视这份代代相传的民间艺术。自2004年始，湟源县每年投入大量人力、物力、财力，购置设备，搜集资料，完善档案，并组织专家学者、民间艺人和能工巧匠，采用电、光、声等现代先进技术和新型材料，对传统排灯进行艺术的论证与革新。特别是在形式上把原先的悬挂式灯箱调整为落地式灯箱，并增加了立柜式、屏风式、中堂式、影壁式和扇形、椭圆形、梅花形等形式;艺术门类上除绘画外又增加了堆绣、刺绣、皮影、剪纸等内容，在保留了传统技艺的基础上，更具观赏性、研究性和收藏性。同时，他们还培养出了一大批排灯传承人和新一代民间艺人，树立品牌意识，积极申报国家专利和注册商标，使湟源排灯走上了市场化的经营之路。2006年，经国务院批准，湟源排灯进入第一批国家级非物质文化遗产名录。2007年，经国家文化部确定，湟源民间艺人杨增贵为该文化遗产项目代表性传承人，并被列入第一批国家级非物质文化遗产项目226名代表性传承人名单。

当然，日月山下出名的不仅仅是湟源排灯了，颇有名气的湟源陈醋更是为这座古老边城增添了一份历史的厚重感。

这是一种以青稞、麸皮为主要原料，加入了草果、大香、豆蔻、枸杞、党参等100多种中草药，又经过60多道生产工序酿制而成的陈醋。湟源陈醋质地醇厚，香味浓郁，冬天不会上冻，夏天不易腐坏，因色泽呈酱黑色又被称作黑醋。

湟源陈醋的酿造时间可以追溯至清乾隆年间，细细算来距今已有280多年的历史了。雍正初年平定罗卜藏丹津叛乱之后，丹噶尔民众得以休养生息，民力开始复苏，加之清政府将“茶马贸易”集市转移到该地，于是，酿醋业开始在农牧业和民族商贸业中勃兴起来。它的兴起与丹噶尔地区的民族构成有着直接的关联。我们知道，日月山下就是一个汉、藏、蒙古、回等多民族杂居的地区，农区居民深受牧民影响，喜食肉类，而广大牧区民众更是以肉类奶制品为主食。于是，醋就成为大家必不可少的调味作料了。随着各地区、各民族的商贸与文化交流，醋的市场需求大增，酿醋行业得到了长足的发展。及至清末，坊间出现了陈醋房（陈林甫）、马醋房（马进福）、简醋房（简有才）、林醋房（林有瑞）等最为有名的4家醋房。

同样，作为一门古老的民间技艺和丹噶尔古城商业文化的重要组成部分，湟源陈醋的传统生产工艺已被列入青海省第二批非物质文化遗产保护名录。产品除销售西藏、甘肃等国内市场外，还远销印度、尼泊尔、俄罗斯、美国、日本、东南亚等国家和地区。湟源陈醋在贸易往来的过程中，将源自青海的一股悠悠醋香带到了世界各地。

四

谁能想到，日月山下还有一条倒淌的河流……

这条河发源于山之西侧的察汗草原，海拔约 3300 米，全长约 40 公里，自东向西，流入青海湖一个名叫耳海的仔湖，因之得名“倒淌河”。藏语里称其为“柔莫涌”，意思是“令人羡慕和喜爱的地方”。

地理学上，倒淌河当属青海湖水系中最小的一支，依照地势引力来判断，它原来也是一条东流的河，并和布哈河、罗汉堂河一起注入黄河，但是后来由于地壳运动，日月山不断隆起，倒淌河开始从东流折头向西，最后注入青海湖，成为一条名副其实的倒淌之河。

关于这条河流，民间有不同的传说解释。汉族民众的说法是：唐王李世民为了沟通藏汉两族的关系，促进文化交流，将年轻美貌的文成公主嫁给了吐蕃松赞干布。文成公主在远赴西藏途中，到达日月山时，西望一片苍凉，回首不见长安，于是念家乡、思父母，悲恸不止，一路流泪西行……慢慢地，公主的泪汇成为一条倒淌的河流。

藏族群众讲述的传说则与神话关联：相传龙王委派他的四个儿女造出东西南北四海，其小女儿修造西海时，共需 108 条河水，可是她总共找到了 107 条河流，最后一条河流怎么也找不到。后来经过仔细考察，聪明的小龙女终于从日月山倒着牵来了一条河，这条河便是倒淌河。

作为承载民间文化与记忆的传说，我们无意考察它的真实性，就在一遍遍的讲述过程中，我们似乎听到急促的马蹄声从河畔传来——那是唐蕃和亲的马队走过日月山，把农耕技术与手工技艺带到了青藏高原……

而眼前的倒淌河清清凌凌，蜿蜒曲折，在西部大荒中坚持着自己的方向，犹如一位清澈的女子，永远那么安静地、温柔地走向高原腹地。无论世事变幻，几度风雨，从来不见滔滔，不闻哗哗，像是一条行进于夜空的星河，透明晶莹，淡泊绵长；又似高原大地上的一条腰带，系紧了东部与西部、草原与农区的血肉浓情。

如果有一天，当你满怀着思古之幽情，静坐在它身旁时，那汩汩流淌的水声里分明听得见一句温婉的低诉，一声轻微的叹息和一阵浅浅的呢喃……那千转百回的柔波里似乎有着令人疼惜的万种柔肠。这时候，你会强烈地感受到——这是一条女性的河流，好像从头至尾都携带着大唐公主那份淡淡的忧愁。

就在倒淌河进入青海湖的河口上，坐落着一座小镇，毋庸置疑那就是倒淌河镇。走进镇子，映入眼帘的是一幅油画的静谧风情。镇子一侧是碧水连天的青海湖，另一边是苍茫无垠的大草原。深入小镇，踟蹰于“人”字形街头，有古老的庙宇静候着过往的风阵，也有现代的楼堂彰显出时代的华彩。巷子里，那些汉藏混杂的语言把每一个院落烘托得和美而又安详，大自然与人类的亲密关系，汉藏民族的和谐共存，都在这里找到了最好的证词。

那年，我和友人途径小镇，把一首名为《倒淌河》的诗歌写在随行的日记里：

一定有些什么，诱惑还是宿命
或者比它更强大的引力
在河道拐弯处，拨转你一生的流向

从此，清凌的语言开始了返航
陆续带回域外更多的纷扰和荒凉

就在你最浅的波痕里，我看到
一尾倔强的裸鲤，扮演着孩童的角色

仿佛这样的装扮能帮它找回从前
这样的大河深处，有一个随同时光游走的
虚构的码头

扁都口

一

谁能想到，绵延起伏的祁连山脉居然会被一条山谷通道拦腰截断。这条通道曲折、狭长、幽静，与雄奇高峻的山体相比，显得过于纤细。然而，就是这样一道貌似不起眼的关口，却把青海、甘肃两省紧紧联系在了一起。它就是被古人称为“大斗拔谷”的险关要隘——扁都口，藏语里是“金露梅沟口”的意思。

扁都口南通青海祁连俄博镇，北达甘肃民乐炒面庄，地形险要，山势峻峨，自古以来就是兵家必争之地，也是客商往来的重要通道，古代丝路南道便是由此从青海进入甘肃抵达中原地区的。

这个掩映在祁连美景中的关口拥有 4000 多米的海拔和蜿蜒 30 多公里的长度，尤其是三关岭至俄博岭一带簇拥着层峦叠嶂，道路也高低起伏，行至最窄处，

15米左右的宽度让人进一步确信，这里就是丝绸之路天造地设的一道门户，令人不免想起“一夫当关，万夫莫开”这句古语来。汉唐以来，扁都口就成了羌人、匈奴、突厥、回纥、吐谷浑、吐蕃等民族相互联系和出入甘青两省的重要通道。清人梁份所著的《秦边纪略》中就有记载:“扁都口昔之夷王，欲假途北甘肃，出师青海，率由于此，其为要道由来久矣！”

历史上，尽管战事不息，然而随着各族文化交往的不断加强，商业贸易的持续增多，行路之难犹如蜀道的扁都口逐渐变得畅通起来，并吸引着达官显贵和商贾贩夫们往来穿梭，其中就留下了皇帝、将军、学者们涉足穿行的印迹。于是，在这条峡谷中也就演绎出了霍去病西征、隋炀帝西巡、西路军浴血奋战、王震将军解放民乐等诸多历史故事和民间故事。

二

那是一个风和日丽的夏日，祁连山一如往日般安详，孤独的山峰头顶时光的白雪静静矗立。雪峰之下绿草如茵，繁花似锦，成群的牛羊低头啃食青草，一派悠然自得的样子。一条清澈的溪流自峡谷流出，叮叮咚咚的声响将祁连大地衬托得愈加静谧。

散落在山涧溪旁的白色毡房星星点点，宛如碧空里的云朵，又似大海中的渔帆，朝晖夕照，景色万千，呈现出一片安详雄浑、宁静诗意的西部风光。

那一年的故事与隋炀帝有关。这位即位不久的年轻帝王，凭借当时隋王朝的实力，意欲进一步发展同西域的关系，故而委派尚书左丞裴矩前往张掖，主持与西域的联系和商业交通事宜。当时的情况是，若要密切同西域的联系，就要保证丝绸之路的畅通，就必须征服地处丝绸之路中途的吐谷浑。由此来看，隋炀帝西巡的直接目的就是西征吐谷浑，以夺取丝绸之路的控制权。我们知道，隋炀帝是一个穷奢极欲的帝王，他的出巡一方面是借机向少数民族首领和邻国夸耀隋王朝的富足，另一方面也是宣扬王朝的声威，因此他每次出巡都所带人数甚众。

由于史书缺载，人们对隋炀帝西巡时所带人马的数量无从知晓，但从大业三年（607 年）他北巡榆林（今内蒙古托克托西南）的有关记载中可以想见当时的情形。北巡榆林时，隋炀帝“甲士五十余万，马十万匹，旌旗辎重，千里不绝”。而且当时这位好大喜功的帝王还令建筑工程专家宇文恺为他建造观风行殿，“上容卫者数百人，离合为之，下施轮轴，倏忽推移。”“又作行城，周二千步，以板为干，衣之以布，施以丹青，楼橹悉备。”这些新奇的大型建筑，“胡人惊以为神，每望御营，十里之外，屈膝稽颡，无敢乘马。”不难想象，炀帝西巡时，定然也有大量军马和随从人员，携带了大量的物资，浩浩荡荡进发祁连山。他们从长安出发，经武功，过扶风，到陇西，再至狄道，然后出临津关，过黄河，再经长宁谷，过星岭，于春末到达金山。隋军以 40 万兵力，对吐谷浑 10 万人进行了战略包围。双方在八宝河一带举行大会战，结果隋军大败吐谷浑，取得了全面胜利。

凯旋的隋炀帝于农历六月初八出扁都口，随同的后妃满车，妻妾成群，宫娥彩女数不胜数，在众多侍从和护卫人员的簇拥下，穿越祁连山，途径永固到达张掖，并在燕支山召开了盛况空前的“万国博览会”。隋炀帝的这一次远行，虽然大获全胜，但是万万没有料到的是，他们在这里遇到了六月飞雪的恶劣天气，冻死了不少官兵随从，损失极为惨重。据《隋书》记载：“大业五年三月，驾西……六月，经大斗拔谷，山路隘险，鱼贯而出，风霰晦冥，与从官司相失，士卒冻死大半，马驴死者十八九。”

我们知道，祁连山海拔极高，气候多变，六月下雪司空见惯。在扁都口，即便是盛夏季节，有时天阴，凛风劲吹，也会雨雪交加。清代陶保廉在《辛卯侍行记》曾有这样的记载：“扁都口贯祁连之中，鸟道环崖，载容一轨……骑步均艰。”扁都峡谷内两山对峙，道路险阻，隋炀帝所带军马及随从很多，队伍逶迤而行，显得庞杂冗长。最要命的是他们身着单衣，在峡谷中突遭雨雪风寒，加之人困马乏，无奈滞留山中，一部分人当天未能出山，有的当场冻死，有的得重病死去。当时“后宫妃、主或狼狈相失，与军士杂宿山间”。“士卒冻馁死者十六七”，其中，更有炀帝的亲姐姐死于途中。

如今，在离扁都峡谷入口两公里的地方，有一段较宽的地带，西边有一个小山沟，当地人称“娘娘坟沟”，在沟的北岸的小山坡上有一座很大的山包形的古墓，人们称作“娘娘坟”。1995 年曾发生过“娘娘坟”被盗事件，民乐县文化馆的工作人员到现场进行了查看，墓很大，里面只有一具枯尸，没有玉器陶罐之类的陪葬品。据专家推断，这可能是杨广亲姐、北周宣帝天元皇后杨丽华的坟墓。

事实上，六月飞雪的气象反映在青藏高原并不鲜见。我的故乡互助县林川乡的平均海拔约 3000 多米，记忆中的林川大多时候都是落雪飘飘的样子，为此，我将自己的第一本诗集命名为《雪落林川》。地处祁连山中部的扁都口，最高海拔达 4500 米，在这样的高山环境中，气候多变自然也非稀奇之事。许多古代文人登楼倚栏，遥望白雪皑皑的祁连山峰时不禁感怀万千，留下了许多优美的诗章。明代诗人杨一清写诗云：“四时常见雪，五月不知春”；李开先也留下过类似的诗句:"未交八月先飞雪，已尽三春不见花";陈棐在《祁连山》中说:"四时积雪明，六月飞霜寒。"更有清代诗人任万年，在《祁连积雪》一诗中将六月飞雪的天象写出了彻骨之寒：

山势巍峨接太虚，四时暖气自消除。

常闻树坠冰花蕊，谁见排霄雁字书。

野老采樵依雪窟，羌人牧马宿毡庐。

披裘六月还嫌冻，犹笑三冬冷不如。

诗人眼里的祁连山，阴冷天飞雪茫茫，浓云蒙蒙；晴朗天日山开银屏，岭舞素练。瞬息变化的天气仿佛也在昭示人间之事的纷繁复杂与不可预知。

三

扁都口一侧是俄博镇。进入俄博镇，也就进入了青海的北大门。

这个小小的镇子扼守着扁都口的咽喉，过去因地理位置显赫而为诸多兵家所争，如今这里仍残留着一座明代的古城遗址。在新修的一座城堡式建筑门楣上题写着"丝路古道"四个鲜红大字，远远看去，透出几分悠远和苍凉。

"俄博"是人们用石头在草场、山间、路口、湖边、江畔等处垒起的祭坛，它的雏形是木条做成的一个立方形木框，人们用石块把木框挤压固定在山顶上，中间树立起一根木杆，老百姓进行祭拜时，不断往木框中放置石块。如此，时间久了，石堆就变高了。特别虔诚的人将"六字真言"、慧眼、神像造像和各种吉祥图案刻在石块上，作为"玛尼石"堆放在祭坛上，呈现出特有的民俗意味。有民众会择吉日，千里迢迢来给俄博搭红、挂上五彩经幡，表达他们的虔诚。在过去的春秋两季，很多地方还有集中祭祀俄博的聚会活动。届时，村落或部族成员驮着祭品、帐篷和吃食，全家人扶老携幼到山脚下扎下帐篷，然后逐一进行转山、诵经、祭祀俄博等仪程。那时候，人们祭祀俄博时还撰有祭文和祈祷文，如今这些仪规都简化了。

行走在青藏高原，我们看到汉族、藏族、土族、蒙古族聚居的村落附近都建有俄博，只是大家的叫法不同罢了。汉族称之为山神，藏族称其为拉则，蒙古族直接称其为俄博。由此来看，俄博是普通民众崇奉山神的地方。其中，蒙古族牧民对俄博尤为崇拜，每年 7 月上旬，众人都要祭祀俄博——凡是经过俄博的人，都要围着俄博转上几圈，再取来几块石头堆在俄博上面。这样一来，俄博开始逐年增高。事实上，俄博是茫茫草原上重要的方向标，有了俄博的指引，即使是在风沙弥漫的天气里，也不会迷失方向。每年假期归乡，总会在村口遇见俄博，看到它的一瞬，顿感身心放松——终于到家了：

归途，迎着麦田拐弯
下一个路口，就是最大的俄博了
本来地势就高，现在
又有青杨撑起碧野，哈达飘动如雪

经过崖豁时，我照例停下来
数一数路旁的马莲墩。我知道
这些朴实的草墩子，也是植物的俄博
紫色的花束里，酝酿着一个厚厚的秋

多年前如此，现在亦然

只是，俄博上的彩旗很久没换了

它用飘摇的手，指着村庄

好让归来的孩子卸下彷徨

不难想象，在扁都口，这座以“俄博”命名的村镇在世代牧民和过往客商的生命旅程中发挥着重要的作用，是心灵的安抚，抑或方向的指引……唯有走进它的人才会知晓。

扁都口还藏有精美的石刻岩画。这些岩石距地面约 3 米，岩面光洁平整，上刻一组 1.7 平方米的摩崖石刻佛像。石刻造像保存完好，线条分明流畅，技法和形式上均不同于室内的壁画唐卡。岩画形象古朴大方，整体上呈师徒三尊状，主佛像双手合十，手下方刻有藏文标记。三尊佛像神态安详，头顶上方各有一法幢。

经学者考证，此岩刻和标记是公元 9 世纪卫藏（今拉萨）早期宁玛派高僧在祁连地区传教时的摩崖石刻遗存。岩画中藏文标记是吐蕃时期古藏文第二次厘定后的文字，意为“赞普万寿及众生故，由比丘巴郭·叶西央刻画”。巴郭·叶西央曾来到安多下部多拉让茂（藏语音译，即祁连山）地区传教。该岩画是青海境内遗存最古老的藏传佛教摩崖石刻之一，距今已有 1300 多年的历史，它的发现和考证进一步明确了卫藏与祁连山一带早期藏传佛教的渊源关系，对开展少数民族古文字研究及早期藏传佛教石刻岩画的研究具有重要的价值。

如果说，这些历史及文化遗留是扁都口作为关塞要冲的重要象征的话，那么在国内革命战争时期，扁都口实际上就是西北地区得以顺利解放的直接见证。1949 年 9 月中旬，中国人民解放军第一野战军一部从祁连山进入扁都口，一夜疾驰，似天兵天将般突然出现在炒面庄的国民党守军面前，一举解放了民乐，继而挺进张掖……

20 世纪 50 年代初，为了加强内地与青海的联系，相关部门在扁都峡内劈山扩路，改线架桥，重修了“张青公路”，现改为227国道。这条路时而盘旋百折冲上峰顶，时而俯冲万转扑入峡谷。平坦处，山溪蜿蜒而行，如一条玉带嵌镶山间，溪旁芳草萋萋，牛羊悠悠，不时有裹着羊皮大衣的牧人唱起粗犷而豪放的牧歌，那回荡的歌声引得出山觅食的小动物侧耳细听；险峻处，怪石嶙峋峰峦狰狞，鹰隼在天际低翔，野兔于坡地逃遁。许多游客驾车而来，每每车行此处，一个个急促的转弯常常令人惊悸不宁，待到道路平缓时，之前的惊呼变作赞叹了——什么是风景如画，什么是人在画中游，到了这里便知晓。

路旁，是油菜花的海洋。无论是近处的牧人抑或是外来的游客，来到这片花海时，都会情不自禁地驻足，好像有人将这些美丽的花儿放牧于此，忘了收回。又像是成片的黄晕抚慰了人们焦躁的心绪，以至于他们走近后再也无法离去，有诗为证——

是谁，握紧青海
在不断攀升的海拔上
举起太阳和花儿

我沿路找寻，一朵云
画出天空秘密的波纹
大地荡漾着，掏出片片黄晕

是油菜——这些美艳的高原女子
她们轻轻摆动手臂时
整个世界，都要我留下来

行走，吟哦，回望……徜徉在这广袤的天地间，突然感到岁月静好，尘世安稳。太阳缓缓走到祁连一侧，收集起黄昏里的余晖。此时的扁都峡谷重新变作一条玉带，在山间时隐时现——好像它也在一直行走，并且要把大漠孤月早早找出来。

布哈河的远方

一

布哈河是青海湖的母亲河。

这条安静的河流从天峻草原走来，挟雪山之势，汇六溪之水，横穿铁卜加草原，直奔青海湖。300多公里的行程足以让她从大量汇入青海湖的诸多河流中“脱颖而出”，成为青海湖生态链中水量最大、流程最长的河流。

在青海湖地区，一些大大小小的湖泊沼泽星罗棋布，很多河流在行进途中自然和那些相对宽阔的水域融合了，唯有布哈河保持着温婉而倔强的性格——疏勒南山脚下有一个名叫“哈拉湖”的小咸水湖，布哈河虽在近旁却并不与它相连。

从高处俯瞰，你会发现布哈河真的像是一位意志坚定的母亲，带着所有的生命力量在草滩谷地里一波三折地穿行。她“目不斜视”，一心走向前方……而旅程的尽头，就是令她魂牵梦绕的青海湖了。

如果她真的是一位母亲，我相信她定然“饱蘸了一生”，去喂养自己的孩子，或者——给那个比自己宽阔、幽深和颇具名气的孩子写了一封信。这封信用了她千万年的时间，却只写了一行，弯弯曲曲寄向远方……

二

布哈河的远方是青海湖。

在我看来，青海湖是一片硕大的杨树叶子，它飘落在大地上时，整个青海省的版图就印在了它的身上——崇山峻岭间藏有它起伏的身世，广袤的草场上有它蓝色的梦想。

因了这份蓝色,藏语里它叫“错温布”,蒙古语称它为“库库诺尔”,不同的叫法表达的意思都是“蓝色的海洋”。

在这里，天是蓝的，湖是蓝的。水天一色的世界是一个安静而又奇幻的世界。有故事这样讲述：

很久以前，日月山以西地区是一片苍茫无垠的大草原，草原上没有高山，没有湖泊，也没有众多的河流，只有一口清澈甘甜、深不见底的大泉，泉眼上有一个很大很沉的石盖，常人难以搬动。有一天，一位去西天取经的僧人带他的徒弟路过这里。徒弟口干舌燥，想找水喝，可是找了很多地方都没有找到。那僧人告诉他的徒弟，草原中间有一口泉，泉上盖有石板，揭开石板，水就会冒出来。过路的人可以从那眼泉里喝水，但是一定要记住——喝完水后，千万要把石盖盖好。于是，徒弟去喝水了，僧人先走一步。徒弟喝完水，怕师傅走远了，便起身急忙追赶，却忘了盖上石盖。他没走多远，只见身后大水滚滚而来，猛然才想起师傅说过的话，急忙回去盖盖子，但已经来不及了。僧人不见徒弟来，知道事情不妙，便急忙往回赶，但为时已晚，整个草原已成了汪洋大海，而且大水还在一个劲儿地往上冒。僧人急了，一剑将附近一座山拦腰斩断，扔进水里压住了泉眼。于是，这里就留下了一面大湖，这面湖就是青海湖；那盖在泉眼上的半截山尖显露水面，那就是青海湖中的海心山。

这是来自民间的口头传说，意在突出青海湖的神圣性与神奇性。老百姓喜欢用优美的传说解释眼前的一切，这样的认知能够给人无限的遐思。但蓝色青海湖定然不是僧道神人的“杰作”，若要追溯其渊源，还得从地质学上讲起。

大约在2000多万年前，青藏高原是一片汪洋大海。后来发生了强烈的地壳运动，大陆板块受到挤压，海底不断向上隆起成为“世界屋脊”。青海湖地区由于在隆起的过程中断层陷落，形成了一个巨大的盆地湖泊。因地势相对低缓，湖水补给非常充沛，一些支流的出口汇入了古黄河。这样一来，尽管地形地貌发生了巨大变化，但青海湖还是以自己的方式与大海和远方保持着关联。然而，就在距今13万年前的某次造山运动中，青海湖东侧的日月山异峰突起，封闭了青海湖的出水孔道，彻底切断了它与海洋的关系，从而成为一个孤独的内陆湖。

从此，青海湖真的就孤独成了一枚蓝色叶子。它落在高山与草场之间的盆地里，接受着许多河流的滋润。其中，布哈河以每年40亿立方米的水源补给量成为青海湖名副其实的“母亲河”。

如果说，河流具有母性的特点，那么大山就有了父性的情怀。

面对这片孤独的叶子，青海的大山又用父亲的臂膀保护着这个大自然的宠儿——青海湖的北面是壮丽的大通山，东面是雄伟的日月山，南面是逶迤的青海南山，西面是峥嵘的橡皮山。这四座高山海拔都在 3 600 米至 5 000 米之间。举目环顾，犹如四面高大的天然屏障，将青海湖紧紧环抱其中。从山坡到湖畔，延伸着广袤碧绿的青青草原，而烟波浩渺、如梦似幻的青海湖则像是一个巨大的翡翠玉盘镶嵌在高山草原之间，构成了一幅高山、湖泊和草原相映成趣的西部风光和绮丽景色。从更远处看，它就是被青海山河簇拥着的一颗“掌上明珠”。

这颗明珠在历史上先后被冠以西海、仙海、鲜水海、卑禾羌海等名称，人们都把它视为浩瀚无际的大海。北魏时它有了现在的名称“青海”，但直到清代后期才在名称后加了一个“湖”字，把它正名为一个湖泊。青海建省以后，不仅省名来自于青海湖，其主要行政区也是以青海湖为中心进行划分的。目前，环湖流域在行政区划上包括海南藏族自治州的共和县，海北藏族自治州的海晏、刚察两县以及海西蒙古族藏族自治州的天峻县，全省经济最为发达的西宁和海东地区通过日月山与青海湖流域紧紧相连。

每到七八月份，人们纷纷从远方赶来，为的就是一睹“中国最美丽湖泊”的芳容，在这些长长的游客队伍一侧，时有将双手高高举过头顶，或全身匍匐于大地的信徒，他们朝山转湖，用肉身之躯不断丈量着灵魂的高度和生命的长度。去年 8 月的某天，我同友人从青海湖返回西宁的途中遇到了几位怀有“羊年转湖”夙愿的藏族同胞，他们一步一个长头，慢慢走向圣湖的场景深深震撼了众人，有人提议大家以《高原印记》为题写首同题诗，留作纪念。回家后，我在电脑上敲出了如下词句：

车行高原，天蓝水也蓝
路遇朝山转湖的藏人
看他们背负夕阳，微尘满面
一次次躬身，匍匐，画地为号
双手高高举过头顶……
我惊讶于这样的低翔
让来路铺满光亮

大地之上，世界苍茫
那些用身体引渡灵魂的语言
也是蓝色的

三

布哈河是环湖生态链的一条主线。

这条河流在四季变化的循环往复中，将高原生命律动的场景描摹得具体而又生动。有了这股源源不断的活水，青海湖流域不仅成为动物的天堂，也为人类的生存繁衍提供了良好的条件。这里水源富足，雨量充沛，再加上环青海湖沿岸辽阔的天然牧场，这些因素都是发展畜牧业和农业的先决条件。

早在先秦时期，这里就是马、牛、羊等牲畜的重要产地。当时这一带所产的马匹颇为有名，被誉为“秦马”,《诗经·驷驖》中就有秦国国君“驷驖孔阜,六辔在手”的场景描写,从侧面写到了“秦马”的雄壮和善驰。北朝时，青海湖流域出现了一个庞大的吐谷浑王国，吐谷浑人特别善于养马。据说每年冬天湖水结冰时，吐谷浑人就选择体高膘肥的牝马，赶入海心山中放牧。待到来年春天，让牝马与海龙交配，生下“龙驹”，这种龙驹能日行千里，被称为“青海骢”。吐谷浑覆灭后，环湖地区为吐蕃所控制。唐代诗人李商隐曾有诗云：“华清别馆闭黄昏，碧草悠悠内厩门。自是明时不巡幸，至今青海有龙孙。”诗人感叹内地没有良马，连皇帝御马厩内也是空荡荡，而青海湖有的是龙种骏马，可惜那里被吐蕃所占，没人能够运得回来。

青海湖最美的景观要数湛蓝无比的湖水了。它的蓝好似碧空在水面上的投影，清澈而又悠远。根据光学上的瑞利散射定律分析可知——波长较短的光容易被湖水散射，蓝紫光的波长比红光、黄光的波长要短，所以蓝紫光被水面散射开去，而红光、黄光具有较强的穿透能力，最后透射到水底去了。因此，从肉眼来看，青海湖的水就是纯粹的蓝色。尽管青海湖水的含盐量在6%左右，但由于湖水中含氧量较低，浮游生物稀少，能见度居然可以达十米以上。远远望去，湛蓝色的青海湖与天相接，横无际涯，涛声起处，丝毫不逊于大海的气势。

如果走近青海湖，你会看到它的水面绝非是单一的蓝色，在不同的地方，不同的角度，不同的时间里，它的颜色或青或蓝，或绿或灰，多彩的颜色勾画出烟波浩渺、碧水荡漾的幻境，由此我们也就理解了为什么汉代时的青海湖被人称作“仙湖”了，进而发出“此景只应天上有”的感慨。然而，这里不是天上的仙境，青海湖中影影绰绰的小岛、种类繁多的飞鸟和悠然自得的鱼群，又会告诉你——这是一片真真切切的高原湖泊，里面还有个“鸟的王国”。

青海湖中原有海心山、三块石、海西山、海西皮、沙岛五个形态各异的岛屿，后来由于水位下降，海西山已经与陆地相接，成为一个半岛。闻名遐迩的青海湖鸟岛主要指的是海西山与海西皮。这里地势相对平坦，气候温暖湿润，水草茂盛，鱼类繁多，是鸟类繁衍生息的天然场所。每年春天，当印度洋上的暖流开始吹拂时，斑头雁、鱼鸥、棕头鸥、鸬鹚等禽鸟就会一路向北迁徙，不远万里来到青海湖，在岛上构筑爱巢，产卵孵化。鸟岛是我国八个鸟类保护区之一，岛上鸟类共有 15 目 35 科 189 种，常见的大概有十多种，数量多的时候可以达到十几万只。5 月份产卵期间，海西山上的鸟窝一个挨着一个，密密麻麻，俯拾皆是，海西山因此得了一个“蛋岛”的名号。与之相邻的海西皮岛的东面是悬崖峭壁，上面则成为了鸬鹚的乐园，每年的鸬鹚数量都保持在一万多只左右。

鸟岛之所以能成为鸟的王国，主要因为青海湖的湖水特性、湖中特有的鱼种——高原裸鲤的洄游习性以及周围补给河流等因素相互作用缔造而成的。[①]流入青海湖的河流约有 50 余条，主要有布哈河、沙柳河、哈尔盖河、乌哈阿兰河、黑马河等。这些河流蜿蜒曲折，盘山绕岭，汇集雪山清泉，草地细流，源源不断地向青海湖输送琼浆玉液。充足的水源补给，不仅减缓了青海湖水位下降，而且防止了因蒸发量过大而引起的湖水盐分变浓，保护了青海湖水生物的繁衍生息。

四

布哈河是一条引渡生命的河流。

在极其严酷的生存环境中，它用高山雪水的清流唤来了圣湖精灵——湟鱼。

---

①王予波主编：《大美青海》，青海人民出版社 2010 年版，第 32 页。

“湟鱼”学名“高原裸鲤”，是青海湖中唯一能见的大型野生经济鱼类，青海湖也成为西北地区最大的天然鱼库。由于青海湖地处海拔 3000 多米的青藏高原上，水温很低，食料生物贫乏，故此湟鱼生长速度十分缓慢，一般需要经过十年时间才能长到一斤多重。湟鱼是青海湖“水—鱼—鸟”这一生态链中最为重要的环节，一旦湟鱼的数量减少，水鸟将不再栖息，湖中藻类随之泛滥，波光潋滟的青海湖最终有可能变成“死湖”。因此，青海湖湟鱼已被列入《中国濒危物种红色名录》予以保护。

湟鱼是一种洄游性鱼类，每年春夏之交，湖里的湟鱼便要成群结队溯流而上，在水流平缓的布哈河及其支流的淡水河道里产卵育幼。一时间，大小河道湟鱼云集，密密匝匝，令人眩目。鸟岛就位于布哈河口的三角洲附近，当大量湟鱼出现在布哈河口，鸟儿们也迎来了一年中食物最为丰富的季节。它们老早守候在湟鱼必经的河道两岸，悠然而挑剔地啄食着过往的鱼群。那一年，我和海北文联的朋友们前往布哈河口，在那里静静等候湟鱼结伴而来。在一个微霞满天的黄昏，我终于看到了那些水墨画般的背影逆流而上，在我来看——

布哈河的鱼，是平静的箭镞
它们越过一湾一湾的预言
把命运交给清浅月色

水鸟没有赶来，轻盈的羽翅
被定格在镜框里，再远的飞翔
也抵不过一支芦苇的想象

我在河边的草地上，感到这样的平静

慢慢刺穿我。内心鱼鸟翻动，交出闪电

大河正在隐没时，月已遥远

实际上，湟鱼的洄游就是一份独特的高原寒暑表，它意味着严寒已经过去，青藏高原即将进入最美丽的季节。随着气温不断升高，冰雪渐渐消融，雨水持续增多，各条入湖河流的来水量也开始增加。安然度过了一个冬季的湟鱼知道新的征程即将开启，它们先在环湖各大河流的河口地带集结，然后成群逆流而上，向着育幼圣地进发，开始了新一轮的生存与命运的较量。

可想而知，湟鱼洄游繁殖的道路充满了艰难险阻。它们不仅要迎着劈面而来的激流冲击，还要时刻提防着河边飞鸟的猎食。如果水流迅疾，很容易将他们冲回原地，甚至要倒退很远的距离，因而它们的前进方式都是一边进、一边退，很多时候前进四公里，又被激流冲着退回两公里，若是遭遇上游大雨水涨，一会儿工夫就可能把它们好几天的努力给清零了。河水太大会增加行进的难度，河水过小更是不行，一旦水浅了，大量鱼群就会搁浅。

好不容易克服了水流的极大难度，湟鱼还得经受跳跃爬坡的考验。高原地形复杂，许多河流都是借着一定的海拔落差，把河水送进青海湖的。因此，湟鱼洄游的路途迂回曲折、坡道很多，犹如参加自行车比赛的运动员，它们在洄游途中还得拿出必要的“爬坡”能力，遇到越不过去的障碍，还得跳跃而过。据当地牧人讲，湟鱼差不多能跳三四十厘米的高度。了解到这些，我不禁为它们执着的洄游精神和健旺的生命意识深深震感了——摇摆的身躯，险恶的逆境，不懈的追寻……相对而言，作为人类的我们似乎差远了。

湟鱼洄游最长距离要超过100公里，差不多是西宁到青海湖的距离。布哈河无疑是鱼群数量最多、距离最远、洄游时间最长的一条河流。每到六七月份，布哈河的河道上不时上演着“半河清水半河鱼”“群鸟猎鱼”“湟鱼跃龙门”的壮观景象。

2015 年，国内首部以湟鱼洄游为题材的动画片《赛亚历险记》制作完成，笔者有幸受邀为这部片子创作了主题曲，有感于湟鱼的执着精神，我在歌曲中写道：“小小心愿，飘过蓝色湖水，一路洄游，探寻生命的起点；率真任性，捧起爱的智慧，多少困难，我们始终在一起……”

如果足够细心，你会发现那些站立于河岸的飞鸟，面对满河唾手可得的鱼群，展现着“绅士之态”——它们不急于啄食，好像在思考着什么，等待着什么。或许，它们不像人类，专挑选个大体长的湟鱼作为美食，相反，它们选择那些体力不支，在激流中难以前行的弱小湟鱼进行啄食，从而保证那些健康强壮的湟鱼能够完成产卵繁殖的重大使命——如果真是这样的话，我们也得像这些飞鸟致敬了——显然，它们比人类更懂得遵循自然的法则。

五

布哈河的更远处是金银滩草原。

这片草原因盛产鞭麻花而被老百姓叫作“鞭麻滩”。每当夏季来临，小巧而繁茂的鞭麻花开出两种花色——黄的似金，白的如银，后来人们取其吉祥寓意，称其为“金银滩”了。

金银滩草原地处青海湖北岸，是很多旅人来到青海后都想去看看的地方。那里不仅有芳草萋萋、骏马驰骋的草原美景，更有一首幽婉动人的歌曲流传四方。

那是1941年的春天，著名导演郑君里来到青海，准备拍摄一部反映抗战时期有关西部少数民族生产生活的纪录影片《民族万岁》。当他闻知著名音乐家王洛宾就在青海西宁昆仑中学当音乐教师时，便邀请他参加这部片子的摄制。因了这样的机缘，王洛宾来到金银滩草原。

经安排，摄制组驻扎在当地千户长同曲乎家的大院子里。这一带的草原上，千户长家境富裕，不仅可以为工作人员提供食宿，还可以为影片拍摄提供必要的道具和文化参照。

当时影片中要拍一个放羊的场景，看到千户长家中的羊很多，也有自己的草场，拍摄起来十分便利。千户长的三女儿萨耶卓玛很快被选中扮演牧羊女的角色，但是还需一名赶羊的帮工，找来的几个青年在试镜时总是不合导演的意，情急之中，导演干脆让王洛宾穿上藏袍，充当帮工，与卓玛姑娘一起赶羊。

正值青春年华的卓玛虽然只有17岁，但已经出落为一个亭亭玉立的俊俏少女了。她把头发梳成十多条小辫披在身后，两只大眼睛忽闪着清澈的光芒，正如金银滩上流传的那个美誉："草原上最美的花儿是鞭麻花，青海湖畔最美的姑娘是萨耶卓玛。"

草原如茵，野花竞放。与美丽的卓玛并肩疾行在草原上，哒哒的马蹄声从缓坡直抵天际，宛若流动的音乐。王洛宾感觉自己就是一个音符，不知不觉融入了大草原的敞亮的音域，身旁的卓玛既是弹奏者，又是聆听者，一切犹如梦境。赶羊时，他不留神将鞭梢子甩到卓玛骑乘的马屁股上，受惊的马儿突然奔跑起来。卓玛也随即惊呼一声，回头看了他一眼，眼神里夹杂着嗔怒、赞许和高兴的复杂意味。接着，俩人继续赶羊。不经意间，卓玛悄悄溜到王洛宾的身后，在他脊背上轻轻地抽打了一鞭子，像是在替她的马儿出气，又像是叛逆少女用恶作剧的方式以期引起别人的注意……

黄昏牧归，卓玛聚拢羊群清点入栏。夕阳将她的藏袍镶上了耀眼的金边，远远看去，她那恬淡柔美的脸上落满了晚霞般的红晕……卓玛似乎感觉到他的眼神，她拴好羊栏，偷偷瞥一眼痴痴望着自己的王洛宾，转身离去，那绯红的笑脸在黄昏的草原上更显楚楚动人。

他们在草原上拍摄了三天电影。导演郑君里还带来了放映机，每到晚上休息空挡，摄制组就在三角城的旧址上挂起小银幕，给当地牧民放电影。那时候的牧区很少有人看过电影，人们骑着马或骆驼，不约而同从很远的地方赶来。

天还没有黑透时，两根木杆子之间的白色幕布挂了起来。许多藏族和蒙古族牧人老早就赶来了，一起等待着那新鲜而又神奇画面的出现。由于人多，电影开演时，站在远处的人看不见，他们就骑在马上观看。

王洛宾与卓玛姑娘骑在一匹马上看着电影。实际上，电影中放映什么并不重要，因为在他的眼前时时出现的只有那粉红的笑脸、金边的衣裳，还有被皮鞭轻轻抽打在身上的那份震颤，让他永生难忘。

完成摄制任务的第三天，摄制组要起程要返回西宁。卓玛和她的父亲骑着马，送了一程又一程，直到一个小坡上方才停住。王洛宾骑在骆驼上，不住地回头向他们挥手告别。随着驼峰起伏，驼铃叮咚，王洛宾心中的情感化为了词曲，借助哈萨克民族的曲调唱出了一首经典歌曲——在那遥远的地方，有位好姑娘，人们走过了她的帐房，都要回头留恋的张望……

谁也不会否认，正是美丽的金银滩草原促成了这首经典歌曲的产生，歌曲里的每一个音符与旋律，每一个实词和虚词都对应着草原上的一株草。别看这些草细密、低矮，却有一个大气名字——原上草。巧合的是，活跃于省垣文坛的诗人赵元文就以原上草为笔名，写下了大量具有西部特质的现代诗歌，而且还创办了一份名为《金银滩》的文学刊物。前些年，我到草原去，在青稞酒的助力下，为这些小草和我的朋友写下了一首有关“原上草”的诗歌：

从唐朝的古原上读到你
背影相依，草木离离
从海北的金银滩读到你
荒原静默，你的歌声豪迈如雪

凛冽。寒冷深处的醉
马匹驰过——那一串象形文字
敲打着谁的心扉。而草尖上的牧歌
又将滋生更多青山以外的惊奇

在那遥远的地方，多么适合于你
一棵草的歌唱，无数颗草的歌唱
将一片土地植入深邃。我会远远地看到
你盛开的诗行里经幡摇曳，芳草萋萋

黄河古渡口

一

古老的黄河是从巴颜喀拉北麓各姿各雅山下的“三曲”流出来的。“曲”在藏语里有“河流”的意思，“三曲”指的是扎曲、约古宗列曲和卡日曲。

扎曲虽为黄河源头之一，但在大部分时间处于干涸状态。约古宗列曲仅有一个泉眼，围绕泉眼形成了一个东西长 40 公里，南北宽约 60 公里的椭圆形盆地，内有 100 多个小水泊星罗棋布。卡日曲最长，其渊源是从五个泉眼开始的，流域面积大，即便在旱季也不会干涸。卡日曲最长的支流那扎陇查河是黄河的正源。

约古宗列曲和卡日曲相遇的地方叫“星宿海”，两条河流在这里汇合，形成了黄河源头最初的河道——玛曲。

历史上，人们习惯用星宿海来表示整个黄河源头地区。这个“海”是一个盆形湿地，东西长约 30 公里，南北距离较短，大概有十多公里。说是“海”并非到处有水，只是在盆地中相对低洼地带聚集有水，并形成许多大大小小的水洼和水塘，其数量之多犹如满天星斗。水域长有灌木，鱼类繁多，水鸟成群，湖边的草滩上时有黄羊、野驴出现。这些稀有的高原物种，聚集在大河两侧，犹如母亲身旁聚集着不肯离散的亲人。我曾在一首诗里写到过星宿海和她的孩子们：

母亲的身旁坐满了孩子
那些清澈的眼
让世界显得灿烂

他们学会用胸腔养活鱼类
用沉淀了千年的心智
彼此依偎

虽然持有海的幽深
可在母亲的呼声里
永远保持着孩童的单纯

这就是黄河的源头地区，人们很难想象奔腾不息的黄河其源头竟然是一股股涓涓细流和一片片沙砾与野草相间的丛林荒滩。黄河从这里出发，由西向东到达四川、甘肃两省交界处后，又折回西向流入青海，再北折向东流去，最后从民和官亭进入甘肃。远远望去，黄河的初始河段绕了一个大大的“S”形，在这些弯道处，分布着许多黄河渡口。

二

我们知道，始于唐都长安的丝绸之路，一路西行，然后在河西走廊分出北、中、南三条路线。但是，从青藏高原奔腾而下的黄河犹如一条巨龙横亘东西，并成为隔断青藏高原、河西走廊与中原地区的一道天险。从古至今，人们无论选择哪条线行走青海、新疆，抑或远游中亚西亚，大家都会面临同样一个问题，那就是如何顺利渡过黄河——这是商贸旅行顺利与否的关键因素。

于是，修筑桥梁成为水上交通的一项重要工程。黄河上游开始出现了桥梁建筑。明人徐兰撰写的《镇远桥记》中就有当时建造黄河大桥的详细记录："造舟二十有八，常用二十有五，河涨则用其余广之。每舟相去一丈五尺，上流定以石鳖如舟之数，舟上加板，栏楯两旁，以卫行者。桥南北岸各树铁柱一，木柱六，系铁大绳贯桥，令相属随波升降，帖若坦途。"

道光二十二年（1842 年），林则徐在西戍新疆的途中经过了镇远桥，他在《荷戈纪程》写道："出西门过黄河浮桥。计二十四舟，系以铁索，复有集吉草巨梗联之，车马通行。此天下黄河之所无也。"此记录与明人徐兰所记并无二致。这座桥前后经历了明清两代，时间达 400 年之久。

有学者认为，在明代镇远桥修建之前，西秦（405—418 年）曾在黄河修造过"飞桥"，地点为古临津关。这里黄河水势较小，两岸山势峭立，河道狭窄，两边均以巨石层层相叠相压，逐渐缩短空间距离，最后用长木相连，形成"飞桥"。

另据《资治通鉴》记载，唐中宗时，吐蕃在文成公主去世后，再次向唐王室求婚。唐中宗把宗室女金城公主嫁于吐蕃赞普后，吐蕃贿赂唐将杨矩，要求把“黄河九曲”之地作为金城公主汤沐之地，并在临津关附近造桥以便东西交往。

事实上，临津关“作为黄河最古老的渡口，早在秦汉时便被古人利用。估计渡口还不止一个点,而是这一段河流,比如狭窄处可造桥渡河，开阔开缓处则可采用渡船和羊皮筏”。[①]青海民间较为古老的渡河工具就是羊皮筏子，这种办法沿用至今，还成为循化地区的一个旅游项目。

古人还有一种渡河的办法——踏冰而过。这要等到数九寒天时节，黄河结冰之后方才可行。踏冰过河并非妄测，而是古已有之。公元641年，吐蕃求婚大臣禄东赞在往返长安与逻些的时候就选择了隆冬时出发，率领大队人马安全通过天险黄河。北宋时期，金人铁骑多次趁黄河结冰，渡过黄河进犯中原。

在古代，黄河无疑是一道不可轻易通过的天险，然而一旦掌握了黄河渡口也就拥有了涉过天险的钥匙。这些钥匙就分布在山水交汇的地方，并按时间顺序排列在史书上。

自丝绸之路开通后，古人在黄河上游寻觅开辟了多处渡口，有文字记载的著名渡口有临津渡、金城渡、五佛渡、灵武渡、浩门渡等多处。其中，临津渡因其重要的地理位置和悠久的历史文化而成为最有名的黄河古渡口。

三

在青海民和、循化和甘肃积石山交界处的黄河岸边，有一个名叫“大河家”的古老村镇，这里是保安族聚居的主要地区。古镇距

---

①王蓬：《黄河古渡越天险》，《丝绸之路》，2010年第19期。

离青海省会西宁189公里，东往兰州也不过228公里。

大河家镇偏处大山一隅，静默，空旷，与许多中国乡土村镇别无二致。然而，历史上的它却拥有着“显赫”的身份——古丝绸之路上的重要通道，著名的黄河古渡口临津渡就坐落于此。距离临津渡口5公里处的民和官亭镇，曾因设置过“官厅”，迎送来往官员而得名。历史上贸易的客商，出访的使者，征战的军队均由临津关进入青海。我曾有过这样的想象——那些远离故乡的商旅来到临津渡，看到眼前车来车往的繁忙景象，再看黄河滔滔不息向东流去时，哼唱思乡主题的民间歌谣就会成为他们共同的选择。

然而，这样的倾诉方式并不能排除歌者内心的孤独，而且也会让听众产生“与我心有戚戚然”的薄凉心理。那么，如此漫长的行旅该如何走完呢，讲故事、侃传闻不失为一种必要的调节剂。

于是有人背靠夕阳，用娓娓而谈的方式迎接夜晚的到来——据说，临津古渡就是大禹治水的源头，理由是《尚书·禹贡》记载了大禹“导河自积石，至龙门，入于沧海”。由此窥见大禹治水时已经有了积石山的疆域风貌，当地民众也说积石山是大禹治水走到头的地方，并指明那层层叠叠的岩壁纹路就是当年大禹率民疏通河道时留下的斧凿痕迹。

大禹之后的造访者是周天子。《穆天子传》写到穆王率领七萃之士，驾赤骥、盗骊、白义、逾轮、山子、渠黄、骅骝、绿耳等骏马，由造父赶车，伯夭做向导，一路向西，来到群玉山，与西王母宴饮酬酢。这样的记述虽然更多体现为传说性质，但其“西向而行”的路线，或可表明周穆王就是经过临津渡口抵达氐羌部落的。

传说过后，就是历史。隋炀帝西巡大破吐谷浑。凯旋而归的隋炀帝穿过祁连山，到达河西走廊的张掖郡后，西域二十七国君主与使臣纷纷前来朝觐，表示臣服。各国商人也都云集到张掖地区进行贸易。随之，临津古渡作为丝绸之路重要关隘的地位愈加彰显，若要从黄河上游西进新疆、南入西藏，非得通过这一渡口不可。可以说，临津古渡的存在极大地拓展了内地同西域、欧洲各国的经济贸易和文化交流。驻足渡口，奔腾不息的黄河自然成为文人墨客誉美吟诵的主题，诗人成公绥一首《黄河赋》，写尽了黄河的壮美宏阔：

览百川之洪壮兮，莫尚美于黄河。

潜昆仑之峻极兮，出积石之嵯峨。

登龙门而南游兮，拂华阴于曲阿。

凌砥柱而激湍兮，逾洛汭而扬波。

体委蛇于后土兮，配灵汉于苍穹。

贯中夏之能甸兮，经朔北之遐荒。

历二周之北境兮，流三晋之南乡。

秦自西而启壤兮，齐据东而画疆。

殷徒涉而永固，卫迁济而遂强。

赵决流而却魏，嬴引沟而灭梁。

思先哲之攸叹，何水德之难量。

唐蕃建立起友好关系以后，丝绸之路和唐蕃古道上往来的使者、商贾、官员络绎不绝。辽宋夏金时期，临津古渡口设有茶马互市的榷场，各族人民互通有无，贸易频繁，极大促进了经济文化的交流与发展。明清时期，许多商贩们从甘川陕等地区带回做工精细的丝绸和布匹在大河家销售，各种玉器、马匹也从这里走向内地市场。民国时期，大河家镇的商业环境更趋成熟，种类繁多的商品更是源源不断从临津古渡流通。直至 1988 年 11 月，黄河大桥实现通车，临津古渡才慢慢卸下承载了数千年的历史重任。

临津古渡不仅见证了古丝绸之路的商贸往来，而且形成了民间诗歌——河州花儿的故乡。行走在青海东部农业区，一首经典的河州花儿唱出了大河家镇过去的交通状况，这种交通状况的侧面连接着当时古丝绸之路上的繁忙景象，以及作为行旅客商的款款柔情：

大河家街道里牛拉车，车拉了搭桥的板了；

你把阿哥的心拉热，拉热着再不管了……

四

从西宁到大河家，要经过美丽的循化撒拉族自治县。这里不仅有“青藏高原上的西双版纳”——孟达天池，更有许多围绕县城所在地积石镇的大小五六个黄河渡口。其中最为有名的是距离积石镇西 15 公里处的古什群峡渡。

据《水经注》记载：“吐谷浑于河上作桥，谓之‘河厉’，长百五十步。两岸累石作基阶，节节相次，大木纵横更镇压，两边俱平，相去三丈，并大材以板横次之，施钩栏，甚严饰。桥在清水川东，此河上握桥之始也。”此桥址为“清水川东”，在古什群峡口。这座桥是建造在黄河上游的第一座实体木桥，距今已有 1500 多年的历史了。又据《宋史·工厚传》记载，宋徽宗崇宁四年（公元 1105 年），人们又在古什群峡口造起了一座黄河桥，称为“大通桥”。

素有“黄河骄子”之称的撒拉族就是翻越帕米尔高原，循着黄河的涛声来到青海循化地区的。

撒拉族人自称“撒拉尔”，这一词语在波斯语中具有“领兵统帅”、“领兵官”的意思。其先民是乌古斯部中的撒鲁尔人，原本是西突厥的一支，游牧在伊犁河一带，为塞尔柱帝国所统治。13世纪前半叶，蒙古军征服中亚等地后，撒鲁尔人的首领尕勒莽和阿哈莽被蒙古签军，成为西域亲军中的一支名叫“撒尔特部”的军队。后尕勒莽率领本族东迁，一路辗转，最后到达积石州管辖的今青海省循化县后安定下来。他们定居循化后，与当地藏族、回族、蒙古族、汉族等多民族通过联姻形式密切接触，友好往来，不断吸收其他民族的新鲜血液，人口得以增殖，明清时期成为一个新的族群——撒拉族。

在民间,人们更多是从“骆驼泉”的传说以及与之相关的“骆驼戏”去认知撒拉族的。两种民间口头传说在内容上都与撒拉族的民族史有关，且在艺术上有着异曲同工之妙。事实上，也正是因为有了骆驼泉的传说才有了骆驼戏的表演，以及有关撒拉族历史的讲述。

让我们先来重温那段离奇而动人的传说吧：

在青海省循化撒拉族自治县，一个叫的街子地方有一眼清泉，泉水从一峰白石头骆驼（其状为俯卧）的口里喷涌而出，人们叫它“骆驼泉”。相传在很久以前的中亚撒马尔罕地方，撒拉族的先民尕勒莽和阿合莽兄弟二人在当地伊斯兰教信徒中很有威望，后来遭到当地统治者的嫉恨和迫害，于是他们率领同族18人，牵着一峰白骆驼，驮上故乡的水土和一部《古兰经》，愤然离开撒马尔罕，向东去寻找新的乐土。他们一路翻山越岭,风餐露宿。经天山北路进嘉峪关，然后经肃州（酒泉）、甘州、宁夏、秦州（天水）、伏羌（甘谷）、临羌（湟源东南）等地，辗转来到今夏河县甘家滩。在这里，他们与随后跟来的33人巧遇。于是队伍壮大，众人继续牵着骆驼前行，历尽千辛万苦后走到了循化县境内的乌土斯山。这时天色已晚，在苍茫的暮色中不小心走失了白骆驼。他们不得不点燃火把，四处寻找，一直找到街子东边的砂子坡时仍无结果。天亮后他们发现街子一带有山有水，土地平整，附近还有一眼清泉，而走失了一夜的骆驼居然静静地躺在泉水里。尕勒莽试图用木棍捣醒骆驼，不料奇迹发生了：白骆驼已化为白石卧在泉中，木棍则化成了一棵常青树。众人非常惊喜，便取下驼背上的水土称量，发现这里的水土与他们带来的水土完全相符。人们认为这是真主的暗示，这里就是他们不停寻找的乐土，于是决定留居此地，就把清泉命名为“骆驼泉”，街子由此成为撒拉族的发祥地。

显然，传说的部分内容有着艺术的夸张，但撒拉族先民牵着白骆驼、带着《古兰经》从中亚迁来的说法，对该民族来源的考证具有一定的历史参考价值，骆驼泉的传说也成为撒拉族历史记忆的重要情感基础。伴随着撒拉人这种普遍的民族认同观念，意在强调其民族史的传统民间小戏——骆驼戏便应运而生了。

骆驼戏，民间又称“骆驼舞”。是撒拉族传统戏剧中唯一保存下来的最完整的剧目，也是该民族的传世之作，产生于撒拉族定居循化之后，其历史可谓悠久，声名亦家喻户晓。据史料记载，撒拉族的先民在元代从中亚撒马尔罕一带迁至循化定居，至今已有700年的历史。

这种古老的撒拉族民间剧目由四人表演：首先由两人反穿羊皮袄，一前一后扮演骆驼形象，其余两人一位扮演当地居民，类似蒙古人打扮，一位扮演远道而来的撒拉人祖先尕勒莽——中亚人打扮。扮演尕勒莽的人头缠“达斯达尔”（白布头巾），一手持棍，一手牵“骆驼”，“骆驼”背上的褡裢里装有《古兰经》、水、土等物，然后开始舞蹈。舞蹈动作简洁纯朴，边歌边舞，间有问答式的道白。譬如：蒙古人与尕勒莽有这样一段问答台词：

蒙古人：阿訇，阿訇！

尕勒莽：噢！

蒙古人：你这是从哪里来？

尕勒莽：我从撒马尔罕来。

蒙古人：你牵的这毛长长的、脖子弯弯的、腿高高的是什么？

尕勒莽：是骆驼。

蒙古人：上面驮的是什么？

尕勒莽:30本《古兰经》，一杆秤、一个戥子，一碗水，一碗土。

蒙古人：你到哪里去？

尕勒莽：到逊尼（中国）地方传经去。

演出一般在夜间月光下进行，观众围坐四方，参与对答，气氛非常热烈。整个舞蹈追述了撒拉族先民历经艰辛、长途跋涉来到循化定居的历程和东进途中的所见所闻，多在婚嫁喜庆日子里表演。多年前，我跟随大学同学去循化，恰逢邻居家结婚，于是也混在人堆里看过一次骆驼戏表演。明显地感受到了蕴含其中的文化意味，甚至因此而写下一些不成诗文的短句，至今仍保留在随记本上：

你反穿皮袄，让山头的星子
闪烁前后。一匹白骆驼
从时光纵深处走了出来

一部经书，一杆秤，一个戥子
一抔土，一碗水，一串问答
一个当地人，一名撒拉尔……

追述或者舞蹈，皆有先祖不朽的荣光
含辛茹苦，只为灵魂的安顿

沧海桑田的意蕴，由达里加山收尽

撒拉族民众把青年男女结婚的这一天称为“堆依奥依纳”。在撒拉语中，“堆依”指骆驼，“奥依纳”是玩耍之意，整个意思为耍骆驼、舞骆驼。据撒拉族老人讲，很早以前民众对跳“骆驼舞”十分重视，凡遇男女婚嫁之日，不论谁家都要表演“骆驼舞”，并邀请“阿格乃”和“孔木散”（本家族、同根子之意）的人前来观看。形式隆重、气氛热烈。其目的除了娱乐还有教育之意，即借观舞机会，一方面让人们欣赏民族艺术，另一方面则给参加婚礼的男女老少上一堂形象的民族历史课，寓教于乐，达到让后人勿忘祖先的教育目的。

在如此喜庆的场合演出，加之历史背景富有真情实感，使得骆驼戏具有了联系撒拉人民族感情纽带的作用。而这种民间小戏的诞生本身也说明了撒拉族先民中就有许多优秀的艺术家，因为这一艺术形式是他们迁徙到藏汉文化腹地——青海循化县以后的产物，是一种新颖的艺术创作，他们以本民族语言为手段，通过艺术表演形式来记述民族历史，这对于在当时弱小飘零的撒拉族先民来说，体现了他们的大无畏和大智慧，从中我们可以管窥到他们的艺术才能。

从舞蹈角度而言，骆驼戏剧情较为简单，但它为后人研究撒拉族历史保存了珍贵的资料和生动的形象，具有重要的历史参考价值。众所周知，撒拉族是一个有语言无文字的民族，在汉文典籍中，有关他们历史文化的记载也比较少见，有些历史事实都是以民间口传的方式流传下来的，因此，作为民间艺术的骆驼戏在撒拉族文化中具有举足轻重的地位。

随着时间的推移，迁徙到循化的撒拉族与当地多个民族发生了联姻关系，生活文化逐渐呈现多元化的一面。在这种情形下，表演骆驼戏有利于他们保全本民族的传统文化和群体记忆。可以说，骆驼戏这一艺术形式在撒拉族民族历史中扮演着不可或缺的角色，是该民族传统文化的一面标志性旗帜。

我们在古老的黄河渡口聆听一个民族的古老传说，欣赏其充满文化意味的舞蹈表演，一种历史的纵深感油然而生——从中亚地区到青藏高原，从独树一帜到交流融合，蕴含其中的文化魅力也就如同滚滚东去的黄河了——不断地欣赏和包容，不断牵手零散的溪流，向前，向前……

于是，黄河也就成了母亲河。而我们，就是被她安排在不同渡口上的孩子，守望着故乡，畅想着大海。

叁 历史回音

青海的很多县城都有一个寓意美好的名字，如乐都、民和、平安、互助、贵德……这样的地名称谓内涵古朴，富有诗意。行走在这些吉祥温暖的词语里，一种厚重的历史感和浓郁的人文性时时涤荡着人们的心灵，并沉淀为稳定的集体无意识。在青海道上，有多元民族文化的充分对话与碰撞，也有来自丝绸之路更远处的他者文化的浸润与交流。

乐土与古都

一

青海的很多县城都有一个寓意美好的名字，如乐都、民和、平安、互助、贵德……这样的地名称谓内涵古朴，富有诗意。行走在这些吉祥温暖的词语里，一种厚重的历史感和浓郁的人文性时时涤荡着人们的心灵，并沉淀为稳定的集体无意识。

在这些区县中，乐都保留了相对独立的“古风”遗韵。无论是“沙果味儿”十足的方言土语，抑或“彩陶王国”的考古美誉，还是良好的文化教育传统，它总是以独有的气质走在青海“文化之县”前列。

毫无疑问，乐都——这块富庶的“安乐之土”，有着久远而深厚的历史文化底蕴。大量考古文化遗存证明，早在4000多年前古代先民们就繁衍生息在这里，特别是发现于20世纪70年代的柳湾墓地，让人们看到了黄河流域规模最大且保存完好的原始墓葬群落，有 37 900 多件不同类型的文物埋藏其间，仅彩陶就有 17 000 余件。

古羌人是这里最早的主人。从汉武帝元鼎六年（公元前 111 年）开始，汉军进驻湟水流域，乐都被正式纳入汉朝版图。汉宣帝神爵元年（公元前 61 年），后将军赵充国在湟水流域驻兵屯田，大兴水利，修筑道路，促进了乐都地区的经济开发。东汉末年，在今西宁地设西平郡，乐都属西平。

东晋隆安元年（397 年），鲜卑族建立南凉国，后都乐都；北魏时期，西平郡为鄯善镇，孝明帝孝昌二年（526 年），改立为鄯州；隋大业三年（607 年），又把鄯州恢复为西平郡。两年后，隋炀帝帅军征伐吐谷浑，在乐都南部的巴燕山阅兵围猎。唐武德二年（619 年），再次改置鄯州。

在整个隋唐时期，乐都地区就是中央王朝在西部地区的政治和经济中心之一。特别在唐王朝空前统一和强盛的历史时期，“鄯州作为唐朝的西北边防重地，起到了抵御高原游牧民族军事进攻、保障内地安定生产和生活的重要作用”①；同时，历任鄯州军政长官皆以此为中心的大规模军事屯田，不仅解决了当地驻军的物资需求，省却内地长途运输之劳顿，而且在客观上促进了该地区经济的繁荣发展，沟通了青藏高原与中原内地的文化交流。

宋代时，乐都地区为吐蕃唃斯啰地方政权的活动中心，北宋占领湟水流域后，在乐都地区设置湟州，后改为乐州。元时，乐都属西宁州。明代先后在乐都设碾伯卫、西宁卫碾伯右千户所。清雍正三年（1725 年），改右千户所为碾伯县。民国十八年（1929 年）青

---

①米海平：《简论唐代的鄯州》，《青海民族研究》，2002 年第 2 期。

海建省，改碾伯县为乐都县。

1979年海东行署成立，乐都为海东地区下辖的县镇。2013年国务院批准海东地区撤地建市，乐都成为隶属于海东市的一个区，乐都依然作为青海东部农业区连通周边牧区和内地的重要交通枢纽。

二

“祸衅萌宫掖，胡马动北垌。三方风尘起，玁狁窃上京。义士扼素腕，感慨怀愤盈。”这是前凉文王张骏《薤露》中的乐府诗句，描述了魏晋以来，特别是东晋十六国时期，中国北方日渐陷入割据混战，黄河流域沦为匈奴、羯、鲜卑、氐、羌等“五胡”军阀争杀的战场，各个“胡族”首领纷纷建立政权，和东晋汉族政权形成长期对峙的局面。

乐都作为一座军事重镇，很快成为南凉国的都城。作为扼守西北交通要道的南凉国究竟是怎么兴起的呢？这还得从河西鲜卑的发展壮大说起。

历史上，自从北魏先祖拓跋诘汾确定小儿子拓跋力微为继承人后，其长子拓跋匹孤率领自己的部落从塞北迁至河西一带，他们被称为河西鲜卑，其地界跨越今宁夏、甘肃、青海三地，其最南端为浇河（今青海贵德）。

拓跋匹孤死后，其子秃发寿阗继位。“秃发”与“拓跋”本是同姓，但从秃发寿阗开始，他们的姓氏发生了微妙的变化。《晋书》称：“寿阗之在孕，母胡掖氏因寝而产于被中，鲜卑谓被为‘秃发’，因而氏焉。”意思是说，寿阗的母亲胡掖氏怀孕在身，某天睡觉时在被子里生下了寿阗，鲜卑称被子为“秃发”，因此便开始以“秃发”为姓。

后来几经兴衰，秃发乌孤嗣位，勃兴于广武（今甘肃永登）一带。三年后，即隆安元年（397年），秃发乌孤正式反叛后凉，自称大都督、大将军、大单于、西平王……几乎所有能叫的高级称谓都被他使用了一遍，并在所辖境内赦免罪犯，改年号为太初，以廉川堡（今青海民和）为都城，建立南凉。又三年，迁都至乐都。

秃发乌孤是一位胸怀大志且能征善战的头领，他在建立政权后一举攻下了后凉的金城和乐都、湟河、浇河三郡，甚至引来岭南羌胡数万部落前来归附，最后连大将杨轨、王乞基都率领数千人马前来投奔。公元398年，后凉建武将军李鸾献出兴城，向秃发乌孤投降，秃发乌孤遂改称武威王，国力达到鼎盛。《晋书》中记载，秃发乌孤的这个武威王还没当满一年，却因“醉驾”——酒后骑马驰骋，不小心摔落马下伤了肋骨。受伤严重的他顾不上疼痛，急忙从地上爬起来说“几使吕光父子大喜”，担心的是差点让北凉王吕光爷俩看了笑话。尽管秃发乌孤性格倔强，然而这次摔得不轻，一段时间后不治而亡，谥号武王。之后，其弟秃发利鹿孤继位。

继位不久的秃发利鹿孤于隆安五年（401年）迁都西平（今西宁市），称河西王。期间，他兴教惜才，发展生产，国事平稳发展，翌年寝疾而卒，谥号康王。

康王之后，其弟秃发傉檀承袭王位，称凉王，再次迁都到乐都。秃发傉檀年轻之时就表现出了过人的机敏与胆略，早在秃发乌孤在位时，他就是车骑大将军、广武公，镇守西平；秃发利鹿孤继位后，更是将军国大事委任于这位了不起的弟弟。等到自己成为南凉王后，秃发傉檀很快表现出了杰出的军事才能，不久便据有凉州之地，一度迁都姑臧（今甘肃武威），国势臻于极盛，但最终却因穷兵黩武而渐趋衰落。

长年的征战，致使南凉国逐渐荒废了农业生产。义熙十年（公元 414 年），南凉遭遇饥荒，秃发傉檀领轻骑七千，西征乙弗欲夺取钱粮以应对当时的困境，征战后虽然获取马、牛、羊四十余万，然而其都城乐都却为西秦乘虚攻破。太子虎台及留守百官皆尽被俘，几经挣扎的秃发傉檀最终投降西秦乞伏炽磐，南凉遂亡。

亡国后的秃发傉檀做了乞伏炽磐的骠骑大将军，并被封为左南公。一年以后，被乞伏炽磐赐予毒酒，门人劝他吃药解毒，然而绝望至极的秃发傉檀说："我的病难道还应该医治吗！"于是很快死去，时年五十一岁，谥号景王。太子秃发虎台后来也被乞伏炽磐所杀。

相传，今西宁南凉遗址公园内所见高大的夯土建筑就是秃发傉檀在位时取太子之名"虎台"修造的，当时用以阅兵演武。建筑呈正方体覆斗状，上窄底宽，底边各长 138 米，顶部边长 40 米，台高 32 米。《西宁府新志》亦有记载："虎台西去县五里，台有九层，高九丈八尺。相传南凉王秃发傉檀子名虎台，或是其所筑也。"虎台遗址自修建以来，迄今已有 1600 多年的历史了，虽历经风雨沧桑却也是一些历史片段的忠实记录者，正如清代诗人张思宪诗作《虎台雄踞》所云：

南凉乱晋立虎台，昆仲割据青海疆。

都城碾伯今已朽？唯有河湟流水长。

乐都作为南凉古都，见证了历史风云变幻，也记录了河西鲜卑发展历程的起起伏伏。它是一座不大的城市，却是一座重要的古都。

三

乐都这座古老的小镇，其独特魅力除了历史传统的纵深感之外，还体现为寺庙文化的民间性。

行走在青海东部农业区，人们自然会想起一个清幽之地——瞿昙寺。与名震一方的塔尔寺相比，它没有熠熠生辉的金瓦琉璃，也无比肩接踵的香客信众。它只是静静站立在乐都县城南部的马圈沟口上，依山傍水，任由云卷云舒，大河东流。

瞿昙寺始建于明洪武二十五年（ 1392 年），因其保存了一座非常完整的明代建筑群而被誉为“西北小故宫”。关于瞿昙寺的来历，民间有个传说。

元代末期，藏传佛教噶举派著名高僧三罗喇嘛（名为桑吉扎西）曾在青海湖海心山修行，后云游到乐都罗汉山古龙洞修炼。他看到罗汉山松柏参天，瞿昙河畔杨柳荫浓，觉得这里应该是理想的修行之地。再从风水学上来看，这里前有照山，似凤展单翅；后有罗汉山，如屏风挡雨；左侧山形如索，似“青龙蜿蜒”；右侧巴燕低矮，如“白虎驯服”；中间有溪流穿过，如“金带环抱”……如果选择此地修行和弘扬佛法，恰似“将军坐帐”无比吉祥。于是，三罗喇嘛就在这里搭起了一座小佛堂，取名“色哲佛堂”，此佛堂就是瞿昙寺的前身。三罗喇嘛也就成了瞿昙寺的奠基人，后来被尊为瞿昙寺的第一代活佛。

就在当时，朱元璋派兵到青海北部一带追剿元兵残部，然而当地藏族民众不明情况也跟着乱跑，一时造成边疆形势混乱的局面。朱元璋听说过三罗喇嘛的大名，于是礼聘其出山以助一臂之力。三罗喇嘛凭借自己的声望和宗教地位，率领梅氏家族及环青海湖的藏族部落归顺了明王朝，并写信招抚有影响的头人，最终使罕东诸部归顺明王朝。这件事不仅让青海地区结束了混乱局面，也让朱元璋认识到了以三罗喇嘛为代表的宗教势力在青海地区的作用和地位。

明洪武二十六年（1393 年），三罗喇嘛因招抚罕东诸部有功，到南京受封“西宁僧纲司都纲”，成为西宁卫的宗教首领，并提出给予其寺院护持和赐名的要求。实际上，在当时来说那就是一座小小的佛堂而已，可是朱元璋却欣然答应，便询问佛堂供奉的是谁，三罗喇嘛回答是释迦牟尼佛。释迦牟尼原名乔答摩·悉达多，梵语就是“瞿昙”，“瞿昙”即为“佛祖”。于是，朱元璋取释迦牟尼的姓氏“乔达摩”这个词的佛学意义，敕赐“瞿昙寺”金书横匾一方，并下令拨款建寺。这就是瞿昙寺的由来。

民间又传，有位高僧来到瞿昙寺隆国殿的现址处，见有一眼清泉，遂高兴而饮，喝完水后忘了拿走拐杖，当他返回来寻拐杖时，发现拐杖已经长在了泉边，成为一棵树。于是，他便认定这是一块好地方，决定安居此处，修造佛堂。据说拐杖长成的那棵树就是现在隆国殿内的“珍珠树”，那眼清泉就是隆国殿内的“瞿昙池”。

《西宁府续志》中也有类似记载：“瞿昙池——在瞿昙寺永乐殿内，相传西域喇嘛由海心山率徒至斯池，饮马遗其鞭。番僧三剌建刹焉。”传说也罢，史实也好，不可否认的是——自从寺院建成以后，历代皇帝多次赐匾额、修佛堂、立碑记、封国师、赐印诰，故而影响极大。

后来，经过明清两朝的发展保护和改扩建，瞿昙寺逐渐形成了以瞿昙寺殿、宝光殿、隆国殿为中轴线，以左右钟鼓楼、回廊、前山门、碑亭组成的宏伟的藏汉结合的古代建筑群。

瞿昙寺殿是最早的建筑，建于明洪武二十五年，位于中院正中，四面修有佛塔，左右两旁为护法神殿，佛殿在中间，主供佛为金刚持，当地藏族称瞿昙寺为“卓仓多杰羌”即源于此。举目仰视，明太祖朱元璋御赐的“瞿昙寺”三颗金色大字的匾额迄今依然高高悬挂在瞿昙寺殿的前檐，发着金色的亮光，下款有“大明洪武二十六年立”字样，这是瞿昙寺现存最为珍贵的镇寺之宝。

宝光殿修建于明永乐十六年（1418 年），由明成祖赐名。永乐皇帝御书的宝光殿牌匾现已不知去向。但院中所立“永乐十六年敕谕碑”仍记载：兹者灌顶净觉弘济大国师班丹藏卜，于西宁迦伴虎蓝满都儿都地面起盖佛寺，特赐名曰“宝光”。颇有意味的是，宝光殿每扇殿门的正中都绘有五指龙爪——中国历史上民间建筑上的所绘的龙爪一般只有四指，而宝光殿的“五抹隔扇”“五指龙爪”说明它们是得到了宫廷赐封的建筑。殿檐和额枋上还保留着一些建筑彩画，虽历经数百年之久仍然色泽鲜艳，可见当时所用矿物颜料的独特和画技的高超。

隆国殿建成于宣德二年（1427 年），与瞿昙寺殿、宝国殿在同一中轴线上，其制式完全以北京故宫为蓝本，总体上表现为宫廷式的建筑群落。殿前伸出月台一方，月台左右各设踏跺九级，四面绕以红沙石栏杆。这九级踏跺刚好是我国古代“以九为尊”的传统观念。殿内设大小两座莲花瓣须弥座式佛座，供大持金刚鎏金铜佛像，两边供有泥塑十八罗汉，殿内塑像的都是汉式特色。

隆国殿是寺内最大的一个殿，是永乐皇帝从北京委派孟继等四位太监为监工，专人带着图纸、工匠、资金来修的，所以它完全是北京故宫在青海的翻版和缩影。檐前正中悬挂的“隆国殿”匾额是宣德皇帝的御笔，其中“隆”字稍向右偏，似乎在讲——在故宫，奉天殿（今太和殿）是皇帝的正殿，而偏处青海的隆国殿只能是皇帝的偏殿了。

不难发现，在建筑风格上，瞿昙寺是一座极具包容性的藏传佛教寺院。它所讲究的中轴线、四合院、左钟右鼓、琉璃砖瓦房顶、飞檐吻兽等充满了汉式特点。而正门和屋脊当中的"祥麟法轮"、宝顶，以及建筑的网式结构、佛教人物故事为主题的壁画，显然具有藏传佛教寺院的风格。

毫无疑问，瞿昙寺不仅为当地僧众提供了宗教活动场所，也为维护卓仓地区经济增长、文化发展和社会稳定起到了举足轻重的作用。其保存完整、规模宏阔的建筑艺术、雕塑艺术、绘画艺术，以及碑刻、匾额、文物都具有深厚的历史研究价值和不可忽视的艺术价值。

这座寺庙与中央政府和周边多民族群众的关联，更多体现为社会环境的稳固与多元文化的互动交流。尤其在彩绘方面，多种文化碰撞融合的情形俯拾即是，在神圣庄严的文化语境中表达着轻盈灵动的生活画面，在传递人文历史讯息的同时，给人以心灵的抚慰与洗涤。

有人说，走遍了大江南北，唯有瞿昙寺是最具历史感的一座庙宇——看那被风雨剥蚀了的瓦楞屋檐，看那若隐若现的碑文字迹和各类壁画；也有人说，也只有在瞿昙寺，才能感受到真正的寺庙之言——诗，它让人安静，徜徉在古旧的建筑空间，就会感到世界很大，阳光很暖。

四

作为寺庙之言的诗歌无疑是神圣的，而作为生活之言的诗歌就具有了人间烟火气息——尽管内容涉及世俗，然而无比真诚。

对于老百姓而言，花儿就是他们的诗歌。

瞿昙寺为当地花儿的生根发芽提供了一个神圣的空间。每年农历六月十五,这里就会举办以汉藏群众为主体的花儿会。研究者认为，瞿昙寺花儿会是从清道光年间的瞿昙寺庙会兴起的，清末民初时初具规模。关于其来历，还是当地老百姓讲得清楚：

据说，清朝初年的瞿昙寺香火非常旺盛，寺院依据格鲁派教法进行严格禁欲，由于民间花儿的内容以情歌为主，所以当时的瞿昙寺明令禁止演唱花儿。有一年，一伙土匪包围了瞿昙寺，连续围困数天，意欲让寺院水断粮绝、不攻自破，情况十分危急。这时，有一位老汉率领大家唱起了花儿，歌唱之声像风一样传向四面八方，在黑夜里越传越远。方圆几十里的人都被惊动了，大家马上用花儿做出应和，纷纷奔向瞿昙寺。一时间，歌声从四方涌来，响成一片，土匪贼兵越听越慌张，最后在漫山遍野的花儿声中飞快逃走。第二天是农历六月十五的庙会，寺院住持说："没想到这花儿退了贼兵，以后就唱吧！"从此以后，就有了闻名遐迩的瞿昙寺花儿会。

毫无疑问，这样的花儿会是与汉藏合璧式的佛教信仰共存的一种百姓生活文化，它使得这一场域空间具有了神圣性与世俗性水乳交融的文化意味，这也是瞿昙寺花儿会有别于河湟地区其他花儿会的最大特点。瞿昙镇因此被文化部命名为"中国民间艺术（花儿）之乡"，人们徜徉在花儿的海洋里，歌唱着希望的田野，生活的理想。

这就是历史的乐都，文化的乐都和生活的乐都。

据说"乐都"这一叫法最初是由"洛都""落都"等名称改译而来，属古羌语，意思是"沟口"。文献资料上虽无确凿依据，但若实地观察，的确如此。

乐都地处湟水下游地带，并介于兰州、西宁两大省会城市之间，其旧城所在地碾伯镇更是处在两条山沟的出口。“丝绸南路”从这里穿过，“茶马互市”曾在这里进行，历史上属于军事要冲，地理位置显赫，被称为“海藏通衢，国之咽喉”。几度春秋，南来北往的客商脚户、行伍墨客曾在这里留下过许多人文印痕。

2012年夏日，笔者曾行走在乐都的一处山沟口，写下拙诗一首，题为《乐都的一条沟》：

磨尔沟，柳树沟，或者老虎沟
青海的许多沟，是父老乡亲的血脉
总是从大山里出发，然后
将一世清澈，留给大片大片的庄稼

几经沧桑，乐都的这条沟并没有瘦下去
她簇拥着七月的流水和闪亮的石英
将清脆的鸟叫声一路推向树林
我们在林中休憩，看蒲公英飞舞
杨柳儿依依

也看她曲折的足迹，是怎样绕过历史的塄坎
把走下去的艰难，分割成
一绺一绺的晶莹和一湾一湾的璀璨

这些山沟一头连着遥远的古都，一头连着现实的乐土。行走其间，恍然遇见有羌笛之声自湟水河畔传来，更有倾倒于田边的陶罐，它们头尾相连，不断溢出青海妖娆的夏天。

青海门户

一

“人间四月芳菲尽，山寺桃花始盛开。”年少时，白居易的这两句诗曾让我对花红柳绿的江南充满了向往之情。后来看过了贵德的黄河与梨花，民和的川口和桃花，开始渐渐体会到——青海总是选择属于她的美好时节，尔后把隐含的秀气一点一滴透露出来。

那清澈的黄河，沧桑的古道，纯白的梨花，绯红的桃花……这一切让人误以为自己身处江南多时了，满眼尽是流水炊烟的灵动与姹紫嫣红的温婉。

地处甘青两省交界的民和更是把这种温婉与灵动植到了骨子里，娇艳的桃花刚刚盛开，迷蒙的细雨也就淅淅沥沥地下起来了。于是，它把“青海东大门”的意蕴尽情凸显了出来——用飘香的瓜果和劲道的牛肉面描摹出一条条羁旅印痕，用悠扬婉转的“花儿”

撩动你满是乡愁的情怀。

面对山关隘口和斜风细雨，清代诗人钱茂才在民和留下了动人的诗篇："才过盘山渡口船，斜通一径又前川。危桥接岸虹腰细，碧水澄潭镜面圆。野树含风千嶂雨，夕阳射影几村烟。青帘动处归来晚，回首依稀忆去年。"

走下飘摇不定的渡船，又遇蜿蜒曲折的小路，这条路一直通向青藏高原腹地。河流对岸是一座桥，桥上方是行将消隐的彩虹，那七彩的光华映照着碧绿而又平静的水面。旷野里的大树，用密密层层的叶片兜着刚刚下过的山雨，彩虹的对面就是探出云层的夕阳，几个村庄的炊烟正在黄昏里袅袅升起……这哪里是粗犷辽远的青藏高原啊，如此诗意的景致只应出现在烟波浩渺的水乡和充满往事的回忆里……

那些年，我独自行走民和。在一个桃花飘落的季节，深深感到源自甘肃的漠风穿过孤独背影，把一种浅浅淡淡的诗情印在了《川口小镇》上：

新镇通往老城
一段斜坡，一路细雨
一位找不到昏鸦的过客

那些深深隐去的桃红
让一座小镇陷于微醺的情状
歌声里的妹子，站在心尖尖上
稀稀罕罕地艳着

呵，民和——这场突如其来的相遇

叫我如何荡尽满眼的灰
和那一身抖也抖不掉的疲惫
我只能扶起药水泉缥缈的弧线
将他乡认作故乡，不知传说的深浅

路旁，红砂岩的墙体上，我看到
一只倾倒的陶罐，吐尽风雨后
再也掏不出时光里的盐粒

如果真有所谓的穿越，我想诗人钱茂才也不会急于远走，面对今人，他一定会询问“夕阳射影几村烟”的景致变了没有。而我会这样告诉他——道路变宽了，山岭变低了，唯有桃花依旧，那些唱着“花儿”在田间劳作的背影依旧……

二

若不信，你可随意穿行于民和的大街小巷，就能听到“花儿王子”马俊婉转动人的歌声——

哎——日月山下来是湟源县，丹噶尔出去是过马川，
西宁城有一个凤凰山，小峡出去是平安县；
哎——过去的碾伯是乐都县，老鸦峡出去是民和县，
享堂过去是海石湾，想起我的花儿拉夜川……

诚然，按照自东向西的方位来看，走过甘肃的海石湾就到了青海民和川口镇的享堂。这个小小的村镇跨甘、青两省之交界，扼享堂峡之咽喉，据浩门河之险要，成为历朝历代镇守屯兵的军事要地，

故而被称为“青海的东大门”。

在民和，你会听到老百姓眼里的享堂是这样的：“金钟玉鼓的八楞山，二龙戏珠的享堂；对面山上的五杆旗，金盆养鱼的地方。”毋庸置疑，民间的智慧在这里得到了最为直接的体现——享堂背靠三座小山，左侧的山丘形状如钟，谓之“金钟”；右侧的山丘顶平如鼓，称之为“玉鼓”。相传中华大地若有战乱，金钟玉鼓就会深夜有声。中间的一座山共有八道山梁，故名八楞山。湟水河、浩门河分别从西、北两个方向流来，最终在享堂汇合，位居中间的享堂自然成了两条河流护佑的中心宝地，因而被称作“二龙戏珠”。八楞山的正前方就是东垣，自西向东有座大山，约 15 千米之长，中间断有五壑，象征五杆大旗。这就是青海的东部门户，“金盆养鱼”的地方。

“享堂”原为祠堂的一种，主要作为亲属祭祀先人和长期守孝居住之用，通常守孝要在墓地居住三年之久，所以建成专门的堂室。这种建筑特别突出了它的供奉祭享功能，所以又称“享堂”或“飨堂”。这种礼制性墓地建筑在古代社会比较普遍，但后世保存很少，及至今天已经看不见了。

民和川口的享堂是一个专属地名，最早属于西羌故地，古羌语称其为“羌塘”——有“水边平地”的意思。汉武帝和汉昭帝时期，湟水流域设郡建县，享堂属金城郡治下的允吾县，治所就在今天的民和县马场垣乡下川口村。由此，民和开始成为青藏高原与内地政治、经济、文化联系的重要通道之一。

唐代初年，朝廷平定薛举、李轨在河西走廊和青海东部地区的割据势力后，在这些地区出现了“降唐”的名称，虽无实据可查，但作为西北咽喉之地的民和，割据势力的“降唐”显然是唐王朝最乐意看到的事情。

民和享堂的来历据说与青海历史上著名的东伯府李英土司有关。据《西夏李氏世谱》记载："享堂原名巴垣，又名降唐，地在碾伯县城之东一百余里……"后来，李英以军功受封会宁伯，去世后东伯府将此处选作茔地并在墓前建起祭祀用的享堂，于是把唐代以来所称的"降唐"改为了"享堂"。流传至今，墓地建筑虽倾圮无遗，但"享堂"这一称谓一直沿用到了现在。

除了家谱记载，民间有则故事详细讲述了享堂与东伯府的关联。

当年，土司李英请来阴阳先生寻访一块用以丧葬祭祀的风水宝地，一路找来，就找到了八楞山前。阴阳先生在看中的地方偷偷插进一枚针，然后向李英说道："我到山后面踩山脉，你仔细观看，如果有跳动的地方，你把这枚铜钱放下。"于是，阴阳先生到八楞山后用脚踏了几下，李英果然看见有一小撮土在突突跳动，他就把铜钱放到跳动点上。阴阳先生回来后，根据李英的指示，小心翼翼刨去铜钱周围的细土，看到铜钱恰好套在针上。见此情景，李英不禁赞扬阴阳先生的高超技艺，表示心悦诚服。风水先生对李英说："这是你的洪福，选择这里当作阴宅，可以护佑你后代发达，出宰入相不说，甚至可能官至皇位。"李英听了十分惊讶，并暗记在心。

后来，李英年逾花甲，不幸染疾在身。病故之前对爱妻吩咐道："我知道自己活不了几天，殁后不要给我穿衣裳，墓前放三张弓箭就行。你们要守百天坟墓，等到一百天的早晨，看见有个驴骑人的迹象时便把三箭射出。"李英寿终正寝之后，爱妻前思后想，觉得不穿上衣便罢，不穿裤子岂不丑陋。于是给李英穿了件裤子。埋葬后，她们守坟到九十九天的早上，看见有个走路的人，背了一张干驴皮路过坟地。爱妻想：世上哪有驴骑人的情况，这个人背着驴皮不就意味着驴骑人吗？再说今日是第九十九天了。常言道——有个九十九，没有个一百一，应该是时候了。于是，她将三箭逐一射出。说也奇怪，那天晚上京城里的皇帝梦见这三支箭，第一箭射中了皇宫的门头顶，第二箭射中皇帝的枕头，第三箭射中了皇帝的洗脸盆。等到第一百天的早上，爱妻突然看见有个人赶着一头驴，那人的肩上扛着一头刚生下的小驴驹。她忽然醒悟到原来自己违背了丈夫的遗嘱，坏了李家的大事，但为时已晚。皇帝梦中受此惊恐，发觉西头地方出了能人，于是派遣得力将领，找到西头斩断山脉。所斩之处，就在甘、青两省交界之处，尤其是享堂——那是最不能放过的一个地方。

受命的将领来到东垣，责令每户每人锅里炒一升白土，集中起来，堆放在享堂的正中部，然后筑起一座高和宽都为10米的台子。这意味着要用炒焦的土将这块风水宝地炙烤而死。除此之外，还在享堂的左前方，也就是今天的东垣村的边墙社，筑起一枝长约百余米的土箭，对准享堂。又在五杆大旗的根部挖了一条又长又深的壕沟，这条沟就是现在的川口镇胡同道。据说在力斩山脉时，出现了奇怪的景象——他们白天挖，山梁夜间长，特别是在寂静的夜晚，隐约能够听到“快长！快长！”的声音。挖了一个月，不见功效，朝廷催促斩官昼夜不停地挖。一直挖到很深的地方，遇见一根枸杞根，斩断后，流出一股白色的乳汁。乳汁向东垣流去，流至半途，遇见一位挑水的妇女，白乳汁问道：“离大河远吗近？”那妇女说：“还远。”于是，那股白乳汁就地干涸了。这个女人不知情况，其实白乳汁再流半程就到大河了。老百姓说，要是这股白乳汁汇入大河，天下不知会出现什么样的奇迹。

故事不足为信，但从讲述的意义旨归上不难看出，无论对于官方而言，还是对于百姓来说，享堂作为青海的东大门，其地理位置十分重要。老百姓之所以不吝夸张地进行演绎，那是因为他们世世代代繁衍生息于此，对于这片厚土上的任何一种风物、任何一件重大事情，都保留了一份完整的民间记忆。

三

古鄯地处民和的中西部，历史上也是个颇有名气的地方小镇。

洪武六年（1373年），明太祖曾在这里设古鄯千户所，管辖今民和全境和化隆部分地区。洪武十九年（1386年），又在古鄯设立了驿站，后称古鄯驿，为西宁卫七驿站之一。作为丝路南道和唐蕃古道的重要驿站，古鄯驿在中西文化交流中起到了举足轻重的作用。据说，文成公主进藏时经过了古鄯并在当地停驻一宿，穆宗长庆年间，大理寺卿刘元鼎作为会盟使出访吐蕃时也经过了这里。古鄯驿在古代交通史上的作用可见一斑。

明成祖永乐年间（1403—1424年），在茶马互市中，民和古鄯为孳养官马的重要场所，传说中的名驹“日月骕骦马”就产于此。根据传说演绎，民间出现了著名的戏剧曲目《珍珠烈火旗》。

这个曲目讲的是宋朝“面涅将军”狄青奉命征伐西域印唐、上乘两国，以图索取珍珠烈火旗和日月骕骦马两样宝物。勇而善谋的狄青射杀了上乘国王，即向印唐国进发，不料他的部将狄仁在跟乡民问路时态度蛮横无礼，乡民故意指错路径，致使他们误到鄯善国。鄯善国的双阳公主见狄青英武潇洒，心生爱慕，于是招狄青为驸马。印唐国得知此事后，派大将海云飞前来捉拿狄青，双阳公主佯装答应，但提出须以珍珠烈火旗和日月骕骦马交换。印唐国拿了假旗假马来换狄青，狄青与海云飞见面之后进行厮杀，海云飞不敌狄青而败走。狄青以为得了真旗和真马，遂与部将季青、刘庆逃离了鄯善。双阳公主发现狄青已逃，不久病倒。过了几日，海云飞带兵来攻城，鄯善国王、王后应敌出阵均被杀。双阳公主带病上阵，杀退海云飞，回城登基治理朝政。中国戏曲学院钮骠教授指出，该剧已绝迹舞台有50多年，濒临失传的危险，亟须业内人士传承保护。

作为驿站的古鄯在军事会盟和征伐过程中，见证了历史的风雨，也回应了民间传说和戏曲的精神内涵。在老百姓的日常生活中，古鄯也是多民族文化碰撞和老百姓情感交流的重要场域。

古鄯镇有一个地方叫七里寺，七里寺附近有一个药王庙，药王庙门前有一眼药水泉。

相传很久以前,有个药王爷腾云驾雾路过青海。他来到七里寺时，发现这个地方山清水秀，风景宜人。看着看着他就入了迷，一不小心,身上的葫芦掉了下来了,葫芦沿着坡地滚到了山沟,钻进了石缝。在滚动的过程中，塞子开了，药水洒了一地。后来，山坡上的草都变成了中药材，如黄芪、枸杞、柴胡等。而那个钻入了葫芦的石缝开始冒出水来，并且持续不断，天长日久便形成了泉水。

当地牧童家有一头性格奇特的牛，它每天下山时总要单独行动。渐渐地，那头牛越长越肥，越长劲越大，健壮程度明显超过了其他牛。牧童觉得奇怪，就暗地跟着牛去查看，结果他发现这头牛专门喝这石缝里的泉水。于是他也开始喝这种泉水，感觉这水与别的泉水味道不一样，后来他发现这泉水如同药水一样，还能治病。从此，这里的泉就出名了，大家叫它药水泉，四面八方的人都到这里喝水。周围的民众为了感谢药王爷，就在七里寺附近建了一个药王庙，供大家烧香磕头。过去，除了喝药水，还有人到药王庙求神药。药王庙建成后，慕名而来的人越来越多了。人们除了烧香拜佛，喝泉水、逛庙会，还渐渐地唱起了花儿。随着唱花儿的人数增多，规模变大，最后就形成了七里寺花儿会。

实际上，七里寺最早是一座喇嘛寺，原名叫慈利寺，因距古鄯镇政府所在地刚好七里路，在这中间并无其他标志性建筑，于是民众把这一区域都理解为七里寺了。真正的七里寺早已名存实亡，但这里又以风景秀丽著名，尤其是药水泉更因具有多种医疗功能而被民间所崇信，平日慕名前来饮取泉水的人络绎不绝，花儿会期间参加歌会和饮取泉水的群众就更多了。这样一来，七里寺“花儿会与药水泉之间产生了一种相互依赖的关系，山水名胜为歌会提供了民俗活动的特别空间”。[①]来自甘肃和青海两个省份的汉、藏、土、回、东乡、撒拉、裕固等多民族群众在七里寺进行物资与文化的交流，延续着古鄯驿的古老传统。当年，大诗人高洪行走至此，听到幽婉的花儿后，写下了诗篇《古鄯行吟》：

青柳垂丝夹野塘，农夫村女锄田忙；

轻鞭一挥芳径去，漫闻花儿断续长。

及至后世，马俊、索南孙斌、吕晓明、李永盛等驰名西北乃至全国的花儿歌手大批涌现，昭示着这里就是民间文化产生的摇篮之地，更是此种文化的主要传承区域。作为丝绸南路的重要通道，古鄯不仅迎来了新疆、甘肃、宁夏的民间文艺，同时也将极具青海气质的“河湟花儿”传到了远处。

---

①赵宗福：《西北花儿的研究保护与学界的学术责任》，《民间文化论坛》，2007年第3期。

四

在民和县南部边缘至黄河北岸一带，坐落着一个叫“官亭”的村镇。这里土地肥沃，气候宜人，适宜多种农作物生长，是青海省有名的“瓜果之乡”。同时，这里也是唐蕃古道、丝绸南路的要道，官亭镇以南的黄河渡口就是有名的“临津渡”。历史上，为迎接入境的使者与官员，曾在这里建有“迎官厅”，因此得名“官亭（厅）”。

官亭实际上就是民和的“三川”地区，史书上也有“巴暖三川”的记载。自古以来，这里就是土族聚居的地方之一，主要包括上川、中川、下川三大区域，素称“三川”。这里的土族信仰藏传佛教格鲁派，区内寺院林立，民众普遍送子为僧，笃信佛教。在漫长的岁月之河中，逐渐形成了一块区域性的土族文化聚落。土族传统节日纳顿由此得以代代相传。

纳顿是三川地区土族民众独有的民俗活动，也是该地区民众喜庆丰收的重要社交游乐节日。纳顿为土语音译，和蒙古族的那达慕一样，本意为“玩耍”“娱乐”“耍高兴”。作为节日名称，纳顿具有“庙会”“庆祝丰收的狂欢活动”的意思。[①]

每年农历七月，正是三川地区瓜果飘香、新粮入库、新油进缸的丰收季节。当地的官亭、中川等七个乡镇的70多个村庄开始庆祝庄稼丰收，欢度纳顿节。庆祝活动从庄稼最先成熟的下川宋家村开始，一村接一村，热闹隆重。一般情况下，纳顿在农历七月十二日正式开始，因此民间也称之为“七月会”，活动一直持续到农历九月十五日结束，历时近两个月，场面隆重，加上参演者极尽狂欢之态，因

---

①文忠祥：《民和三川土族“纳顿”解读》，《民族研究》，2005年第3期。

而被一些学者称作是“世界上最长的狂欢节”。

纳顿不仅包括节日当天的各类民俗活动，它还包括平凡而不可或缺的日常生活组成部分。早期的土族先民主要从事畜牧业，后来逐渐转向农耕生活，在此过程中，他们借鉴汉族历法，并结合本地气候变化，紧紧围绕农事这一中心主题，总结生产生活经验，把重要的生产节气确定下来，产生了具有地域特色的农事活动链，并在其中加以农事祭祀活动，从而形成了一套连环式的农事祭祀节日体系。在这些连环活动中，纳顿所代表的只是总结一年来收成好坏的祭祀内涵，是报祭今年并祈愿来年庄稼丰收的祭祀方式，纳顿节当天是整个纳顿体系最后的高潮和落幕部分。在众多的祭祀活动中，纳顿因其鲜明的地方特色、民族气质和隆重的节庆仪式，被人们反复强调，并得以凸显出来。因此可以说，纳顿不是独立的一个节日，而是一个节日体系，至今仍保持其完整的形态。学者文忠祥认为，纳顿应该从上一届节日结束之后算起，直到今年纳顿实施结束，作为一个周期，应用“生产年”的概念限定。通过对纳顿活动一个“生产年”的系统考察，才能完整了解纳顿节及其过程。

若以“生产年”为单位加以考察，纳顿一年举行一次，周而复始。其中，从庄稼播种到收割打碾为纳顿体系的准备阶段，此阶段的诸内容为纳顿的进行做铺垫和前奏，而纳顿活动是这个阶段的高潮和总结。

筹备阶段从清明节开始，三川各村即在本村的神庙祭奠二郎神和地方神，并推选出当年七月举办纳顿会的“大牌头”（纳顿负责人）和“小牌头”（其他负责人），他们在节前负责筹集经费、维持本村社会秩序、协调生产管理（如田间用水顺序）等，节日期间则具体负责活动的组织和实施。其次为小会阶段。纳顿节前，村民在会场搭建大型帐篷，以供安放神像和进行祭奠。节前一日大小牌头敲锣打鼓，进行祭典等一系列活动。最后就是纳顿节的正会。

纳顿节一年一度，是以各个村社为主体的群体活动。活动可由一村单独举行，亦可两村联合举行。最为常见的是两村联合，一村充当“主人”，另一村为客。两村男性排队成行，肩扛彩旗，敲锣打鼓，高呼“大好”。队伍行进到打麦场时，便拉开了纳顿正会的序幕。

纳顿节的正会由跳会手舞、跳面具舞（傩戏）、跳“法拉”（巫）三部分组成。

活动一开始，由本村的“会手”迎接外村的“会手”。本村队伍走出村庄百米开外，迎接前来庆贺的外村会手。两厢会手相逢，阵容陡增，人人精神抖擞，个个容光焕发。众人旋转起舞一番后，主队向客队会手焚香，递烟敬酒，相互问候，共祝平安。交流致意过后，汇合到一起的队伍开始载歌载舞，浩浩荡荡向主办村落进发，其间大家不时挥动柳条扇子，加上飘舞的彩旗和喧天的鼓锣，一场缤纷绚丽、歌舞升平的胜景就此在遥远的山村拉开序幕。青年人激情澎湃，黄发垂髫，兴高采烈。待到队伍依次进入正会场，会手舞正式开始。

关于会手舞，民间有个传说：

很久以前，三川附近的白塔寺有位技艺超群的木匠，被皇帝召去修造宫殿。木匠同伙伴们经过几年的辛勤劳作，终于建起了一座雄伟壮观的宫殿。皇帝一看，十分高兴，可他转念一想，又放心不下，为建造皇宫，耗尽了天下资材，闹得民怨沸腾，这一切都瞒不过那个木匠，倘若他泄露出去，百姓会更加愤恨他这个皇帝。于是，皇帝打定主意要加害于木匠。这个消息不知被谁悄悄透露给了木匠，于是木匠连夜逃跑，来到三川地方，控诉皇帝劳民伤财、荒淫糜烂的生活。这里的老百姓早就被朝廷逼得没有活路了，只等木匠振臂一呼，十里八乡的百姓纷纷响应。木匠作为首领，立即拉起了一支农民大军，日夜操练，准备乘机起事。三川百姓造反的消息很快传到了皇宫，皇帝惊恐不安，忙派遣暗探前来刺探军情，这当然瞒不过那位足智多谋的义军首领木匠。木匠当机立断，命令士兵们把大兵器统统藏起来，脱下战袍，换上长衫，拿上扇子，打起彩旗，敲起锣鼓，跳起会手舞来。他们一边跳，一边欢呼“大好”，精彩的会手舞把个皇帝的暗探看得眼花缭乱、晕头转向，搞不清究竟是怎么回事。一问当地人，都说是跳会手舞，庆丰收哩。从此，跳会手舞的习俗也就流传下来了。

纳顿当日的会手舞队伍，人数有数十人乃至上百人不等。分主、客两队，分别在场地上由下而上，然后由上而下进行表演，此过程叫“合会手”。意为两支队伍合为一体，象征团结和睦。本村会手按老、中、青年龄顺序列队，由老人们身着长服，擎彩旗，拿柳条（抛洒甘露之意）领队，大多动作简单。队伍中的老人们踩着鼓点，按太极图的形式左右侧身弓腰，双手挥舞，左转一圈，转身后右转一圈，通过正反转两圈完成一个动作。全身各部偕同运动，双臂一起一落，脚步一虚一实，整个舞蹈动作流畅连贯，舞扇与挥旗动作一气呵成，富有节奏感。鼓手、锣手、旗手紧随其后，鼓锣声声，让人不由得闻鼓起舞。会手的行进路线，不同村庄有不同的讲究，并摆有不同的阵式，常见的有排成龙形的“一字长蛇”阵，两行并行的“二龙戏珠”阵，还有太极阵、八卦阵等。当队伍行进到神帐（临时供奉神灵的帐篷）时，稍作停留，两队锣鼓手在神帐前一改原先的缓慢节奏，取而代之以迅疾有力的节奏，依次表达对神的崇敬和谢意。此时的锣鼓手开始挪腾旋转，沉湎忘我，他们舞姿豪放优美，并不时聚首高呼：“大——好，哎，大——好，哎，好！”呼声此起彼伏，激越欢快。将他们辛苦劳作一年后获得丰收的喜悦，积蕴已久的情感，于此刻表达得淋漓尽致。此外，在行进途中，还加以唱搭头词、报喜、唱喜讯等仪式，以歌唱形式直接表达对神灵的感激之情。

待每个喜讯都唱完后，会手开始鸣响锣鼓，进行最后的狂欢。整个会手舞也随之达到高潮。会手舞结束后，开始面具舞的表演。

首先，“庄稼其”头阵入场。庄稼其，意为种庄稼的人，其角色有父亲、母亲、儿子、儿媳。基本情节是这样的：所有角色上场后，父亲先开口数落儿子的种种不是，鞭策其要脚踏实地，一心务农，而儿子偏偏死活不肯务农，另有打算。父亲看到儿子的心思不在庄稼上，便开始从观众中选请一些老人，请他们充任长辈的角色，帮忙说服儿子。于是，那些被请的长辈们边舞边拽，步入场内站定，开始用“庄稼是根，应务农为本”之类的说辞教育儿子。在众长辈的劝说下，儿子表示回心转意，回家务农。之后，长辈退场，儿子表演种田，父母旁观。在此过程中，因儿子“不学无术”，常常做出“倒置担架反挂犁”的可笑举动，父亲一顿训斥后又手把手示范。父亲把犁，焚化香表，祷告神灵后，众人作犁地播种状绕一圆圈，中间画上横竖两道，成“田”字形。至此，演出结束。庄稼其，是一出戴面具并进行语言表达的面具舞，整个节目在欢快的锣鼓伴奏下进行，寓教寓乐、诙谐幽默。整个表演始终向人们传达着“务农为本”的信息。最后的犁地作“田”字状，反映了过去的一种民俗事象——春播前的开种仪式。

庄稼其之后，“五官舞”粉墨登场。这个节目主要表现五位着有红缨（类似于清朝官帽）的官员舞蹈。他们身穿黑色长袖马褂，下穿白色长袍，胸部佩戴做工精细的扇子盒。这种舞蹈表演动作幅度较小，分别表演抓耳朵、捏扣子、提袍摆等动作。关于这种舞蹈，有人说是表演清朝丞相的；有人说是表演元朝蒙古族官员的；也有人说，领头的是皇帝，其余四位都是官员；还有人认为五官分别代表天官、地官、人官、火官、水官。对于舞蹈动作的解释是，这些官员在皇帝面前对一些事情不能明说时采取的暗号。舞蹈动作别致文雅、带有浓郁的官员气息。

接下来是“三国戏”。这种面具舞取材于三国故事，重点塑造刘备、关羽、张飞、曹操、吕布等形象，共三出。一般包括“五将”、“三将”、“官舞（关舞）”。其中，“五将”是刘备、关羽、张飞、曹操、吕布五人，他们同时着武服上场，用一系列较为勇猛、繁复的厮杀动作表现征战过程。五将上场时，以固定步伐绕场三圈后，大家横列一排，关羽居中，队伍向神帐前后行进三次“摆阵”，之后，五人恢复原来顺序进行厮杀。“三将”讲述刘备、关羽、张飞三人战吕布的故事，整个舞蹈通过缓急有序的鼓点、交错倒换的步伐、生动丰富的面部神情，表现了刘备、关羽、张飞三人“三英战吕布”的英勇场面以及吕布傲慢轻敌的心理，整个舞蹈最后在吕布被斩的场景中结束。三国戏着力渲染关羽的勇猛威武和忠义守信。期间，称关羽为“老爷”、刘备为“刘爷”，其余人则直呼其名。人们一般都喜欢扮演关羽，最不愿扮演的角色是吕布，认为关羽是“老爷”，扮演“老爷”能给自己带来好运，而扮演吕布，最后要被砍下脑袋，感觉不太吉利。

面具舞的最后一场是“杀虢将”。一开始，杀虢将头戴面目狰狞的牛头面具，身穿战袍，手执双剑，被大家用梯子抬着出场，下面有两个女性打扮的人左手拿一面具，右手拿纸扇或柳梢导引，途中在梯子上挥舞双剑，到场中时跳下梯子，以屈膝跳、蹲身挥舞双剑绕场一圈后，蹲于上首。猴、豹、牛、虎等角色都裸露上身，只斜搭一条红色或黄色旗子象征兽皮，他们在场中拍手、翻跟头、相互摔跤角斗，此时也允许场下观众有意者上场同他们摔跤，但在表演过程中极少有人上场，因为上场以后是一对多的场面，很难占到便宜。表演中，当牛受到老虎、豹子的威胁时，有一猴到杀虢将前递交援救信，意在请求他帮助牛消灭老虎。杀虢将起身在场中挥舞双剑，在紧锣密鼓中以特有的舞姿追杀老虎后，表演结束。不同村落的表演稍有差异，比较典型的是，赵家村纳顿的杀虢将上场时有两个女子打扮的角色手执扇子陪伴导引将领。据介绍，此二人是“法师”，即土族的萨满，杀虢将被认为是天神，是被法师导引到人间为民除害的神祇。

面具舞结束后，开始跳“法拉”。法拉是神的代言人，上场后直奔神轿，在激烈的锣鼓声中，很快进入癫狂的神灵附体状态。此时，法拉先伸手要“签子”（一种铁制的长约 15 厘米、宽约 0.5 厘米、厚不足 1 毫米的法器），等拿到签子后，就用签子穿透双腮，并进行“吩咐”（即神的指示），之后开始到场地中收宝盖钱粮，分别在神帐前，场地东、西、南、北四方焚化，意在向各方神灵答谢报恩。最后前往神帐前，简言总结一年的情况或纳顿节的情况，指出不足，并向大家宣示诸如“今天设下神坛请我来，我心中欢喜，钱粮供奉已经收下。今后你们要诚心崇拜神灵，我去禀报玉皇，保佑你们风调雨顺，五谷丰登，人畜平安”之类的神谕，众人高声应和。之后，法拉在众牌头及庙官等人的侍候下“回马”（请求神灵脱体，结束活动），恢复常态后在轿前叩首谢神。然后，本村的牌头等将二郎神轿抬送一程，交给下一村的牌头，并将二郎神轿请至他们的会场，将本村的庙神请回村庙安置，会手队伍（客队）亦将庙神抬回自己的庙中。纳顿当天的活动至此全部结束。

纳顿活动中，供奉最为普遍的神祇是二郎神，在活动中表现出当地民众强烈的二郎神崇拜观念。二郎神，全称“清原妙道护国崇宁真君川蜀大地威灵显化天尊”，老百姓普遍称其为“二郎爷”，年纪大一些的人多称“河州帝帝”（“帝帝”为土语音译，意思是“爷爷”。土族对神灵的称呼多在名字后缀以“帝帝”，如对天神称为“天格热帝帝”）。在当地人民心中，二郎神是最高一级的神，其神威无比，各村庙供奉的庙神威力均在二郎神之下，所以有些人称二郎神为“三川的总神”。

当然，各个村落皆供奉有自己的庙神。纳顿供奉的神灵都有一个共同点，那就是都掌管天上风雨，庄稼丰歉。这应是土族先民完成从牧业转向农业的生产方式以后，农业普遍缺水而祈求风调雨顺心理的直接反映。千百年来，在中原各地的民间传说中，均把龙视为神圣的超自然力量，认为龙具有掌管水火、决定旱涝、镇宅除祟、消灾免难的种种神力，因而人们便把祈求风调雨顺、祛病避邪等愿望虔诚地寄托在龙的身上。随着中原文化传入青海，龙神信仰随之进入高原腹地并发扬光大。我的故乡林川有一个叫唐日台的村落，该村庙内供奉的就是掌管风雨的龙王。三川地区的二郎神的传说确认了二郎神在这里也是治水、抗旱的能手。这种信仰，是三川群众物质和精神实际需要的真实反映。在连年干旱、庄稼歉收的情况下，老百姓自身无力与自然抗争，只好将所有的希望寄托在神灵身上，神灵成为他们面对自然灾害时逢凶化吉的唯一指靠，而这一指靠就落到了二郎神的身上。

纳顿信仰体系基本是以二郎神为主神，进行普遍的信仰。二郎神与各村庙神之间存在着级别上的差异。在纳顿供奉神轿的先后顺序上，二郎神轿无一例外都要位居正中，而本村庙神及他村的庙神按照主客关系分列左右。在信仰范围的大小差异、神威差异上也可以明显看出，二郎神的等级要高于地方庙神。在二郎神之下，有各村各庙的庙神，有的一庙一神，有的一庙多神，有的庙中还供奉嘛呢老爷（即观世音菩萨），但其地位没有庙神高。二郎神一年两次巡游三川大部分地区的重要活动，以及其在群众心目中的地位，都能说明二郎神的神格高于其他神祇。

如此而言，纳顿就是一种内容丰富多彩的民俗事项，特点鲜明，风格独具。活动以民间信仰为连接村落的纽带，流传历史久远，每次活动延续时间长，参与者甚众。此外，纳顿节具有严格的组织纪律和活动程序，其活动与乡村管理、生产时序紧密结合，有明显的社会调适功能。节日期间，活动内容丰富多彩，极富民族特点和地方色彩。特别是其中的傩戏傩舞，保存着北方少数民族萨满文化的残影，同时又吸收了二郎神、关公崇拜等汉文化的内容，既表现了土族的文化个性，又体现了多元文化共生共融、相互影响、相互促进的民族和谐现象，具有丰富的文化艺术内涵，其音乐、舞蹈、颂词、服饰、仪礼等都富有地方民族特色。

纳顿是民和地区土族人民最隆重、最热烈的节日和文化娱乐活动，也是人们访亲探友，商议子女婚嫁，调解邻里纠纷，相互交流生产、生活经验，学习和传播新思想、新知识的大好时机。对于情窦初开的青年男女而言，纳顿则为他们提供了寻觅伴侣知己的良机。从文化“他者”的角度而言，纳顿也是人们认识土族历史的“活文献”，它形象地表述了土族历史的发展进程，表现了该民族由游牧生活转向农耕生产的历史过程，这对土族历史、宗教、文化艺术、生产生活、民俗风情等方面的研究都有重要的意义。其中的傩舞真实地保留了土族远古生活的具体形态，原汁原味地再现了土族的生活情形，是一种活形态的文化，这些丰富的资料对于研究其族源发展，以及傩文化意义重大。纳顿节作为青海独有的一种本土文化，具有极高的民族民俗文化特征，也体现了土族文化与华夏文化的渊源关系。

当我们走过川口，行至古鄯，最终抵达官亭时，整个青海的东大门就贯穿到底了。毋庸置疑，这是一条充满历史意味的文化交流之路。在这条路上，有多元民族文化的充分对话与碰撞，也有来自丝绸之路更远处的他者文化的浸润与交流。

草原王国

一

去年，朋友卓玛出版了她的小说《吐谷浑王国》，因其“首次将吐谷浑历史纳入文学书写的视野”，而成为“青海省第一部以土族历史发展为主线的长篇小说”，故而好评如潮。

卓玛是个腼腆内秀、颇具才华的姑娘，我和她都来自“彩虹的故乡”——互助土族自治县。她姓李，我的外婆家也姓李，皆为李土司后裔。我母亲从东沟乡嫁到林川乡后，把土族的血统带到了刘氏门中，但在之后的家族繁衍过程中，发生过一些阴差阳错的事情，我的族群身份因此变得暧昧不明起来。但卓玛保留了她清晰的族属渊源，并且成为土族“80后”作家中的佼佼者。

当下的青海文坛，活跃着很多互助籍的作家诗人，大家经常在西宁以各种理由品酒读诗、交流创作，偶尔也会辗转回乡，不醉不归。兴奋之余，现场能够即兴填词作诗的能人也不在少数。然而，在这样热闹且散发着文学气息的聚会现场，绝少看到卓玛的身影。究其原因，除了路途较远和性别身份等外在因素，最主要的是她特立独行、喜欢安静的气质类型。在那些聚会的夜晚，当一个个作家诗人变成醉仙扶墙而行时，卓玛则借助一盏台灯和一台电脑的简单组合，用键盘敲打红尘，用心灵对话自然，用文字擦亮自己。

许多年来，土族作家文人在民族历史这一题材上保持了相对的谨慎，鲜有作家涉及土族历史这一重大命题。在既有的土族小说、诗歌和散文中尚未见到以土族源流为主题的鸿篇巨制。从这个意义上讲，卓玛小说《吐谷浑王国》的出版意义重大。

这部作品将吐谷浑王国的艰难崛起、步入鼎盛、日渐衰落与个体存在的铮铮铁骨、命运无常融合起来，为我们呈现出一派粗砺而久远的土族历史画卷……

二

从历史深处走来的吐谷浑原是一个具体可感的人物，他是辽东鲜卑慕容部首领涉归的庶长子，其祖上生活在今天的辽宁彰武、铁岭一带。《晋书·吐谷浑传》云："吐谷浑，慕容廆之庶长兄也，其父涉归分部落一千七百家以隶之。"

慕容廆是涉归的嫡次子、吐谷浑的兄弟。晋太康四年（283 年），涉归去世，慕容廆以其高贵的身份得到部众的拥立，成为可汗。然而，谁也没有想到，作为这次政权角力败北者的吐谷浑却就此拉开了自己传奇的历史序幕。这个传奇源于一次游牧部落中最为常见的马斗——吐谷浑和慕容廆两部的马在一处草场上撕咬起来，此事居然引起慕容廆的恼怒。依据《晋书·吐谷浑传》的说法，慕容廆认为这场马斗是吐谷浑心生不满，蓄意为之，他派人指责吐谷浑，认为先父在世时早已给吐谷浑分好了牛羊，吐谷浑应该走远一些才对，这样两部的马群也不会撕咬起来。早知其用心的吐谷浑自然知道，这是慕容廆借机驱逐自己的借口，于是决定另立门户，到一个万里之外的地方。

然而，万里之外究竟是何居处——实际上吐谷浑自己也不清楚，他只知道从此离慕容廆越远越好。赌气归赌气，迁徙似乎已成定局。于是，他带领 1700 户部众和数量众多的牛羊头也不回地走上了西迁之路。据说，吐谷浑率众启程不久，慕容廆便开始后悔起来，他立即派几位德高望重的长老前去追赶吐谷浑，力劝其留下。据《北史·吐谷浑传》记载，当时的吐谷浑并没有明确表态是走是留，他说一切要看天意："诸君试驱马令东，马若还东，我当随去。"但是天意在昭示吐谷浑应该远走，被东向驱赶了好几次的马群，全都嘶鸣着向西掉过头来……看到此种情景，长老们只好开道让路，任由吐谷浑率众西去。

用马群的走向决定部落的未来，这样的表达显然具有了传说的特点，《北史》的编撰者对身处劣势的吐谷浑倾斜了情感的天平，将其描述成了一个慷慨激昂的"悲情王子"——铮铮男儿，志在四方。当然，传说毕竟不是故事，还是跟一定的史实有着密切的关联。这段史实在周伟洲的《吐谷浑史》中记述得较为详尽："当时居于辽东、辽西的鲜卑各部之间，随着游牧经济的发展，相互争夺人口、牲畜和牧场的斗争是十分激烈的。当时慕容部还比较弱小，占有的牲畜、牧场十分有限。而吐谷浑与慕容廆二部之间的马斗，正反映了因牧场狭小而引起的深刻矛盾，这是促使吐谷浑最后远徙的根本原因。”

慕容廆之所以后悔，最主要的原因是害怕慕容鲜卑的整体实力随着吐谷浑的负气出走而大大削弱，当然这里面也存在手足之情的可能因素。但是心灰意冷的吐谷浑早已认识到了问题的本质所在，何况他还是个心怀壮志的人物。于是他执意西行，他要找到一片开阔的天地，大展宏图。

告别了辽东老家的吐谷浑，跋山涉水，一路向西。他们历经千辛万苦，穿过今天的辽宁北部、内蒙古草原南部，抵达呼和浩特以西、阴山南麓的河套平原时停住了西进的脚步，并在这里游牧了 20 多年。

河套平原最初是匈奴人的家园，这里水草丰美，气候宜人，非常适合游牧生产，许多从东北和漠北向中原挺进的游牧民族大都把这里当作迁徙途中的第一站。吐谷浑人初到阴山一带时，当地势力最强的拓跋鲜卑部落恰好发生了内乱，自顾不暇，吐谷浑部落因此得以立脚。然而，随着内乱的结束，拓跋鲜卑重新强大起来，当时居住在黄河内外的少数民族部落大多臣服于拓跋部，相对弱小的吐谷浑部也不得不向其俯首。

他们在阴山地区游牧了 20 多年后，中原一带开始了长达 16 年之久的“八王之乱”。这场内乱使无数百姓流离失所，掀起了少数民族与汉人的移民高潮。此时，虽已年逾古稀，但不愿意仰人鼻息的吐谷浑可汗执意要为自己的部落寻找一个更为安定美好的家园，于是乘着拓跋部再次发生动乱之机，摆脱其控制，率领族人再次西迁。这一次，他们南下陇山，西渡洮水，最后到达枹罕（今甘肃临夏），那一年是永嘉四年（313 年）。

枹罕是一个土地肥沃、地理条件非常优越的地方，但当时已经被同是鲜卑人的河西鲜卑（即后来建立南凉国的秃发部）、陇西鲜卑（即后来建立西秦国的乞伏部）捷足先登了，吐谷浑部实在难以与他们抗衡。因此，吐谷浑死后他们继续向南和向西推进。在完成了民族迁徙的历史使命后，吐谷浑也病故离世。作为一个民族和王国的开创者，吐谷浑享有崇高的威望，备受后人敬仰。

《晋书・吐谷浑传》记载："吐谷浑年七十二卒，有子六十人，长曰吐延，嗣。"这位伟大的开拓者过世后，作为长子的吐延继承了汗位。并在此后的十多年时间里，他不断开疆拓土，把势力范围扩大到现在的青海、甘肃南部和四川西北地区。

文献资料中的吐延"身长七尺八寸，雄姿魁杰，羌虏惮之，号曰项羽"。吐延在位的 13 年，骁勇善战，扩张不断。329 年，由于其对当地羌族的残酷征服引起了羌人的强烈反抗，吐延被昂城羌酋姜聪刺杀，时年 35 岁。吐延死后，其子叶延继任汗位。

叶延是一个聪颖好学、推崇儒家文化的年轻人。为了纪念吐谷浑，他用祖父的名字作了王族姓氏，并立国号为"吐谷浑"，正式建立了国家政权，并把活动中心由甘肃转移到了青海。从此，人们开始用"吐谷浑"来称呼这支慕容鲜卑和他们建立在西北的草原王国。

三

一路风尘，半世烟雨。当吐谷浑的人马穿过大半个中国来到西北后，他们丰富的游牧经验和先进的养马技术也被带到了青藏高原。自古以来，青海就是国内重要的游牧区域，畜牧业较为发达，尤其是牧马业在普通民众生活中占有十分重要的地位。吐谷浑时代的到来，更是将这里的牧马业推向了一个相对繁盛的阶段。

吐谷浑人爱马，视马为忠实的生活伙伴。他们的法律中有“杀人及盗马者死”的规定。将杀人与盗马同等量刑，足见吐谷浑人对马的重视程度。及至今天，作为吐谷浑后裔的土族民众有忌食圆蹄类动物肉食的禁忌，这种禁忌应该是吐谷浑人的尚马情结在生活中的文化遗留。

吐谷浑人不仅善于养马，而且十分注重良马的培育和繁殖。《隋书》记载：“吐谷浑有青海，中有小山。其俗至冬辄放牝马于其上，言其龙种。尝得波斯草马放入海，因生骢驹，日行千里，故世称青海骢。”由此可知，吐谷浑人曾将青海湖中的海心山作为良种马的繁育基地，于每年冬季湖水结冰后，将选好的良种母马放到小岛上，待到来年春天进岛收马时，马已怀孕，产下的马驹被称为“龙种”或“龙驹”，大多出落为矫健无比的骏马。吐谷浑人还留心优良马种的引进，如从西亚的波斯引进优种母马，放在海心山，培育出日行千里的“青海骢”。作家朋友东永学写过一组名为《青海骢》的诗歌，我能从中读出身为土族后裔的他对良马的推崇，对生活的热爱：

青海骢和高原一起从海底托生
青海湖至今成为牧人和所有马的归宿地
我有足够的幸运，知道了这个世界上
依然还有真正的纯洁、圣地、图腾
有魂灵、有神性的马儿引领着年轻的高原

看到青海骢，就能够想象高原上的一切奇绝
特别是九月，特殊的季节，驰骋高原的
因为爱情和月亮而活着的高原女人骑着枣红马

因为太阳和血性而活着的高原男人骑着黑骏马

所有的一切都会苍老，而青藏高原会永远年轻……

史书上的青海骢风骨俊秀，能奔擅跑，最大的特点是能够日行千里，因此也就成了倍受珍视的高原礼物，常被吐谷浑王送给中原王朝，以示礼遇。众所周知，隋炀帝曾经发起过对吐谷浑的武力征讨，当时的环湖地区已纳入隋西海郡治下。为赢得胜利，隋炀帝想到了在青海湖畔开设马场的办法，想在青海湖海心山上求育“龙驹”。殊不知，一批良马的育成要经历很长时间的沉淀和基因的转换。青海骢之所以成为马中极品且名扬四海，是几代吐谷浑人精心选育的结果。抱有功利之心，且操之过急的隋炀帝要想获取“龙驹”，在短期时间内就是个天方夜谭。

隋唐时代，中原皇室成员和豪门贵族经常骑着青海骢外出游玩或参加马球游戏，高大矫健的青海骢总能满足他们的游戏期望和满满的虚荣心理。那时候，以日行千里、追风逐月著称的青海骢非常受人关注，人们甚至用青海骢来比喻能够担当军国大事的杰出人才，李商隐“运去不逢青海马，力穷难拔蜀山蛇”的诗句可作例证。杜甫诗歌《高都护骢马行》更是以细致具象的语言讲述了有关青海骢的那些事儿：

安西都护胡青骢，声价欻然来向东。

此马临阵久无敌，与人一心成大功。

功成惠养随所致，飘飘远自流沙至。

雄姿未受伏枥恩，猛气犹思战场利。

腕促蹄高如踣铁，交河几蹴曾冰裂。

五花散作云满身，万里方看汗流血。

长安壮儿不敢骑，追风掣电倾城知。

青丝络头为君老，何由却出横门道？

试想——如果不是“龙种”，哪种良马能因“临阵无敌”而“与人一心成大功”？如果不是“龙驹”，哪种良马“腕促蹄高如踣铁”，致使“交河几蹴曾冰裂”，甚而出现“长安壮儿不敢骑”的情形……

除了培育出青海骢这样的优质马种以外，吐谷浑人还驯化出了可供表演和观赏的“舞马”。舞马就是能够舞蹈的马匹,故而又称“能舞马”或“善舞马”。这种马经过专门的训练和调教后，能够在步态上踏出较好的节奏和舞蹈的韵味，与现代马术中的“盛装舞步”颇为接近。青海及甘肃民间素有训练“走马”，并在节庆活动中表演和比赛的传统，这种风俗疑与吐谷浑王国盛行的马文化不无关联。

据史书记载，刘宋王朝时，吐谷浑王拾寅曾经遣使宋都建康，进献舞马，为了隆重接待这位使者，宋孝帝特地下令大臣们创作《舞马歌》《舞马赋》等歌赋。这中间，就有宋朝大才子谢庄创作的歌赋诗词。梁武帝时，吐谷浑遣使进贡“赤舞龙驹”，武帝也喜不自胜，令臣子张裕作《舞马赋》，其序文中说：“河南又献赤龙驹，有奇貌，绝足，能拜善舞。”吐谷浑王夸吕时，也曾向西魏进贡舞马。一直到唐代，青海舞马还源源不断地输入内地，其表演活动在宫廷十分盛行。特别是唐玄宗时期，宫廷宴会，常有舞马表演。

据《旧唐书》记载，唐玄宗李隆基在位多年，喜爱音乐，凡设宴祝寿，必有马舞。当百官贵戚和诸蕃酋长依次就座后，乐师就会奏响《倾杯乐》,30 匹舞马昂首甩尾，按着音乐的节拍纵横舞动。之后，又在楼前设置三层板床，令人乘马而上，旋转如飞。随后，数百宫女从帷幕走出，敲响雷鼓，奏起《破阵乐》《太平乐》和《上元乐》，优美庄严的乐曲在大唐的夜色里直入云天，那些来自西域和海外的酋长、使臣皆被舞马华丽的演出唬得目瞪口呆。

讲得夸张一点，玄宗对舞马的喜爱，视同美人。唐人郑处诲的笔记《明皇杂录》中记载，玄宗曾经命人训练舞马“四百蹄”，也就是100匹马。这些舞马被有序编目，并用绣花的绸缎、金银络头和珠玉进行装饰。当舞马的表演达到高潮时，玄宗便会命令壮士举起榻板，让马在榻上起舞，而身着淡黄衫、腰系文玉带的少年乐工则立于左右前后，为舞马伴奏。

有一位做过玄宗宰相的张说，此人才思敏捷，又致力于政治和军制改革，史家赞其“发明典章，开元文物彬彬，说居力多”，是推动“开元之治”的一位重要人物。在张说的文辞里，就有十多首歌咏舞马的诗篇，可见舞马盛况是大唐繁华的某种表征。其中一首名为《舞马千秋万岁禾府词》的诗是这样写的：

圣皇至德与天齐，天马来仪自海西。

腕足徐行拜两膝，繁骄不进踏千蹄。

髤髵奋鬣时蹲踏，鼓怒骧身忽上脐。

更有衔杯终宴曲，垂头掉尾醉如泥。

“天马来仪自海西”的说法，应该是呼应了吐谷浑人驯化舞马，并将其进献给中原王朝的史实。然而，本该驰骋草原、纵横疆场的骏马却被引到宫中翩翩起舞，透过其歌舞升平的奢靡景象，人们似乎慢慢察觉了大唐由盛而衰的暗潮。李商隐“舞成青海马，斗杀汝南鸡”的诗句，直指统治者耽于游乐，纵情声色的不良风气。

天宝年间，身兼平卢、范阳、河东三镇节度使的安禄山发动武装叛乱，攻陷长安，李隆基仓皇逃至四川。安禄山在天宝初年曾见过舞马祝寿的场景，知道这些马的价值，因而入京后他顺手牵了十余匹舞马回到范阳，以备宴乐。但是安禄山最终败亡，那些舞马辗转到大将军田承嗣手中。有一天，军中宴乐，听到音乐的舞马开始踏节而舞，饲马军士非常惶恐，以为妖孽，上报将军，只知冲杀不谙乐舞的将军命令部下军法处置。可怜那些优雅善舞的马匹，横遭鞭挞而死。从此，舞马祝寿就成了晚唐诗人唏嘘不已的历史记忆。

历史的烟尘虽然散去了，但吐谷浑人留给后世的马文化资源依旧珍贵，重视牧马业的传统在青海得以流传，即使到了牧马业已经衰落的近代，具有青海骢基因的青海浩门马、河曲马仍以其优良的品性享有极高的声誉。

然而到了现代，随着现代化步伐的推进，别说追风逐电的“青海骢”和翩翩起舞的舞马，我们在青海湖周围的草原上，连普通的马匹都难以寻觅，仅见的几匹也成了旅游景点上供人照相的道具。牧人们骑着摩托车放牧牛羊，开着汽车走亲访友。曾经与马为伍的他们已经远离了那些在漫长的岁月中相互依偎的可爱生灵，如同张承志笔下的黑骏马，曾经日行千里的青海骢已从当代嘈杂而模糊的生活背景中远去了……

四

历史上，丝绸南路青海道曾因不同政权间的战乱纷争一度沉寂，随着吐谷浑王朝的建立，这条横贯吐谷浑国境的路线被重新利用起来，成为当时交通和贸易的重要通道。

当时的丝路南道可谓四通八达：向东可达北朝的北魏以及后来的北周；向南可以沿黄河南岸到达洮河上游地区，并经由此地到达建康（今南京）；向西可达西域；向北可以穿过河西走廊，到达柔然、东魏和北齐。

吐谷浑人自然成了这条通道上的中介者，他们大多以翻译和向导的身份出现在外国使节和各路商人面前，承担起了沟通与交流的重任。据史料记载，中亚和西亚一些国家的使臣和僧侣，他们翻过葱岭进入青海地区后，都是由吐谷浑人带领，沿着丝路南道抵达中原的。此外，各国商人也穿梭于吐谷浑国境，络绎不绝。

不要以为这个从遥远的东北辗转至西北的马背民族只会挥动牧鞭，逐水草而居，实际上，他们“事惟贾道”，成为开展国际贸易的能手。在长路漫漫的丝路南道上，吐谷浑人不仅担负起了指引方向、提供翻译、武装护送等重任，还积极与来自中亚、西亚的胡商们进行中转贸易，他们将大量的丝绸、瓷器、铁器、茶叶、棉布和纸张等物品从中国南方运到吐谷浑国内，然后辗转销往西域各国。同时，西域诸国的玻璃器皿、金银制品、香料及珍禽异兽等也经由吐谷浑人之手运到国内，再销往大江南北的各个市场。

在这种中介交易活动中，吐谷浑王国凭借地理优势与外交智慧，获取了丰厚的利润，产生了许多腰缠万贯、“泼天富贵”的富商大贾，但普通百姓依然贫穷。随着商业贸易的不断扩大，国内贫富差距越拉越大。为此，吐谷浑王国制定了一项特殊的税收政策——国库不足“辄敛富室商人”。

与此同时，吐谷浑王国出于政治投靠和经济贸易的双重目的，与南北朝积极开展“以献为名，通贸市买”的交往活动。史书记载，西魏废帝二年（553 年），吐谷浑可汗夸吕派使团到北齐去朝贡，作为西魏凉州刺史的史宁探知其使团返回的消息后率兵袭击，猝不及防的吐谷浑使团损失惨重，随团 240 名商人，600 多匹骆驼、骡子，上万匹丝绸彩绢被西魏俘获。仅从数字来看，其贸易规模之大令人讶异。

虽然如此，吐谷浑人依然热情地到南北各朝进行朝贡，其频繁程度甚至引起了南朝官吏的抱怨。但是，他们根本没有认识到吐谷浑人在丝绸之路上扮演的重要角色与发挥的重要作用。就在他们风雨飘摇之际，吐谷浑王国日渐强大起来。

越来越密切的中西文化交流和交通往来，不仅对吐谷浑王国带来了经济上的巨大收益，在文化上也产生了不可估量的影响。来自东北的吐谷浑人原本并不信奉佛教，但久而久之，他们也开始倾心于佛教。考古学家在都兰鲁丝沟见到的吐谷浑时代的佛像岩刻，进一步佐证了丝路南道对吐谷浑文化的深刻影响。

唐高宗龙朔三年（663 年），吐蕃禄东赞大举进攻吐谷浑。吐谷浑国内亲吐蕃的大臣素和贵逃奔吐蕃，把吐谷浑的虚实及兵力部署情况全盘告诉了禄东赞。吐蕃大军顺利攻入吐谷浑境内，在黄河边上击溃了吐谷浑军。持续 350 年的吐谷浑王国就此烟消云散。

王国覆灭了，其族群还在延续。亡国后的吐谷浑作为一个部族，分别归吐蕃和唐朝统治。几经沧海桑田，吐谷浑后裔究竟演变为什么民族了呢？有学者认为，今日的土族与那时候的吐谷浑有着非常密切的历史关联，理论上可以把吐谷浑视为今天土族的祖先、主要的族源，“但并不能将土族视为吐谷浑的直接后裔，因为在漫长的历史进程中，吐谷浑人已经与藏、蒙、汉、羌等民族融合到了一起，已经不再是纯粹的吐谷浑人了”。①

就在今年，我到互助土族自治县东沟乡昝扎村的老舅家拜年，酒桌上我询问年逾古稀的老舅他的祖先是什么人，老舅的答案是“蒙古尔”。老舅的脑海里自然没有什么“民族融合”之类的概念，他认为是成吉思汗率领的蒙古尔留下了土族——老舅当然也不知道，他

①许新国等:《三江源古文明之草原王国吐谷浑》，《文明》，2006 年第 11 期。

的说法实际上就是专家们持有的某种观点。我将同样的问题问及一位土族朋友时，朋友说——以前“蒙古说”占上风，但现在都基本同意“吐谷浑说”了。好在老舅不是专家，朋友也不是学者，作为一名门外汉的我也可以在这里无所顾忌了。

老舅所在的村庄叫“李家滩”，村里60多户人家全是清一色的李姓，他们的家谱上大多留有“李土司后裔”的说明，村民们大多还保留着神箭崇拜的习俗。据老舅讲述——在过去，几乎每个土族人家堂屋的大红面柜上，都供奉着神箭，现在仅剩下村庙为它保留着最后的神圣空间。

村庙里的神箭我也是见过的。我出生的村庄叫大河欠村，村子里的一户郭姓人家就供奉有“黄龙王”神箭。与大河欠比邻的唐日台村，他们的村庙里也供奉有黄龙王、黑龙王的神轿与神箭。有关神箭的最早记录，来自人类学者庄学本的田野考察。1936年，作为陪同班禅专使的庄学本在游历了青海互助县沙塘川后，写成的《青海土人考察记》中曾写道：“在叠叠馍馍的中央，供着一支高约四尺、仿佛梭标的神箭，清油灯的光亮照耀着箭上一绺一绺的红绿带条，披茸地如神箭的衣服，箭的颈中挂着一串铜铃和铜板，这是他们最信仰的护法神箭，又叫五台护法。他们庄子上的安宁，就地的农业，土人的健康，据他们说多靠这 支神箭的呵护。”

学者普遍认为，土族的神箭崇拜与阿豺折箭遗训有关，土族民众至今还保留着这一古老习俗，主要原因是他们作为吐谷浑后裔对阿豺折箭遗训和其倡导的“勠力一心”精神的永久纪念和传承。①

可汗阿豺很有智慧，曾以超凡的文韬武略著称于世。作为一名

①崔永红、胡芳:《草原王国的覆灭: 吐谷浑》,《中国国家地理》, 2006年第3期。

颇具情怀的君主，阿豺深深知道自己的王国地处西北大荒，历代先王都曾有过仰慕中原、“远朝天子”的夙愿，然而除了贸易中介往来，他们与中原王朝没有更多实质性的接触。直到阿豺执政后，此种状况才发生了改变。

望着滔滔东流的青海江河，想起跌宕起伏的民族历史，这位怀有深深的寻根意识的君王站在白雪皑皑的山顶上，发出了“水尚知归，吾虽塞表小国，而独无所归乎”的感叹。在他来看，唯有南朝刘宋政权是中华血脉的正统，其他都是草莽英雄与乱世奸雄的混血。为此，阿豺曾主动向远在千里之外的刘宋政权遣使上表，进献土特产品。从他开始，历代吐谷浑王朝开始频频向中原王朝遣使进贡，及至唐代，吐谷浑王国终成中原王朝名副其实的藩国。

这位英名的君王，在其生命弥留之际，又做了一件令人称颂的事情——他让 20 个儿子各执一支箭，随后从中随意抽出一支箭交给同母异父的弟弟慕利延，示意其折断这支箭，奉命执行的慕利延轻轻一掰，箭就断了。众人不解其意，阿豺不动声色，又叫人把剩下的 19 支箭收起来，捆成箭束，再让慕利延拦腰折断。慕利延使尽了浑身力气，最终没能损伤箭捆分毫。此时，阿豺指着完好无损的箭捆，语重心长地告诫大家：“单者易折，众则难摧，勠力一心，然后社稷可固。”于是，“阿豺折箭”的故事便传播开来，并成为中国历史上极具代表性的名人遗训，泽被后世，传为美谈。

时至今日，土族人家大红面柜上的清油灯已换成了各具特色的照明灯或彩灯，土族群众在市场经济的大潮中蓦然发现——他们的文化是独特的，他们的历史是神秘的。因此，基于历史文化的民俗旅游业开始兴盛起来，除了堂屋供桌上供有神箭外，大门口还停放着形制巨大的板车。农闲时节，他们把板车的轱辘竖起来，开发成一种叫“轮子秋”的体育运动工具。转动轮子秋，跳起“安召”舞……这一切都在昭示着，这个古老的民族，在丰富的文化之路上，走出了一段新的路程。

五

地处海东农业区的互助土族自治县是土族人聚居的地方，人们习惯上称之为“土族之乡”或“彩虹的故乡”。随着递增的海拔放眼望去，这里山峦奇峻，树木葱茏，静穆的田园旁有小溪潺潺蜿蜒，直抵更远处的湟水。这里也是全国最大的青稞酒生产基地，那醇香清冽的美酒散发着高原大麦质朴的神韵，不经意间就醉了四海宾客，香了三江南北。这里还盛开着一朵艳丽的土族民间艺术之花——“安召”舞，它与青稞酒一样令人心醉神迷，回味无穷。

“安召”，土族语称之为“千佼日”，意思是“圆圈舞”，因歌词衬句有“安召索罗罗”“安召——召应召呀”等，因而民众选取“安召”二字作为舞蹈的名称。它是广泛流传于土族地区的一种民间舞蹈，是土族人民歌颂人畜两旺，五谷丰登，祈愿吉祥如意的无伴奏圆圈歌舞，也是集诗、歌、舞为一体的民间娱乐形式。作为上族最古老、最具代表性和原生态意义的集体歌舞形式，“安召”为世人展现了土族所特有的民族审美心理和文化个性。在长期的游牧劳作、迁徙征战过程中，土族先民创造了许多富于民族特色的歌舞，“安召”舞就是在土族历史长河中沉淀下的艺术奇葩。在胜利、丰收、婚礼等庆典上，土族先民们围着部落的毡帐或夜幕下熊熊燃烧的篝火，把酒言欢，欢庆起舞……就这样从远古翩跹而来，渐渐形成了以圆舞曲和圆形队伍为基本特征的“安召”舞蹈形式。多少年来，“安召”传统一直由土族民众世代相传，直至今天它依旧是土族标志性的民间舞蹈形式。每逢过年过节，彼此祝福、互道平安时，大家就要跳起“安召”舞，呈现出一幅喜庆的景象，在这些快乐祥和的日子里，这种舞蹈也是最能展现其豪爽性格的时刻。

闻一多先生在《说舞》中提到，舞蹈是生命情调最直接、最实质、最强烈、最尖锐、最单纯而又最充足的表现，也是一切艺术中最大综合性的艺术。舞蹈是研究历史、研究民族人文的“活化石”，它从不同侧面和角度反映和表现了一个民族一定时期的历史、政治、经济、文化、宗教、风俗习惯以及心理状态等多方面内容。可以说，每一段舞蹈都有一个神奇的历史故事或传说，它的产生和长期传承必然有一定的原因和价值。关于“安召”这种风格独具的土族民间舞蹈，民间有这样一个传说：

远古时代，在土族金子一般的莽原上，有个因误喝了龙乳而变成恶魔的“王蟒”经常作恶多端，民众尽遭厄运，官家也束手无策，一位聪明的阿姑为了不让土民百姓遭受“王蟒”的祸害，毅然揭下官府贴出的榜文，暗中组织村里的姐妹们习武术、练舞蹈，准备对付“王蟒”。她们头戴美丽的“扭达”（一种古老的土族头饰），身着五颜六色的花袖彩衣，腰勒绣花腰带，手抡寒光闪闪的铁环，带着自酿的青稞酒，跳着转，转着唱，舞向“王蟒”的魔窟。“王蟒”听到歌舞之声，爬出洞来便陶醉于这美丽的歌舞之中了。他开始大碗大碗地喝酒，并加入其中狂舞乱跳起来。正当他得意忘形之时，勇敢机智的阿姑，连喊两声“安召”（土语“杀”的代词）！顿时千万支寒光闪闪的铁环，紧紧箍在“王蟒”的脖子上，众人遂将“王蟒”砍成肉泥。土族人就这样消灭了“王蟒”，官府也兑现了榜文的许诺，封这位勇敢的阿姑为当地土司，百姓们也获得了安居乐业的幸福生活。从此土族人都争学“安召”，留下了在喜庆吉日跳“安召”舞的习俗，代代盛行。

这种传说性质的解释在民间较为普遍，代表了大多数土族民众对“安召”最朴素的认知。也有人从更深层面上给出了回答，认为跳安召舞是土族人民为了礼赞山川之神的恩惠，歌颂先民的业绩，祝福土乡人丁兴旺、五谷丰登、牛羊肥壮等为主要内容，以歌舞的形式抒发土族人民对美好生活的热爱和向往。还有的人认为，早期的土族先民们从事群体狩猎生活，当他们有所收获时就围着自己的猎物欢呼雀跃，抒发自己无比喜悦的心情，同时也意在展示本民族勇敢剽悍的性格，跳起圆圈舞，象征丰收和胜利。孰是孰非，见仁见智。不过，有一点是大家的共识，那就是经过长期的流传演变，“安召”已经成为一种土族人最重要、最本真的娱乐方式，并且受到越来越多人的喜爱和关注。

“安召”舞曲内容广泛，歌词一般三句成段，三段为一组，主要是赞颂、祝福类的内容，大多以祈求平安吉祥、五谷丰登和六畜兴旺为主。常见曲目有:《安召索罗罗》《尖尖玛什则》《拉热拉毛》《召因格阿热什则》《强强什则》《兴马老》《嫂姥姥》《拉莫沿召》等。歌词淳朴生动，洋溢着浓郁的民族特色，如在土族婚礼中众人是这样唱的:“我们把藏里的佛经请来了，我们把各寺院的宝物请来了，我们把金子银子带来了。在这个喜庆的日子里，给你家下宝瓶来了。”

据统计，安召舞曲调有十几种之多，大多为3/4拍。曲式结构为上下二句式，一般上句为正词，下句为衬词，领唱与和唱各唱一句。曲调上下结构明显，有时少量出现装饰音，在曲调中起着润饰作用，使民族风味更为浓郁。大部分歌舞的领唱平稳含蓄，众人合唱部分气氛热烈奔放，呈现出争先恐后，你追我赶的欢乐气氛。曲调高亢嘹亮，速度平稳，并随着歌词内容的变化而变化，反映了土族歌舞音乐独树一帜的特点。此外，2/4 拍的节奏在“安召”舞曲中也多有呈现，其强弱更为分明，同舞蹈起止紧密结合的特点体现得更加细腻。调式为五声徵调，骨干音以羽音为主，这个旋律特点在土族音乐中常见，在“花儿”中五声音阶调式以角音为主。

“安召”是一种无乐器伴奏，以歌的旋律节奏引导相伴的集体舞。舞蹈时众人手拉手围成圈，由一两个人兼任领舞和领唱。领舞人边舞边唱舞曲内容，后面的人随之边舞边唱歌曲的衬句。有时一唱众和，有时一问众答，气氛和谐而热烈。其舞步动作是：先弯腰，尔后前进，迈第一步的同时双臂向右摆动；迈第二步时又向左摆动；迈第三步时左脚高跳，随之两臂上举并向右转体一周，即完成一组舞蹈动作。如此循环往复，绕场歌舞跳跃，尽兴方止。值得玩味的是，舞者在转圈时两臂举上，通过双翼般的手臂，表现飞翔的意境，使舞蹈柔美、轻盈，舞姿造型中，不论双臂在头上、身侧，或一前一后的哪一种姿态，手腕都在静止的同时向下折腕。尤其那些身着五彩花袖衫的土族妇女，将双臂舞动起来，好似无数彩虹在空中舞动，一片绚烂。“安召”中也蕴涵着一种力量之美，表现出一种内在的精神活力，充满了血性与健壮的激越形态，表现着这个民族积极进取的豪情。

“敕勒川，阴山下。天似穹庐，笼盖四野。天苍苍，野茫茫，风吹草地见牛羊。”当这首来自一千多年前的鲜卑语古歌再次回响于耳畔时，让人不禁联想到土族先民纵马驰骋于广袤的草原上，以蓝天为帐篷，以绿野为毡毯的豪迈气概。这样的环境造就了土族先民们心胸开阔、坦荡豪放、感情质朴的鲜明性格。长期的牧放与狩猎生活，使他们和农耕民族的安土重迁、乐天知命性格正好相反，练就了强悍、矫健的体魄和桀骜不驯、勇往直前的性格。在他们的民间舞蹈中，洋溢着来自大自然的勃勃生机，是豪放与自信的“天之骄子”的形象。

欣赏过“安召”，我们很容易联想到藏族歌舞，二者在神韵上有着异曲同工之妙——圆形的队伍，抒情的舞姿，都蕴涵着丰富的民间艺术情趣。俯首向地，那是对大地的膜拜；舒袖朝天，那是对苍天的敬仰；双手平托，是对朋友的坦诚；脚步稳健，那又是对生活的热爱。那歌，唱的是天地人合而为一；那舞，舞的是你我他团结一心。

在土乡，还有一朵和安召舞相伴相生的姐妹花——轮子秋。这是土族民众对安召舞的一种外向型延伸和拓展，使得轮子秋既具有安召舞的内涵，又体现体育活动的特点，是土族男女老少喜闻乐见的文体活动之一。每逢腊月，辛苦了一年的土族人民跟其他农耕民族一样，有了歇息的机会，寻找一些自己喜闻乐见的娱乐活动，如老人们喝酒、唱酒曲，年轻人们跳安召、拜师求艺学习传统宴席曲，阿姑们开始学刺绣、唱哭嫁歌等，延续着本民族民间艺术和文化传统。而转轮子秋就是诸多活动中最引人瞩目的一个。过了寒冬腊月，正值土族人“卧车”、“卧辘辘”（意思为劳作了一个夏天的农具也暂时入库，得以休整）的时期。民间的轮子秋是用农具拼凑而成的，因此它更贴近生活，别具一格。安装时将大板车的车板棚卸掉，将车轴连同轱辘竖起，底扇压上辘辘，顶扇绑上横杆，横杆两头拴上秋千，打秋千的人坐在两头，由他人推动横杆，车轮开始旋转，围观的人讴歌助兴，青年男女在轮子秋周围跳“安召”舞，唱“安召”曲。欢声笑语此起彼伏，热闹非凡。要知道土族人凡事讲求吉祥，轮子秋一旦架起，男女老少都要来转一转。据说转了轮子秋，就会在新的一年里家庭兴旺、五谷丰登，吉祥如意，甚至能消病除灾，招财进宝。

如果说，“安召舞”更多地表现了吉祥和圆融之意的话，那么土族轮子秋则以更独特的形式展示了一种勇敢和智慧。二者都是土族民众生产生活经验的结晶，也是他们抒情感怀的有效途径。娱乐过程中，大家在一问一答间交流了情感，增长了见识，维系了人与人之间的和谐关系，在日常生活中起到了凝聚和团结民众的作用。不可否认，绚丽夺目的色彩和圆融旋转的表演是“安召”舞和轮子秋展示给世人的精彩。赤橙黄绿青蓝紫，谁持彩练当空舞？看那七彩的舞者、绚丽的“安召”和轮子秋汇成一股彩色的旋风扑面而来，令人目不暇接、心旷神怡。舞姿翩然，舞的是一个古老民族的追求与梦想；轮子旋转，转出了土族人的勇敢与自信。

天上圆来什么圆？太阳圆来月亮圆。

梭罗罗树儿当中显，满天的星星扎一圈。

地上圆来什么圆？安召圆来场院圆。

轮子秋儿当中旋，土族儿女扎一圈……

带着对美好生活的向往和追求，这些吐谷浑的后裔辗转千年，如今终于转圆了他们的幸福之梦,也转出了“彩虹使者”特有的豪情。

青唐城

一

每逢周末，我都要陪妻儿到北山脚下的索盐沟岳父家。岳父是西宁北山绿化指挥部下属某个绿化点的负责人，单位专门为他在山下提供了一个工作、生活两用的庄廓院。

院内修有一个用来抽水的蓄水池，水池四周种植了很多蔬菜和花朵。每到夏季，向日葵脸盘迎着太阳旋转时，庄廓院就笼罩在一片黄晕里，像极了童话书里的场景；深秋时，院内的花椒树张扬起来，深红深红的花椒颗粒在风中轻轻摇曳，空气中飘来麻酥酥的味道，舒服极了。

一条忠心耿耿的老藏獒看守着门户，两只歌声啼啭的画眉鸟迎接着客人的到来。置身其中，宛若到了乡下，一切显得简单而安宁。

每个清晨，岳父都要上山锻炼，出门时总带一把剪刀。刚开始不解其意，后来我偶然看到他一边上山，一边去修剪那些干枯的枝蔓，下山时亦然。然而这不是工作的开始，真正的工作是把树坑挖好，把树苗背上去种好，然后是无休止的浇水和防护工作。很多个深夜，岳父都要到山上去，查看蓄水池有没有蓄满或溢出，如遇到特殊状况就得立即解决。他回来的时辰，大概只有星星知道。

我曾写过一些诗给他，他却从来没有看到过。其中有一首《北山秋夜》，现在我想读给他听——

索盐沟倾吐风阵，用一条歪斜的路
将圆柏的敦实和红柳的柔媚，追上峰顶
此刻，北山裸露的岩体像一个青海男人
慢慢收紧了暗红的腰带

每一个树坑，盛满了星光
枝枝丫丫的背后，守夜人用沾满汁液的剪刀
修剪出弯月的弧度

他的身旁没有酒壶，只有雄壮的山体
和漫漫长夜。只有一根塑料管在滴水
滴出星辰，滴出满世界的露珠

因为长久等候，我见到它们时
都变作深秋的霜了

双鬓染霜的岳父说，北山现在还不够绿，他还能再干十年，他想在自己的腰身弯下去之前，让大片林木站起来。我知道，尽管岳父是个非常普通的绿化员，但他的肚子里还是有些文化，骨子里还是有所担当。这种文化和担当不是书本知识和宣传口号，而是他作为一个老西宁人的热爱——对生活、对脚下的这片厚土深挚的爱。

他说——你到西宁城里转一圈，看一看那些旧城墙，拜一拜那些古寺道观，然后在老树下坐坐，你才能理解这座城市和城市里的老百姓。

诚然，从读书上大学到工作，我也算半个西宁人了。2000 年入校时，我的大学西侧还是杨家寨的麦田和菜畦，后来田地里修起了批发市场，再后来撤走了市场，一条马路要从中穿过……这个世界一直都在变化着。一些变化从经济学视角来看，是发展，是好事，但换个角度来看，可能就是令人扼腕叹息的事情——旧东西日渐被新规划所取代，文化也就慢慢消隐了。

我要讲述的就是西宁，这是一座不大的高原城市，然而自古以来却是西北交通要道和军事重地，尤其是曾在丝绸南路和唐蕃古道的开拓和运行方面有着无可替代的重要作用。五代及宋初时期，吐蕃赞普后裔建立唃厮啰政权，其政治中心就在青唐城。那时候的青唐城就是现在的西宁，其大致轮廓为——东至共和路，南达玉树路，西到长江路，北抵七一路，周长近 8 千米。就今日的城市发展情况而言，这一区域几乎涵盖了西宁所有的繁华地段。

现在的西宁，在城市规划和发展速度上与内地很多城市并无二致，可喜的是它还保留了一段长约 300 米的土筑古城墙。这些古旧的城墙就屹立在南绕城快速路北侧，不时有疾驰而过的车辆穿过它高大微倾的背影。

每当夜幕降临，数十盏明灯同时映照着它的风雨沧桑。那些明明灭灭的光点，犹如时间的芯片，储存并昭示着青唐古城旧有的辉煌。

900 多年过去了，人们完全可以从旧城墙上的苔藓去追根溯源，去寻觅那些有关西宁的古老记忆。

二

穿过遥远的古羌边地，时间的脚步就到了大唐的鄯城，这座城池既是当时湟水流域的政治、经济、文化中心，也是防御吐蕃东犯的军事重镇。一场声势浩大的安史之乱使得这座美丽的城市陷落，最终成为吐蕃的“囊中之物”。吐蕃在湟水流域设宗喀冲，“冲”，汉文译为“冲木”“重”等，意为节度使，鄯城应当是吐蕃鄯州节度使的驻地。

吐蕃王朝瓦解后，鄯城及周边仍为吐蕃人所据，他们称鄯城为“青唐”，吐蕃地方政权唃厮啰就建政于此。“唃厮啰”是被冠以佛法名号的人名，此人本名叫欺南陵温，据说是吐蕃王室的后裔。年幼时期，他曾流落于高昌（今新疆吐鲁番，一说西藏日喀则南），后被一位名叫何郎业贤的商人把他从高昌带到河州（今甘肃省临夏回族自治州），由于欺南陵温相貌非凡，又具有王室血统，当地信佛的吐蕃人就把他尊为“唃厮啰”，意为“佛子”。

随着年龄的成长，作为“佛子”的唃厮啰很快引起了吐蕃各部的注意，一些豪侠更视唃厮啰为非凡人物，希望以他为旗，达到控制其他部落的目的。在很长一段时间里，年少的唃厮啰就先后被河州大姓耸昌厮均、宗喀（今青海省乐都一带）首领李立遵及邈川（青海省民和一带）首领温逋奇所挟制。但唃厮啰“志蕴沉雄，性资端亮”，并不愿受制于他人。经过 20 多年的不懈努力，唃厮啰最终摆脱了别人的羁绊，通过“立文法”的形式，在青唐城建立了自己的政权。“立文法”是当时河湟地区吐蕃部落之间订立的誓约，也是结为同盟的一种形式。其中起主导作用的大族强豪往往通过拘押“质帐”的办法，控制其他部落。唃厮啰利用自己的影响力，加上个人才干，将这种部落联合体强化为政权组织，并逐渐发展成为河湟地区最具实力和影响力的政治实体，从而也成为宋夏两个王朝竞相争取的对象。

作为唃厮啰首邑的青唐城在当时是怎样一幅状貌呢——宋人李远在《青唐录》中做了详细的记录：

青唐城，城枕湟水之南，广二十里；旁开八门，中有隔城，以门通之，为东西二城。伪主居西城。门设谯楼二重，谯楼后设中门，门后设仪门。门之东，契丹公主所居也;西，回纥及夏国公主所居也。过仪门二百余步为大殿九楹，北楹柱绘黄龙，基高八尺，去坐丈余矣。以碧琉璃砖环之，羌呼“禁围”。

青唐城的东、西二城有可能就是南凉所建西平城的南、西二城。南城在湟水之南，西城在南川河以东。两城各有四门，旁开八门，夹在两城之间的王宫大约是隔城。隔城将城一分为二，东城内住着汉人及来自西夏、于阗等国的商人，西城内住着唃厮啰部众。宫城在西城内，谯楼、中门、仪门、大殿是宫城中轴大道上的建筑。契丹公主住在仪门后东侧，唃厮啰首领和夏国公主、回纥公主住在仪门后西侧。

据史料可知，隔城和西城是王室成员及军户的主要活动区域，东城以普通居民为主，两城人口相对稀少。为防御侵袭，唃斯啰政权将南、西二城的城墙连接起来，并在原有基础上进行了加固增高，形成了方圆 8 公里的青唐城。

9 世纪中叶，吐蕃王朝瓦解后，包括西宁在内的河湟地区名义上归唐，实际仍处在大大小小的吐蕃部落分散割据的状态。北宋王朝建立后，逐步结束了中原地区的混乱局面。西域的回鹘和于阗等地方政权纷纷遣使进贡，与北宋保持着频繁的朝贡贸易关系。这时候，冷清了很久的丝绸之路开始热闹起来——祁连山下一时车水马龙，商旅如流。在丝路贸易逐渐得到恢复的最初几十年中，往来于西域和内地的贡使团和商人多取道灵州、泾源道，穿过河西走廊。

随后，活动于今宁夏、陕北一带的党项族逐渐强大起来，他们不仅控制了贡使团和商人们必经的灵州、泾源道，而且逐渐也控制了河西走廊地区。特别是元昊建立西夏以后，不断向河西走廊地区用兵，最终完全控制了河西走廊。此后，对于过境的贡使和商旅，西夏统治者每每课以重税，极尽盘剥之能事。据史书记载，西夏各地的官吏对过境贡使、商人十分苛刻，不仅严加盘查，还要抽取十分之一的货物作为税收，往来贡使和商人叫苦不迭，却又无计可施。有时候，西夏的将士还会扮成土匪模样，抢劫过境贡使和商旅的钱财，不仅使他们蒙受巨大的物质损失不说，精神上也屡遭创伤。这样一来，起初畅通无阻的丝路北线开始频频受阻，人们不得不绕道而去，改走青唐城，经由青海湖南部至柴达木盆地，一路西去。此时，青唐城在丝路南线及唐蕃古道上承担起了贸易集镇和交通枢纽的重要作用。

历史的确是一面可资对照的镜子。当西夏王朝对过往客商及使节大肆劫掠的时候，唃厮啰官方却在其辖境内设置驿站接待往来客商，同时还要求各个部族友好善待过境商人，为他们提供良好的食宿环境和安全保障，商人们也乐于支付相应的费用或货物。为了保护携带大批货物的贡使团和商队安全出入境，官方还专门派兵护送。对于留在其境内做生意的外国商人，不仅允许他们自由从事交易活动，而且还特意划拨出一片土地，专门供外国商人修建房屋货栈之用，从而吸引了大批西亚和西域商人前来定居贸易。

于是，青唐城内商贾云集，甚至出现了鲜明的“异国风情”。据史书记载，当时的青唐城里不仅居住着本地卷发大眼的吐蕃人、黑发黄皮肤的汉人和来自东北的上层贵族，还有高鼻梁深眼窝的中、西亚人和欧洲人。西域诸国的商人也不在少数，主要来自于阗、回纥、高昌、龟兹、婼羌等国，也有南亚和印度河流域的尼泊尔和印度商人，还有两河流域的大食（今阿拉伯地区）、波斯（今伊朗）和欧洲的大秦（今意大利）商人。

外国商人聚集在青唐城，一定程度上活跃了东西方的贸易市场。当时，往来于青唐城的外国人主要是商人和贡使。他们来到青唐城大多是为了驻足休息，消除劳顿之苦，补充物资之缺，然后继续前进。鉴于青唐城便利而又安定的贸易环境，许多商人在这里停留一年或数年后才愿意离开，有的干脆在城中修建房屋，开始定居经商的生活。不难想象，当时的青唐城已经大大减弱了“草原气息”，农耕文明与商业文化不断浸入这座荒凉的城市，并悄悄改变着它的气质类型。市场上，各色商品琳琅满目，品类繁多，不同肤色的商人、不同种类的语言交织在这个历史与文化的汇聚点上，让青唐城彰显出勃勃生机。据记载，当时青唐城里商人们交易的商品主要有瓷器、马匹、犏牛、粮食、麝香、水银、朱砂、牛黄、珍珠、珊瑚、生金、木香、三雅褐、花芯布、兜罗锦、绒毛、羚羊角、竹牛角、红绿皮等土特产，还有银枪、铁甲等手工艺品和兵器，这样的贸易集会堪称“没有国别和期限的世界博览会”。

商业贸易的兴盛，极大地促进了农牧业的发展，青唐城的人口也慢慢增多了。不同文化背景的人们同处一城，语言的彼此交流，文化上相互碰撞，心理上的内外阅读，使得青唐城慢慢形成了一座极具包容性的城市。东西南北之间的文化交流在这里成为现实的可能。直到今天，西宁依旧保持了这种气质。

三

尽管不知道唃厮啰为何人，但劳作之余的岳父还是喜欢翻看我带去的有关风物故事和人物故事的书籍，有时候他还将书上看到的内容跟电视剧有关情节进行比对，出现疑惑时会跟我进行简单的交流。特别是在某些家庭聚会的酒桌上，品酒微酣的岳父就会找出很多话题来跟我探讨，有时候是生活方面的话题，有时候是他看过的书籍或电视剧中的问题。

虽说自己比岳父多读了几年书，但对于很多问题的了解我还远不及他。比如近几年去拜年，岳父说现在人们都不拿茯茶了，但家中的老奶奶一直喜欢喝茯茶，所以每过一段时间他都要到湟光去买。聊到这个话题时，岳父想知道茯茶是何时进入青海的，是哪些人把它从南方带来的……尽管我粗略知道个大概，但还是不甚清楚，这使我不得不回家翻开许久不动的史籍文献，仔细搜寻起来。

原来西宁的茶马互市兴起于唐代，及至北宋时，青唐城已经成为茶马贸易之路上的重镇。唃厮啰及其后继者们接受了宋朝的册封之后，每年通过朝贡的形式，将马匹作为贡品进献给宋朝，他们的热情朝贡得到宋王朝的称赞与回馈。后来考虑到联合唃厮啰抗击西夏的需要，宋王朝开始以“岁赐”“月赐”等形式给吐蕃大小首领提供大量物资援助，其中包括茶叶、布帛、药品等稀缺物资。除了官方形式的朝贡回馈之外，吐蕃各部还常常驱赶马匹辗转到秦（天水）、渭（陇西）一带与宋朝交易。从此，茶叶和马匹慢慢成为宋王朝与青唐政权交流往来的主要商品。

在这个贸易链条上，北宋王朝意欲更好地管控茶马互市，于是在乾德五年（967 年）出台了相关政策法令，禁卖私茶。规定茶商必须持有官府发放的凭证“茶引”，而且只能在官府指定的市场内进行贸易活动。这里所说的“茶引”，实际上就是宋朝官府颁发放给茶商的经营执照，商人们只有拿到这个东西后才能从事合法交易。“茶引”的出现，表明了宋王朝对茶马互市的重视程度和对民族贸易控制的加强，同时也可窥见茶马税收在政府财政收入中占有一定的比重。

相关资料显示，当时从四川销至青海的茶主要有三种，即茯茶、松潘茶和康大茶。茯茶又称泾砖，原产于湖南，茶商每年春季前往产区采购原茶，运至陕西泾阳后，分级以木机压砖，每块重 5 斤，主要销往农业区。松潘茶又名大茶，松潘之主要产地，在四川之安、潘二县，大抵附近所产之茶类，皆运至松潘集中，故有松茶之名，主要行销于青海东部及黄河以南及果洛地区。康大茶，产于川康边境一带，主要销于玉树地区。此外还有以陕西汉中紫阳茶和四川成都茶为主的细茶，颇受高原各族民众的喜爱。

上面提到的茯茶实际上就是黑茶。最早的黑茶产自四川，是一种由绿毛茶经蒸压而成的边销茶。那时候，四川的茶叶要运往西北地区，由于当时交通不便，运输较为困难，因此，如何减少茶叶的体积成为一个关键性因素。后来，茶商们将茶叶蒸压成团块，从而降低了运输成本。这种茶叶在加工成团块的过程中要经过二十多天的湿坯堆积，因而毛茶的色泽逐渐由绿变黑，最后，茶叶的色泽成为黑褐色，且风味独具，从而以黑茶之名销往西北。

青海人常说：“宁可三日无粮，不可一日无茶”，足见茶叶在人们日常生活中的重要地位。无论走亲访友还是下地劳动，抑或外出放牧，茶是青海人必不可少的饮用及馈赠物品。这种习惯应该与青海人的饮食结构有关。典籍《唐史》中就有西北少数民族“嗜食乳酪，不得茶以病”的说法。名儒顾炎武在《天下郡国利病书》中说：“茶之为物，西戎、吐蕃古今皆仰之，以其腥肉之食，非茶不消；青稞之热，非茶不解，故不能不赖于此。”毋庸置疑，西北人善食牛羊肉，好饮用茯茶烹制而成的“熬茶”，是一直以来的传统。另据医学研究发现，茯茶有去油止腻、降糖降压脂、生津止渴、解酒以及抵抗衰老等功效，这似乎可以成为青海牧区民众体格健壮、极具运动天赋的佐证之一了。日本茶道专家松下智先生在考察河西走廊时也发现了茯茶的这种功效，并惊叹其为“中国古丝绸之路上神秘之茶、西北各民族生命之茶”。

的确，从小至老，这种“生命之茶”一直伴随着每个青海人，成为他们生命中不可或缺的一部分。小时候，经常看到家家户户在锅台灶头燎“茶罐子”的情景，当“咕嘟嘟”翻滚着的酽茶缓缓倒进小“龙碗”时，那扑鼻的香气开始氤氲在低矮的屋宇间，令人沉醉。后来，随着生活条件的提高，人们逐渐冷落了灶台，搁置了火盆，用上了燃气灶和电磁炉，尽管生活条件改善了，但晨起饮茶的习惯一直没有改变。直至写下这篇小文的这个早晨，年逾耄耋的老奶奶（岳父之母）像往常一样在电磁炉上炖好了酽茶，等待着儿孙们起床喝茶吃馍。为此，我写下过一首叫作《烧茶的老奶奶》的诗歌：

洗漱后的第一件事

就是烧茶。像搜寻往事一样

从铁盒子里扒拉出茶叶

再辅以青盐和圆溜溜的花椒籽

做完这些，老奶奶就在一旁候着
直至蒸汽掀开壶盖
越来越大的水花将茶梗推向一边
却不小心抛出了自己。此时
老奶奶拿出一条色泽斑驳的毛巾
将它拭去。然后习惯性地擦擦眼角
似乎这是一个必不可少的过程
没有了烟熏火燎的场景，她的眼睛
也会敏感于一种遥远的沉重
倾注，端详，吹拂，啜饮
这是一连串层次分明的动作
“如果觉得不习惯，我再放点姜片
热一些，肚子会舒服一点”
听到这句话，我明显地感觉到
她悠然的话语里，含着一个暖暖的春天

四

中央王朝很早就意识到茯茶在西北牧区的重要性，试图以茯茶作为治理边疆的筹码，借助严格的茶马互市政策来控制西北牧区——不得不说，这绝对是一种委婉而又颇具实效的手法，它牵住了西北边地的文化链条，人们开始不自觉地朝着它的方向行走。据学者研究，随着与中原交往的深入，饮茶等生活方式为吐蕃上层所接受，而唐朝战马又须仰赖藏区，这就促使了早期茶马贸易的兴起，唐玄宗时就曾在今日月山开马市。从此，茶马互市不仅为朝廷换来了作为军事装备的西北良马，而且在关键时期，可以用关闭茶马市场、限制茶叶销量的办法来钳制西北牧区。

宋神宗熙宁八年（1075 年），提举茶场李杞谏言："卖茶买马，同为一事，乞同提举买马。"神宗当即下诏同意其请求，设"都大提举茶马司"，统一组织和运作茶马交易活动。神宗元丰四年（1081 年），群牧判官敦茂恂提议："承诏议专以茶市马，以物帛市谷，而并茶马为一司"，到徽宗崇宁四年（1105 年），皇帝下诏"命茶马司总运茶博马之职"。从此，茶、马两职合而为一，以提举茶马司统一管理茶马贸易。

当内地的茶叶源源不断进入西北地区时，青海的马匹同时也大量输入内地。从文献记载可知，吐蕃各部向宋朝输出的马匹总数中，青唐政权占据了甘青地区的最大份额。另据宋人统计，朝廷年均买马 2 万匹，其中绝大多数来自青唐所属的吐蕃各部。

茶与马，就这样以贸易的形式，成为沟通青唐政府与中原王朝的媒介，久而久之，也就形成了一条重要的茶马文化之路。

明代时，茶马互市进入鼎盛时期。从洪武时期开始，明朝政府就在西北地区建立了河州、洮州及西宁三大茶马司，主持与甘肃、青海地区藏族、撒拉族及撒里畏吾儿族（今裕固族先民）的茶马互市。河州、洮州及西宁也就成为明代茶马交易的三大中心。明朝统治者认为，以茶易马，既可以"供边军征战之用"，还可以"系番人向化之心"，有着政治、军事及经济上的多重效应，所以，极力将茶马互市严格控制在官府手中，并严禁私茶。为严明律令，明太祖朱元璋曾拿过皇亲国戚开刀——他的驸马爷欧阳伦曾因违禁走私茶叶，在兰州被一小吏告发后，朱元璋令其自尽。明王朝对茶马市场的管控之严，可见一斑。

明朝三大茶马司建成以后，官府又向青海、甘肃一带的藏、撒拉、撒里畏吾儿等各族部落颁发“金牌信符”，进一步确立茶马征发制度。规定以三年为期，定时定额向各部落征收马匹，同时发放茶叶作为“酬劳”，以示回馈。这一制度在明代叫作“差发马赋”，征收的马匹则叫作“差发马”。[①]这种赋税实际上就是明王朝向牧民征收的牧业税，只是朝廷还要付给牧民一定数量的茶叶而已。金牌信符分为上下两号，牌符上端镌刻“皇帝圣旨”，下左镌“合当差发”，下右镌“不信者斩”。官府掌握着上号牌符，下号牌符由各游牧部落持有。到了征收期，官民各以所持牌符比对，然后纳马换茶。据《明史》载，明代颁发的金牌信符中，西宁卫所属藏族及撒里畏吾儿各部落共计16面，额定纳马总数为3296匹，河州卫所属藏族部落共计21面，额定纳马总数为7705匹，洮州卫所属藏族部落计4面，纳马3050匹。其中，西宁卫及河州卫所属大多数的持牌部落都在今青海境内。

金牌制下的茶马征发，虽属于赋税征收的性质，但还是保留了一定的交易成分。可是游牧部落地处偏远，流动性又大，官府很难对他们进行严密控制，加上利益驱动之下，茶叶走私贸易禁而不止，牧民们将大量马匹用来与私商交易，差发马的征收自然受到影响。加上其他因素的干扰，到明正统时期，金牌制废弛，恢复了普通的茶马交易。此后，马赋征收时举时废，但茶马司主持的交易活动则始终未停，走私形式的民间交易更是久盛不衰。

明代初年，官府在西北用来易马的茶叶主要来自陕西、四川和湖南，运输方式或为官运，或为招商。陕西主要以汉中茶为主，四川则以保宁茶为主。但这是就“官茶”而言的，民间的走私活动中，

---

① 王予波主编：《大美青海》，青海人民出版社2010年版，第80页。

湖南茶因产量大且价格低廉及官府控制不严而占有相当大的比例。到明中后期，官茶也开始以湖南宝庆茶为主了，这里面除了价格上的因素外，湖南茶的品性似乎更适合西北牧民口味一些，因为“汉茶味甘，煎熬易薄；湖茶味苦，酥酪相宜”，这种特质自然会得到草原牧民的欢迎。到万历年间时，湖南茶已在西北茶马互市中取代了陕茶、川茶，占据了主导地位。直到今天，在青海、甘肃牧区的茶叶市场上，湖南茶特别是益阳茶仍然畅销。

清朝沿袭了明代制度，在西北地区开展茶马互市。顺治年间，清政府就分别设西宁、河州、洮州、庄浪（今甘肃省永登县）、甘州（今甘肃省张掖市）五个茶马司，由陕西茶马御史统一管理，主持茶马交易。同时，禁止茶叶走私，以保障官府在茶马贸易中的垄断地位。到雍正及乾隆时期，全国政局渐趋稳定，大规模的战事也逐渐减少，对马匹的需求量急剧下降；同时，内外蒙古、新疆等重要产马区都直接纳入了清王朝大一统的统治体系之中，从而大大减弱了对青海马的依赖程度。因此，茶马互市开始日渐衰落。后来官府宣布中止茶马交易，原茶马司改为茶司，成为单纯的茶叶储备和专卖机构。

五

那么，西宁这一名号得之何时？话题还得从唃厮啰说起。1065年，唃厮啰病故，到了崇宁三年（1104年）时，宋王朝改青唐城所在的鄯州为西宁州。从此，西宁这个名称便沿用到了今天。

今日的西宁是青海的省会所在地，也是青藏高原唯一人口超过百万的城市。它是全省政治、经济、文化、交通、教育、医疗中心，也是全省企业人才、信息咨询、文化交流最集中、最活跃的区域。在其 2261 米的平均海拔上，人们可以惬意地感受到这里冬无严寒、夏无酷暑的宜人气候。

从地理人文格局来看，西宁地处黄土高原与青藏高原、农业区与牧业区、汉文化与藏文化的结合部，逐渐形成了汉、藏、回、土、撒拉、蒙古等六个民族世居于此，佛教、伊斯兰教、道教、基督教、天主教五大宗教并存的多元文化格局。这种文化格局也养成了一种独特的城市文化氛围，那就是善于接纳，乐于包容。

学者鲍鹏山先生曾在青海从教 17 年，他在一篇题为《我和我的青海》的回忆性散文中，深情地表达了对于西宁这座城市文化的激赏与难忘之情：

到青海后，最让我们欣喜的，还不是西宁的繁荣与现代化，而是：这是一座移民城市。我们当时到青海教育学院中文系，系里二十来个老师，除了三四个青海藉的，其他来自上海、山东、天津、四川、陕西、甘肃……而在西宁的任何场合，一桌十个人吃饭，可能就是来自全国十个不同省份的。在全国，这样的省会，我想，除了西北的拉萨、乌鲁木齐，再没有了。这是西宁最重要的素质，这是西宁给我的最大的财富，我后来跟所有人谈到西宁，我都要说，即此一点，西宁就比绝大多数省会城市有魅力，因为它由此可以培育人的心胸和眼光。

而就我的观察比较，西宁人确实比绝大多数其他城市的人具有更开阔的胸襟，更开放的眼光，更高远的目标。生活在移民城市的西宁人，他们知道，世界很大，品类很多，他们足不出西宁，就知道天下林林总总。所以，西宁人不会大惊小怪，而是大不惊小不怪——都见过了，惊怪什么呢？不大惊小怪了，就自然有一份从容，有一份自在。而这是人生很难得的境界，西宁很轻松地就给了我们。

诚如斯言，自古以来西宁就是西北的咽喉，历朝历代的经济贸易与文化交流都没有绕开这座古老而偏远的城邑。青唐城作为其特殊时段上的一个名称，充满了历史的纵深感和文化的包容性。之后的青唐城，就是无数诗文乡愁里的西宁，就是岳父不断植下红柳和圆柏的西宁。

夜幕如约降临，许多市民结伴而行来到开发一新的青唐城公园，在街灯的映照下踏歌而舞。那粗犷悠扬的藏族民歌和欢快整齐的锅庄舞步，将一座高原城市的气质展现得淋漓尽致。再看城墙周围的高楼大厦和川流不息的各式车辆，一种古老与现代、历史与现实交相呼应的情景真实地出现在眼前，令人不免心生感叹——守城将士今何在，驿路青唐盛世歌……

文成公主

一

汉唐以来，因政治联姻之需而远嫁他乡的女子不在少数。她们以王室公主的身份默默扛起定国安邦的任务，把柔弱的肩膀生生当成了一个王朝的脊梁。

她们负荷千斤重担，行进在西去的路上，深深勒进内心的不是浪漫爱情和理想婚姻，而是烽起的狼烟和未卜的前程。

尽管如此，我还是愿意把她们视作胸怀阳光的女子。这束阳光里蕴含着对国家大义的守诚，对漫漫长路的坚持和对美好未来的憧憬。如若不然，她们西去的步伐何以如此坚定，而离别的哀怨又何以变作了巾帼不让须眉的慷慨?

在茫茫夜空里，她们是飞蛾，只为光明而来；在人世漩涡中，她们破茧为蝶，用娇弱的翅膀美丽了泛黄的历史。

其实，我更愿意让她们放缓和亲的脚步，从长安出发的车辇，也多多在沿途停顿吧——唯有如此，她们可以多望一眼故乡，好让散场的青春找准命运的航向。前路漫漫，道阻且长；风沙过处，流云飞扬。我愿意她们一步一个脚印地洞穿命运，把凄美与智慧一点一滴地还给自己。

毋庸置疑，在众多和亲的汉家女子中，文成公主是最接地气的一位。她给青藏高原带来了耕作方法、建筑技术、诗文医术、音乐佛法等物质和精神养料，给这块相对偏远和贫瘠的土地播下了文明的种子。

是的，她开启了唐蕃古道这一重要的“文化运河”，也留下了许多历史与传说相互交织的动人故事。

二

作为“丝绸南路”的重要通道，唐蕃古道是唐代以来沟通内地与青海、西藏地区乃至尼泊尔和印度等国的重要通道。

其详细的路线图应该是从今天的西安出发，过咸阳，东行至陇山，再经甘肃天水、陇西、临洮到临夏，然后在炳灵寺或大河家渡黄河，进入青海民和官亭，再经古鄯、乐都、西宁、湟源，过日月山，涉倒淌河，到恰卜恰，然后穿越切吉草原、大河坝、温泉、花石峡、扎陵湖和鄂陵湖，翻巴颜喀拉山，渡过玉树清水河，再过通天河，到结古巴塘，沿子曲河行至杂多，走“入藏大道”，过当曲，越唐古拉山口，至西藏聂荣、那曲，最后抵达拉萨。

如此坎坷的行程，对持有多样交通工具的今人而言也是困难重重，实在难以想象远在大唐时代的文成公主，是经历了怎样的艰辛与困苦，一路跋山涉水，翻越“世界屋脊”走到婆家的。然而在多数情况下，历史选择的往往是结果，我们今天画出这样一幅路线图，纯属“按图索骥”式的回望，里面的诸多细节依旧需要用变旧了的时光去填充……

隋义宁二年（618年），隋恭帝将帝位禅让给李渊，蜚声海外的大唐帝国就此诞生。大唐定都长安，注重发展经济，推行“休养生息”政策，国势日臻，一度成为亚欧大陆上的经济和文化中心。强大的国家力量对周边少数民族政权产生了重大影响，很多小国因势利导，纷纷与唐修好，或称臣内附，或纳贡请封，以多种形式和大唐结成盟友。

当这些小国纷纷向大唐“示好”时，地处青藏高原的吐蕃王朝遭受了严重的内忧外患——国王朗日松赞被人毒死，诸臣举兵叛变，吐蕃以西的羊同部落乘势入侵，雅鲁藏布江北的苏毗旧贵族也试图“复国”。就在这个节点上，刚刚年满13岁的松赞干布继承父位，成为吐蕃第33代赞普，那一年是唐贞观三年（629年）。继位后的松赞干布征集万余人组成精锐队伍，经过三年征战，统一了青藏高原，并把国都迁到逻些（今拉萨），成为颇受臣民拥戴的吐蕃国王。

新朝初建，国家欲图稳定，就得发展睦邻友邦。富有政治远见的松赞干布开始实施自己的外交策略，一方面与西边邻国泥婆罗国（今尼泊尔）通好，以解除后顾之忧，于是他迎接泥婆罗国王鸳输伐摩的女儿尺尊公主入藏。另一方面急欲往东，以结交盛唐。

贞观八年（634年），唐蕃之间正式建立联系。这一年松赞干布“始遣使者来朝，帝遣行人冯德遐下书临抚”。通过往来接触，松赞干布对唐朝有所了解，同时得知突厥、吐谷浑等都已向唐朝提出了迎娶公主的请求，于是认为吐蕃与唐联姻的时机已经成熟，遂于贞观十年（636年）再次遣使，携带大量金银财宝入唐求婚。唐太宗虽盛情款待了吐蕃使者，但考虑到彼此语言习惯、风俗传统差异很大，接触次数又少，对其很多情况尚不了解，加之当时突厥、吐谷浑、大食、天竺等地的求婚使者也很多，还有龟兹、高昌、石国、女国等部来唐朝进贡……唐太宗处于多方考虑，因而没有立即应允吐蕃的求婚。此举很快给唐蕃关系的发展罩上了一层阴影。

吐蕃使臣返回后，向松赞干布禀报了赴唐请婚的情况，《新唐书·吐蕃传》记载了当时的情景："天子遇我厚，几得公主。会吐谷浑王入朝，遂不许，殆有以间我乎？"松赞干布闻知大怒，遂以吐谷浑王臣的挑拨离间为借口，"率羊同共击吐谷浑，吐谷浑不能亢，走青海之阴，尽取其赀畜"。打败吐谷浑后，吐蕃又攻破党项、白兰羌等，紧接着举兵二十余万进攻唐朝松州（今四川松潘一带）。

与此同时，松赞干布派遣使者来长安贡献金甲（护身战具），扬言来迎公主，倘若"公主不至，我且深入"。当时的松州都督韩威仓促应战，结果为蕃军所败。偏偏在这个时候，属松州府管辖的闲州刺史别丛卧施、诺州刺史把利步利两人举州降蕃，松州告急。危急关头，唐太宗决定以暴制暴解决这一问题。据史书记载，太宗"乃诏吏部尚书侯君集为行军大总管，出当弥道，右领军大将军执失思力出白兰道，右武卫大将军牛进达出阔水道，右领军将军刘兰出洮河道，并为行军总管，率步骑五万进讨"。牛进达在松州与蕃军相战，相持十多天后，乘其不备夜袭蕃营，斩首千余级。蕃军大败，遂引兵而退。[①]从中可以看到，松州之战是唐蕃关系发展的一个转折点，

①曹国宁:《论文成公主入藏和亲的历史贡献》,《河西学院学报》,2013年第3期。

从双方交战的目的来看，吐蕃想用武力来迫使唐朝通婚，建立关系，而唐朝则要用武力来征服吐蕃，使其顺服。从双方军事对抗的结果来看，显然是松赞干布过高地估计了自己的力量，因而吃了败仗。

客观而言，当时吐蕃的各种力量都不如李唐，特别是军事实力更是弱小。史书上讲，松赞干布开始东进时，“连岁不解，其大臣请返国，不听，自杀者八人”。直至松州大败，松赞干布如梦初醒，方知大唐的强盛，才撤兵引退。遂于贞观十五年（641年）遣使来长安向唐太宗请安谢罪，并携带五千两黄金和大批珍宝等物作为聘礼，再次提出请婚的要求。在周边少数民族的诸多问题上，唐太宗一向采取怀柔的方式来解决纠纷，尽量避免诉诸武力，而和睦的外交自然有利于自身发展。于是同意了吐蕃使者的请求，许诺让宗室之女文成公主下嫁松赞干布，并诏令礼部尚书江夏郡王李道宗为主婚使，持节护送公主入蕃。

三

关于文成公主的婚事，民间有很多传说。尽管传说和故事不具有正史记录的权威性，但能以民间文学的形式反映出老百姓的情感寄托和价值判断。在藏区民间，曾经流行着“七试婚使”的传说。

据说吐蕃派出以噶尔·东赞为代表的求婚使团，携带大量黄金、珠宝等贵重礼物前往长安请婚。不料，天竺、大食、突厥、吐谷浑等国同时也派了使者求婚，他们均希望漂亮贤惠的文成公主能够成为本国王妃。此情此景让唐太宗非常为难，为了公平合理，他决定让婚使们比赛智慧，胜出者可将公主接走，这一提议得到了众多婚使的认可。于是，民间就有了唐太宗“七试婚使”的传说故事，拉萨大昭寺和布达拉宫内至今完好地保存着描绘这些故事的壁画。

唐太宗究竟出具了哪七道题，让婚使们同台比试，以做抉择的呢？让我们逐一看来。

第一试：绫缎穿九曲明珠，也就是用一根柔软的绫缎穿过明珠的九曲孔眼。比赛开始后，吐蕃以外的使臣们一拥而上，抢夺绫缎明珠，希望能早早通过考验。没想到他们抢到手后，绞尽脑汁也没能把绫缎穿过明珠的孔眼。聪慧的噶尔·东赞则不慌不忙坐在大树下想主意。他偶然发现一只大蚂蚁，于是灵机一动，找来一根丝线，将丝线的一头系在蚂蚁的腰上，另一头系在绫缎上，又在九曲孔眼的端口抹上蜂蜜，然后把蚂蚁放在孔眼的另一边，蚂蚁闻到蜂蜜的香味，再借助噶尔·东赞吹气的力量，便带着丝线，顺着弯曲的小孔，缓缓地从另一端爬了出来，绫缎也就随着丝线从九曲明珠中穿过。第一局吐蕃胜出。

第二试：辨认一百匹母马和一百匹马驹的母子关系。比赛开始，各位婚使轮流辨认，有的按毛色区分，有的照老幼搭配，有人则以高矮相比，然而都弄错了。最后轮到噶尔·东赞时，得到马夫指教的他把所有的马驹和母马分开，关在马厩里，一天之中只投马料不给水喝。第二天，再把马驹放回到马群中。被关了一天一夜的马驹口渴难忍，很快找到了各自的母马吃奶，由此轻而易举地辨认出它们的母子关系。

第三试：辨认百只雏鸡与百只母鸡的母子关系。面对叽叽喳喳、混乱不堪的鸡群，婚使们都犯难了，谁也指认不清，而噶尔·东赞早已有了主意。他把鸡全部赶到一块开阔的地方，撒上很多食料，母鸡一见吃食，就“咯咯咯”地叫唤小鸡来吃，只见大多数小鸡跑到妈妈的颈下啄食去了，但仍有一些顽皮的小鸡不听母鸡呼唤，各自东奔西跑地去抢食，于是噶尔·东赞学起鹞鹰发出“呿啾呿啾”的叫声，雏鸡听见，误以为凶恶的鹞鹰来了，便急忙钻到各自母亲的翅膀下藏起来。于是，母鸡与雏鸡的关系被吐蕃使者轻松地确认出来。

第四试：要求婚使们一日内喝完一百坛酒，吃完一百只羊，还要把羊皮揉好。比赛开始后，别的使者和随从匆匆忙忙把羊宰了，弃得满地乱毛污血，接着他们开始大碗喝酒，大口吃肉。不一会儿，肉还没吃完，人已酩酊大醉，哪里还顾得上揉皮子。噶尔·东赞则让随从的一百名骑士排成队杀了羊，并要求他们一边小口小口地咂酒，小块小块地吃肉，一边揉皮子。众人边吃边喝，边干活边消化，不到一天的工夫，吐蕃的使臣们就把酒喝完了，肉吃净了，皮子也搓揉好了。

第五试：分辨一百根松木的根和梢。面对粗细相当的木料，众多婚使怎么也分辨不出来哪头是根哪头是梢。唯有噶尔·东赞人将木头全部运到河边，投木入水。结果木头根部因略重而沉入水中，树梢那端较轻就浮在了水面，木头根梢显而易见。

第六试：辨认出入宫路线。一天晚上，宫中突然擂响大鼓，皇帝传召各路使者赴宫中商量事情。噶尔·东赞想到初来乍到长安，路途不熟，为不致迷路，就在关键路段涂上标记。到了皇宫以后，皇帝又叫他们立即回去，看谁顺利回到自己的住处而不至于走错。结果，其他婚使们胡走乱窜，闹出不少笑话，噶尔·东赞却凭着自己事先做好的记号，再次取得了胜利。

第七试：辨认文成公主。这次比试由唐太宗率领诸部大臣，汇聚殿前亲自主试。比试开始后，但见衣着华丽、相貌相仿的300名宫女分左右两队依次从宫中排开，宛如300名仙女从空中飘来，她们衣着轻盈、华贵、俊美，看得人眼花缭乱，心头酥麻。众多使者一时没有主意，不知哪位才是文成公主。唯独噶尔·东赞因事先得到了曾经服侍过公主的汉族老大娘的指教而显得不慌不忙。原来公主用一种护肤品，名叫“万里飘香”，只要擦上这种油，就异香扑鼻，能引来蝴蝶和蜜蜂。当300名装扮得一模一样的美女齐集一堂时，别的使者束手无策，噶尔·东赞看到两只蜜蜂在一女子头顶盘旋，于是指认出左边排行中的第6位就是文成公主，最终获胜。

婚试完毕，唐太宗对吐蕃婚使的聪慧才智非常满意，遂将美丽多才的文成公主许婚给吐蕃首领松赞干布。噶尔·东赞终于完成了请婚使命，成为传颂藏汉联姻的千年佳话。

噶尔·东赞迎娶文成公主的传说在青藏高原广泛流传，在不同时间与地域的讲述过程中，形成了多种传说异文，诸如《藏王的求婚使者》《文成公主》《文成公主的故事》《藏王求婚》《机敏的迎婚使者》等。此类传说在藏族典籍文书中也有记载，12世纪的《松赞干布遗训》，14世纪的《王统世系明鉴》，17世纪的《西藏王臣记》等都有不同程度的描绘。同时藏族民众还将这段艺术化的历史搬上舞台，在雪域高原展演传唱。

这些宫廷文献记述和民间故事流播的文成公主传说虽然体现了一定的变异性特征，但无论怎样被讲述、润饰，其核心情节始终没有改变，那就是“七试婚使”的考验。这“七试婚使”中的“七道难题”利用民间文学的母题分析方法，可归纳为六个文化“母题”，即“蚁穿宝珠”“分辨母子”“巧智吃喝”“辨认根梢”“智走迷宫”“认选美女”。这六个文化母题是人们生产生活经验的总结，是民俗文化与民俗生活智慧在民间社会的集中体现。

六个文化母题被藏族民众安置在传说中并分解成考察智慧的七道难题，具有特定的内涵。七道难题的回答结果直接关系到能否迎娶公主，能否建立“和同一家”的汉藏友谊。因此，“七道难题一方面颂扬了藏族人民十分看重藏汉民族团结的友谊和情感，另一方面充分显示了藏族人民机智聪明的天性，洋溢着乐观旷达的雪域文化情调，所以历代传承此类传说的讲述者不惜笔墨口舌大量描述和宣讲这些难题。”[①]

四

641 年，唐太宗派礼部尚书江夏郡王李道宗为主婚使，专程护送文成公主远嫁吐蕃。文成公主受命带着大批卫队、侍女、工匠、艺人和大量绸缎、典籍、医书、粮食等嫁妆，从长安迤逦西行，经甘肃，到青海，抵达了赤岭（今日月山）。

日月山位于青海湖东侧，属祁连山支脉，山顶由第三纪紫色砂岩组成，因呈现红色而被称为“赤岭”。藏语称“尼玛达娃”，蒙古语称“纳喇萨喇”，即太阳和月亮之意。日月山地处黄土高原与青藏高原的过渡带，是农耕文明与游牧文明的分界线，也是内地赴西藏大道的咽喉。汉魏以至隋唐时期，都是中原王朝辖区的前哨和屏障，故有“西海屏风”“草原门户”之称。

传说文成公主要西去和亲，不由悲痛万分。临别之际，唐王馈赠一面宝镜劝慰她，要她走到汉藏分界的地方取出来照看，就能从镜子里看见家乡和父母亲人。送亲的车马走了一年多，历经艰辛，辗转来到赤岭，公主思亲心切，便取出宝镜照看，镜中显现的只是

①林继富：《多重文化碰撞的智慧母题——文成公主传说考验难题试析》，《民族文学研究》，1997 年第 4 期。

自己消瘦的面容和残阳斜照下的赤岭山脉，伤心的公主此时才明白，这是唐王为了社稷大义而哄骗自己。悲愤伤心之余，她把宝镜扔了出去，摔成两半，正好落在两个小山包上，东边的半块朝西，映着落日的余晖，西边的半块朝东，照着初升的月光。东西二山隔空相望，唇齿相依，如情侣，似父女，其情其景，无不动人，日月山由此得名。

在青海民间，至今还有“过了日月山，两眼泪不干”俗语，内容除了指涉文成公主进藏的这段历史，更多则与老百姓生活实际相联系。譬如许多农区的庄稼人，刚刚耕作完成便要结伴出门，前往牧区打工淘金。当车辆驶过日月山时，熟悉的庄稼地不见了，眼前是起伏的山坡，绵延的草场……游子离家，不由悲从中来。于是他们抹着泪花，唱起凄婉动人的《沙娃泪》：

孟达地方的撒拉人，尕手扶开上了麻多的金场里走。

一路上的少年唱不完呀，不知不觉地翻过了日月山 。

出门者遇上了大狂风，吹起的沙土打着脸上疼。

尕手扶陷给着走不成，背推么手拉地麻绳俩扽。

连明昼夜地赶路程，一天一天地远离了家门。

出门一走半月整，到了金场里才安心。

把帐房下在沙滩上，下上个窝子了把苦下。

撅头提了个浑身酸，手心里的血泡儿都磨烂。

半碗清汤半碗面，端起个饭碗时星星全。

睡到半夜里没合上眼，天没亮的时候又动弹。

身子跟上摇篮着转，六月天的日头半天里悬。

浑身的泥土脸上的汗，沙娃们想家着泪不干。

一想起家乡山高路远，一想起父母着肝肠断。

叮咛的话儿还在耳边，出门人在外是娘挂牵。

想起婆娘着心里酸，送我的时候泪涟涟。

我心里就像钢刀剜，想死我的尕木沙不在眼前。

捎信带话地路太远，一心回家是没盘缠。

吃苦挨饿的罪受完，出门的人儿太落怜。

腰儿里没有一分钱，扒上个手扶了回家转。

行李被儿全撂完，一路上的寒苦说不完。

哎——沙娃们的眼泪淌不干……

淘金的沙娃们淌干了眼泪，还可以回家，那时候的文成公主一旦进藏，可就再也回不到故乡了。这种深沉的乡愁之泪，唯有青海湖咸咸的湖水才能与之比拟。遥想公主一路西行，一路流泪，那思乡念亲的泪水啊，竟然流成了一条自东向西的“倒淌河”，最终把那份又咸又苦的心思尽数倾入蓝色的青海湖。

日山和月山上各建有两座亭子，分别叫日亭和月亭。亭子均为八角砖木结构，亭顶琉璃瓦，彩绘飞檐，上绘太阳、月亮图案，阳光下显得金碧灿灿，颇具藏区建筑风格。日亭内立有“文成公主进藏纪念碑”，碑文记述了文成公主和亲始末及历史功绩。亭内还绘有壁画，再现了文成公主进藏的历史面貌。

日亭壁画重在讲述藏王松赞干布派大臣噶尔·东赞赴唐都长安请婚，以及请婚过程中噶尔·东赞巧破难题的轶事。月亭壁画逐一反映了公主将纺织、酿酒、音乐、舞蹈、天文、地理知识和佛教文化带到藏区的情况。各种知识和先进技术的传入，极大地促进了吐蕃社会的进步与文明。随后，吐蕃也创立了自己的文字——藏文。

日月山以西的道路崎岖不平，若要继续西行，只能骑马而不能乘车了。于是文成公主决定在此休整并学习骑马，大约停留了两个多月。

学会了骑马的公主继续西行，经过大河坝后到达了黄河源头。

为了保障公主此行畅通无阻，唐太宗命沿途官府修路架桥，造船制筏，建筑佛堂，开辟通道。松赞干布则亲自率领满朝官员与大队人马迎亲于柏海（即今扎陵湖和鄂陵湖），并在此建起“柏海行馆”，举行欢迎仪式。一对异族夫妇就在幽静的湖水边度过了他们的花烛之夜。

扎陵湖和鄂陵湖就在青海南部的玛多县，“玛多”在藏语里是“黄河源头”的意思。这里平均海拔在4200米以上，我愿把它叫作“离天最近的地方”。多年前，我为“山宗水源”之名而来，写下了一首题为《天上玛多》的诗篇：

踏上这片热土，禁不住
双手高举。像举着圣洁的哈达
也像举着亲人间不舍的牵挂

玛多，我来了
我两手空空，只能仰起头
看你耸入云霄的山
流向天际的河
和那些握着时光和真言的经幡
我只能站在更高的位置上
默默阅读你的容颜

每一步都得小心
我怕惊扰你的安宁
怕自己陷落于你的白昼和夜晚
——这无边无际的美
让我欣喜而战栗

我不敢多走一步，怕错过
生命里那棵最难相遇的菩提树
也不敢少走一步，怕赶不上
那个唱着情歌的玛域姑娘

五

离开“柏海行馆”后的松赞干布与文成公主南下逻些（拉萨）。据说，他们行至玉树时，看到那里景色优美，气候宜人，加之一路颠簸劳顿，于是决定在巴塘沟里休整一月。

休整期间，文成公主教会当地人垦田植树，安装水磨，学会制陶和纺织。她命随行工匠将自己携带的释迦牟尼 12 岁等身像放大数倍，精心雕刻到岩石上，又刻画了佛塔和经文。根据佛教教义，修建寺庙要佛像、佛塔和经文三者齐备，佛像代表佛的身体，经文代表佛的思想，佛塔代表佛意，此谓“三佛天”，有了“三佛天”就等于修建了一座佛寺。此为民间传说里的文成公主庙及其前身。

有可考的文献记载，可追溯到景龙四年（710 年）。那年，唐中宗将金城公主嫁给吐蕃赞普赤德祖赞，金城公主路过巴塘沟时，命人在佛像顶部依山修建了一座小佛殿，赐名“文成公主庙”。自此，这里香火不断。后来文成公主庙归当地白教寺院禅姑寺管理。20 世纪 90 年代后期，主管部门对庙内原有的三层藏式建筑进行了修葺扩建，表现藏王和群众隆重欢迎文成公主的大型壁画也得以完整保存。

今天所见文成公主庙就在玉树县结古镇 20 公里处的巴塘沟内，藏语称其为“甲莎公主庙”。主要由一座庙堂及两处院落构成，主体建筑紧连着山体。庙堂分内外两间，内间的山岩刻有九尊彩色佛像，正中是大日如来佛的雕像，盘坐于莲花宝座之上。主佛像两边又分上下两层雕刻了八尊站立佛像，分别是弥勒佛、虚空藏、金刚持菩萨、普贤菩萨、地藏菩萨、观音菩萨、佛说文殊师利和除盖障菩萨。整体来看，这些雕像神态端庄，圆润细腻，具有唐代浮雕风格，人物的着装又有汉藏结合的特点。

庙堂中还挂有松赞干布、文成公主、十世班禅和其他宗教领袖人物的画像和照片。与庙堂斜对的山岩上刻有几处佛塔的纹样，造型略别于常见的藏式佛堂。山间的岩石上到处刻有佛教经文和佛像，还有汉文雕刻的《般若波罗蜜多心经》。庙堂西边一处雕有度母像的岩石下，原来有一眼泉，据说是文成公主当年的洗手处。

据《西藏王臣记》记载，文成公主在和亲途中刻有佛像经文 108 处，其中最大的在今玉树县巴塘沟和勒巴沟。据说可以从镶嵌在庙墙上的古藏文石刻推算出其时为公元 641 年，被认为是文成公主当年的遗迹。

朔风猎猎，时光如白驹过隙。唐蕃古道上诸多历史遗迹大都随同时间的尘埃远去了，一些颇具标志性的建筑如今也荡然无存，唯有被大山环抱着的文成公主庙至今还完好地保存着。它不断吐纳着来来往往的行旅客商和僧侣使者，也见证着藏区民众的生活变化和藏汉民族的友好关系。

文成公主一行终于抵达拉萨。当时的大唐盛行佛教，于是文成公主决意建寺弘佛。据说，她用山羊驮土的方法填平卧塘，建成大昭寺的原型，因而大昭寺最初的佛殿曾被叫作“羊土神变寺”。1409 年，格鲁教派创始人宗喀巴大师为歌颂释迦牟尼的功德，召集藏传佛教各派僧众，在寺院举行了传昭大法会，之后寺院正式改名为大昭寺。

大昭寺建成后，文成公主与松赞干布亲自到庙门外种植柳树，成为著名的“唐柳”。“甥舅同盟碑”（又称“长庆会盟碑”）就立在唐柳旁。现在大昭寺大殿正中供奉着的一尊释迦牟尼塑像也是文成公主当年从长安请来的，大殿两侧的配殿内有松赞干布和文成公主塑像，十分生动传神。

后来，文成公主又修建了小昭寺。从此，佛教慢慢开始在西藏流传。文成公主还对拉萨四周的山分别以妙莲、宝伞、右施海螺、金刚、胜利幢、宝瓶、金鱼等八宝命名，这些山名一直沿用至今。

美丽的文成公主在弘传佛教，为民众祈福消灾的同时，还拿出五谷种子及菜籽，教人们种植。此外，她还带来了车辆以及生产技术和医学著作，促进了吐蕃社会进一步发展。

松赞干布非常喜欢心地善良、贤淑多才的文成公主，专门为她修筑了布达拉宫，并在这里分官定制，立法定律，派遣和迎送出访使者，不断加强吐蕃与周边各族的经济文化交流，促进吐蕃社会的安定繁荣。宫内保存了内容丰富的壁画，诸如唐太宗考验吐蕃婚使的故事，文成公主进藏路上的艰险以及抵达拉萨时受到热烈欢迎的场景等主题均有所展示，这些壁画构思精巧，色泽鲜艳，极富美感。布达拉宫的吐蕃遗址后面还有松赞干布当年修身静坐之室，四壁陈列着松赞干布、文成公主和噶尔·东赞等人的彩色塑像。

文成公主与之后的金城公主进藏和亲后，唐蕃古道上“金玉绮绣，问遗往来，道路相望，欢好不绝”。据《唐蕃古道志》记载，从唐朝贞观八年（634 年）至唐武宗会昌六年（846 年）的 213 年间，唐蕃互遣使臣 191 次。唐朝出使吐蕃 66 次，其中一年中遣使 2 次的有 8 年；吐蕃出使唐朝 125 次，其中一年中遣使 2 次的有 14 年，遣使 3 次的有 6 年，遣使 4 次的有 3 年。[1]使臣们的任务是通好、和亲、献物、

①霍福：《唐蕃古道上的文成公主庙》，《文史知识》，2006 年第 2 期。

会盟、报捷、朝贺、报聘、报丧、吊祭、请互市、迎送僧求诗书、求医、求匠等。来往的使臣从几十人到百余人不等。于是，古道上出现了"岁时往复，信使相望"的热闹场面。

唐蕃古道由此成为通往南亚的重要干线，王玄策三次出使天竺都经过这条路，玄照、道希、玄太、玄恪、道方、道生、师子慧、慧轮等高僧都曾选择古道至天竺取经，玄照一行曾两次受到文成公主的资助。天竺、尼婆罗等国的使节、僧侣、商人来往于此，尼婆罗的使臣向唐太宗献上菠棱（菠菜）、酢菜、浑提葱的种子和特产方物，唐朝的荔枝、花生、造纸术也传入尼婆罗。668 年，五天竺（中天竺、东天竺、西天竺、南天竺、北天竺）通过唐蕃古道，遣使与唐朝通好。在以后的历朝历代中，这条古道都发挥了重要的交通功能。

毋庸置疑，东起长安，西行青海，南下拉萨的这条"文化运河"就是由文成公主这位汉家女子及其随从开辟的。历史上有了她，就有了两个民族的友好交流与团结合作；传说中有了她，就有了汉藏地区那些经久不息、幽婉动人的歌谣和故事。今天，当我们来到蓝天碧野下的藏区，依然能够听到很多关于文成公主的民间歌谣，其中一首是这样唱的：

是谁给我们带来了百谷？

是那尊严的皇后文成公主，带来的谷种五千五。

是谁给我们带来了工艺百匠？

是那尊严的皇后文成公主，带来的艺人五千五。

是谁给我们带来了曼巴（医生）和医书？

是那尊严的皇后文成公主，神奇的药方解人病苦。

是谁诱导我们把书读？

是那尊严的皇后文成公主，藏族文化从此迈开了步。

神圣的皇后文成公主，她是人间最好的呼图克图，

给我们造就了永远的幸福。

诗语佛音

一

世人眼中，青藏高原是一个遥远圣洁的地方。这里山河苍茫，民族众多，也是佛教文化繁盛之地。魏晋时，高僧法显越陇山，过西秦、南凉二国，出扁都口至张掖，经西域南下，前往天竺求经。南北朝时，天竺人僧伽跋摩借羌中道南下，经河南道至益州（今成都），然后东行至南朝宋的都城建康（今南京），在此传播佛法。北魏高僧宋云从洛阳出发，经秦陇南道、湟中道，“越赤岭”（今青海日月山）、“渡流沙”（今青海湖西南共和切吉、乌兰茶卡一带的沙地），至今都兰境内吐谷浑城，从此向西三千五百里至西域鄯善，再南下至天竺国，得大乘妙典一百七十部。青海道上东来西去的高僧还有很多，加之唐蕃古道沿线藏传佛教的传播、流布，使这片高原的佛教色彩愈加浓厚。

如今，踏上高原，也就步入了雪山与神殿组成的秘境，有风马旗翻飞，经幡猎猎。草原的边地上青稞垂首而立，道路旁侧的庄廓院内犬吠声声。一座山、一片林或一条河极易成为神圣空间与俗世生活的界限，即便是同一屋檐下，也有佛堂与居室、庭院与花园构筑的二维世界。人们置身其中，简单而又真实，朴素却不乏诗意。

漫步于拉萨八廓街头，你可以读到玛吉阿米正款款步入仓央嘉措柔情的诗篇；路过金银滩草原，你也能听到卓玛姑娘放牧青春和牛羊的歌声。身处此境，善感的旅人大都会产生“我愿抛弃了财产，跟她去放羊”的豪情；一旦皎洁的月亮自山顶升起，为肉身所累的你我也会情不自禁卸下负累，悄悄问一声——玛吉阿米，你在哪里……

二

玛吉阿米，有多少人认识她？她就是民歌诗人仓央嘉措的情人，如今又演绎为拉萨街头一家颇具声名的藏式餐厅。

到过玛吉阿米的人都知道，餐厅茶几上有很多留言本，上面写满了来自世界各地游客的旅行感受，有的游客会将真情告白写在留言簿上，如果留言簿用完了，他们会将倾诉话语写在餐巾纸上夹于其中，以期有朝一日，心上人来到这里时能够读到。餐厅也会不定期出版这些留言，有心的游客可在楼下商店中买到。

过去，仓央嘉措在土黄色小楼里书写着他心中的玛吉阿米；现在，人们在玛吉阿米餐厅聆听着那些缠绵悱恻的爱情故事。可是，在我读完仓央嘉措的所有诗篇后，我感到玛吉阿米是一个巨大的精神符号，它涵盖了诗人对爱情和自由的追寻，也表达着他对宗教与诗歌的独特理解。

回眸历史，五世达赖已圆寂多年，身处动乱年代的仓央嘉措14岁时被奉为“转世灵童”，在藏南至拉萨的行进途中受沙弥戒，随后在布达拉宫正式坐床，成为六世达赖喇嘛。

身为“活佛”的仓央嘉措开始安心学经,戒律非常严格。有时候，他想走出寺院到外面看看，散散心，却为经师所不允。他时常渴望觅得一名知己，探讨人世与宗教的关联，畅想爱情的美好，然而面对现实，他深深感到人生的虚空和无意义。

虽然身处布达拉宫且有“达赖喇嘛”之名，但他只能作为一个无奈的傀儡。生活上遭到禁锢，政治上受人摆布，内心抑郁，遂纵情诗歌美人，执着于对自由与爱情的追寻，这些行为在客观上也表现为对戒律和权谋的某种反叛。他曾在一首诗里写道：“住进布达拉宫，我是雪域最大的王；流浪在拉萨街头，我是世间最美的情郎。”

仓央嘉措一心远离俗世纷争，然而他始终没有躲过命运的百般捉弄。康熙四十四年（1705年），蒙古和硕特首领拉藏汗与藏王桑结嘉措在藏地发生争端，结果拉藏汗率部击溃藏军且杀死桑结嘉措，然后致书清政府，奏报桑结嘉措谋反，并报称桑结嘉措所立六世达赖仓央嘉措沉溺酒色，不是真正的达赖喇嘛，请予贬废。康熙帝听信降旨，命人带仓央嘉措“诏送京师”。

于是，这位默念着玛吉阿米诗篇的僧人从拉萨出发，北上京师。他越过重重高山，穿过无数大泽，行至青海湖畔时猝然圆寂。但是，民间对他圆寂的时间和地点多有说法,各地流传着多种异文。有人说，他曾到五台山弘法，及至乾隆年间圆寂；也有人说，他舍弃了名位，决然遁去，曾周游蒙古、西藏、印度、尼泊尔等地，后在内蒙古阿拉善去世。

显然，人们所言多为传说，但仓央嘉措被“诏送京师”为实。他从拉萨走到了青海湖畔，后世也流传着他饱含深情的诗篇：

结尽同心缔尽缘，此生虽短意缠绵；

与卿再世相逢日，玉树临风一少年。

三

没有人知道，仓央嘉措是从此遁形于世，抑或隐匿他乡，在一个无人知晓的地方继续书写着有关宗教与爱情的诗歌。尽管在世人眼中，他放荡不羁，对佛法似乎不够虔诚，但我知道一个真正的诗人，其内心一定坚守着安宁与清澈，我甚至认为他乔装打扮溜出寺庙，是出于对政治纷争的本能反感，而非对宗教的执意冒昧。

翻阅其诗，我似乎可以听到仓央嘉措内心深处的纠结与思虑。离开拉萨走出大昭寺的那一刻，我猜想他并不快意，在“诏送京师”的荒诞寓言中他应该听到了八百多年前的空谷足音——三位著名高僧离开拉萨北向而去，他们一路辗转来到青海，在一座大山深处将藏传佛教的火种保存下来……

时光回转到公元 7 世纪，佛教开始传入吐蕃，虽然一直与当地原始本教摩擦不断，但总体上还是在不断发展。及至第八代藏王赤松德赞时期，吐蕃经济日臻繁荣，佛教发展被王族所重视。当时除了修建寺庙、翻译佛经外，藏王决定用王室收入来供养僧人，以僧人参政来削弱大臣权势。由此，佛教在藏区得以全面扩布，从而形成了藏传佛教史上的“前弘期”。

然而王室利用佛教巩固王权的做法引起了贵族势力与本教大臣的不满。838 年，藏王赤祖德赞被害，其弟朗达玛继为赞普。朗达玛上台后掀起了一场声势浩大的灭佛运动。一时间，佛寺被焚烧，佛像被毁坏，经书被抛入水中或埋到土中。朗达玛迫使僧人或还俗，或做猎户，不服从者一律处死。西藏佛教因此遭遇灭顶之灾。

当时，在雅鲁藏布江南岸的曲卧日山上，有三位僧人正在静修，他们就是被后世尊称为“三贤哲”的藏饶赛、约格迥和玛尔·释迦牟尼。他们并不知道朗达玛禁佛灭法一事，直至遇见上山打猎的僧人后才了解事情的原委。由此意识到自己已不可能在藏地继续修法兴佛了，于是经过一番乔装打扮，用骡子驮上佛经戒律和论书，昼伏夜行西逃阿里地区。没想到阿里地区当时也在禁佛，无奈之下，三人又逃往南疆、内蒙古和甘肃。在流离了几十年后，终于辗转来到了青藏高原东部的河湟地区。显然，禁佛之令尚未波及至此，零星的汉族佛寺和僧人依然存在，这为蒙难出逃的僧人生存和藏传佛教的发展提供了一处相对安宁的空间。据文献记载，卫藏僧人拉隆·贝吉多杰于公元 842 年刺杀了朗达玛后也逃遁至此，并在黄河岸边的罗金刚岩、东如玉措湖等地修法。

“三贤哲”起初来到黄河沿岸的尖扎等地修法，后来寻访到化隆丹斗央宗山的一处山洞，开始隐居修法，传播佛教。

四

很多年前，丹斗央宗山南面的黄河两岸还是水草丰茂的牧场，当地人大多信奉本教。后来随着居住形式的改变，黄河岸边出现了一个叫“加吾”的藏族村落。

村里有一名叫穆苏萨巴的年轻牧人，相传其祖先为九骁将之一的卓·达昂松杰。穆苏萨巴偶然从牧羊的伙伴口中得知，央宗山岩洞里有三位隐居修行的僧人，于是爬上高山前去拜见“三贤哲”。此后，这位年轻的牧人经常去山洞听他们讲经说法，天长日久逐渐心生信仰，遂恳请三人收其为徒，一心向佛。

看到这位年轻的牧人决计皈依佛门，“三贤哲”便讲述了噶玛霞丹《律部仪轨》的内容，声明如果穆苏萨巴能做到这里面所讲的具体要求,就答应收他为徒。15 岁的穆苏萨巴欣然接受了《律部仪轨》，并表现出强烈的皈依之心，“三贤哲”颇为感动，便收其为徒，并由藏饶赛为亲教师，约格迥为规范师，玛尔·释迦牟尼为屏教师，剃度穆苏萨巴受沙弥戒，赐法名“贡巴饶赛”，意为“通达佛教教义”。从此，贡巴饶赛开始认真研习经论，博学诸家，逐渐在学佛修法上得到长足进步。

年满 20 岁时，贡巴饶赛受了比丘戒。关于此事，民间多有口传资料。根据佛教律典的规定，若在吐蕃腹地受比丘戒，须由 10 名僧人共同主持完成；若在边远地区至少应有 5 名僧人主持受戒仪式。据说，当时化隆丹斗地区只有“三贤哲”，尚不足佛典要求的人数。为给贡巴饶赛圆满完成受戒仪式，他们派人前往康地迎请僧人拉隆·贝吉多杰，但对方以“杀死了国王，犯了戒律，不能受戒”为由，予以谢绝。无奈之下，他们又到西宁地区，请来果旺和吉班两位汉地僧人，为贡巴饶赛完成受戒仪式。[1]

受戒后的贡巴饶赛隐居在丹斗山岩洞里，在三位老师的悉心教

---

①韩官却加：《佛教在藏区的复兴与青海丹斗寺》，《青海民族学院学报》（社会科学版），2002 年第 2 期。

导下刻苦学法习经。期间，他曾前往北方今甘肃张掖一带，师从皋绒·森格扎巴研修《律部》，之后又到康地东部的拉则布杜寺，随同名僧噶·官却扎巴习修《十万般若波罗蜜多》《菩提地》等佛教经典。

贡巴饶赛天资聪慧，又勤奋肯学，其佛学造诣渐趋精深，社会声望大增，被丹斗山下的村民们尊称为“喇钦”，意为“大师”。后来，喇钦·贡巴饶赛得到了当地藏族部落的帮助，在丹斗山的岩洞边和峭壁上修建了寺院，开始广招弟子，传法弘教。从此，丹斗地区逐渐成为当时的佛教复兴中心，并对周边地区的佛教发展产生了极大影响。

而卫藏地区经朗达玛实施禁佛法令以来，寺庙被毁，僧人逃散。及至吐蕃王室后裔云丹、斡松及其子孙时，法令已不太严格，而且为缓解社会矛盾之需，王室开始有了一些尊法兴佛的初步举动，只是仍然没有正式的出家僧侣，亦不举行大型佛事活动，更没有完整的僧团组织。当时，王室后裔云丹第六世孙查拉纳·意希坚赞是山南桑耶地区一位较有势力的地方领主，他对佛教还保留着尊崇之态。当他得知安多丹斗地方佛教盛传的消息后，便选派卢梅·崔臣喜饶、珍·益西云丹等“卫藏十弟子”前往丹斗寺，拜喇钦·贡巴饶赛为上师，完成受戒，系统学习佛教的律藏及经论等众多佛法，包括“三贤哲”逃离卫藏时所带戒律方面的经典。十多年后，据说他们当中的九人学成归藏。临行前，上师喇钦·贡巴饶赛叮嘱他们要在当地建寺收徒，弘传佛法。

据说，“卫藏十弟子”之一的鲁梅·次臣希饶是最后一个离开丹斗寺的习修僧人。他在离寺前跟上师提出留一件物品作为纪念的请求，上师喇钦·贡巴饶赛把一顶涂有黄土的僧帽赠予他。鲁梅·次臣希饶于是戴着上师赐予的帽子上路，当时由于天气闷热，这位弟子就将帽子后沿叠起来戴在头上,并称之为“长尖帽”。从此以后,“卫藏十弟子”的门徒们相沿成习，头戴这种帽子，于是也就有了之后格鲁派僧侣戴黄帽的传统。

学成归来的“卫藏十弟子”并未贸然前往拉萨，他们仍旧回到山南桑耶地方。此时，派遣他们去丹斗寺学法迎佛的查拉纳·意希坚赞业已去世，其子查拉纳·额达赤巴继承父业。这位年轻的首领同他父亲一样崇信佛法。他热情地接待了这些学成回来的佛僧，并给他们将要开展的弘传佛法事业给予了积极支持。

起初，“卫藏十弟子”齐集夏鲁，创建了娘麦坚贡寺，在这里弘扬佛法。后来他们遵照上师喇钦·贡巴饶赛的嘱咐，开始分散于卫藏各地建寺弘佛，收徒传法，讲授经论。从此以后，中断了近百年的佛教在卫藏地区重新得以复兴和传播开来，并拉开了藏传佛教后弘期“下路弘法”的序幕。及至11世纪，佛教在整个藏区重新得到广泛的弘扬和发展，佛教文化逐渐和藏族历史文化相融合，逐渐形成了具有浓烈藏区特色的藏传佛教，并在以后的发展过程中形成了宁玛派、噶当派、萨迦派、噶举派和格鲁派等诸多教派。

五

当诸多弟子在各大藏区建寺弘法时，喇钦·贡巴饶赛和他的三位老师一直居住在丹斗寺。期间，主要的佛事活动由喇钦·贡巴饶赛主持。后来，“三贤哲”陆续离开丹斗寺外出云游传法。

藏饶赛和玛尔·释迦牟尼来到今互助县红崖子沟口，凿崖为洞，居住修行，人们把该处红崖称为“玛藏崖”，也就是后来的“白马寺”，崖下的村庄叫玛藏村。年迈的约格迥也在该地东面的一个山沟中静修，后来这条山沟被称作“约格沟”。后来，“三贤哲”齐聚西宁，先后圆寂于此。

元代时，信徒们为“三贤哲”在今西宁（西大街教场街）修建寺院，佛殿内塑有三贤哲巨大塑像，人称大佛寺。明洪武二十三年（1390年），青海的大土司李南哥重建了西宁大佛寺，占地20余亩，建有三层阁楼、经堂、僧舍和茶房等。四年后，西宁卫奏请朝廷，敕赐匾额“宁番”。1922年，夏茸尕布第七世更登丹增诺布出资建造佛殿，内塑“三贤哲”像，并从约格沟运来一块石碑，由宗哲札巴执笔，将约格迥的遗嘱镌刻在石碑上，这座佛殿被正式命名为西宁大佛寺。

晚年时节，喇钦·贡巴饶赛也离开丹斗寺，来到“玛藏崖”静修。据传，喇钦·贡巴饶赛认为红崖子沟的地形地貌和其出生地加吾村相差无几，于是决定今后要在这里静修圆寂。他在“三贤哲”曾经住修过的玛藏崖修建了佛殿，塑造了许多佛像及各种供物，后人又称他为“玛藏喇钦”，所建寺院汉语名称“白马寺”。

喇钦·贡巴饶赛在这里圆寂后，僧徒们将其遗体涂上药泥，塑成神像，供奉于岩洞中，《安多政教史》中说：“此像坐北朝南，面向湟水，以示佛法的弘传犹如湟水之流，源源不断。”毋庸置疑，藏传佛教的复兴离不开喇钦·贡巴饶赛，他倾尽毕生精力弘传佛法，延续律仪，传递衣钵，因此，后人尊他为藏传佛教后弘期的鼻祖，他所创建的丹斗寺被视为藏传佛教后弘期的发祥地，它保存了藏传佛教的星星火种，因而在藏传佛教史上占有十分重要的地位。

六

难以想象，作为藏传佛教后弘期发祥地的丹斗寺居然隐藏在大山皱褶深处，若没有人引路，真是不好寻觅。

朋友桂萍和她母亲是虔诚的礼佛者，那年我随同她们一起前往化隆县境内的小积石山去寻访丹斗寺。那里有个金源藏族乡，应该是青海藏族民众生活的最东头。尽管人们可以从黄河南岸的循化积石镇过河上山，也可以从黄河以北的巴燕镇翻山越岭而至，然而这两条路都不好走，即便现在每个乡镇都通了公路，但仍旧无法直接到达丹斗寺——从实际距离来看，丹斗寺与山北的下科巴村仅有 8 公里的路程，距离山南的黄河也不过 15 公里，但是不管你从何处来，若想抵达寺庙，非得攀越大山不可。

这座幽寂的庙宇好像有意避开了俗世纷扰，将自己隐没在大山深处的悬崖峭壁间，只用缭绕的香火来沟通山外的世界。

我们驱车来到下科巴村时，似乎已经走到了公路的尽头，车子再也无法继续前行。桂萍告诉我，即刻下车，步行翻越两座山后就可以看到丹斗寺了。陡峭的丹斗山犹如出现在神魔小说中的危崖，用微微倾斜的身子站定在科巴村的中央，村子因此被分割为南北两个部分，当地人称上科巴村和下科巴村。进山的路随即分为两条，北路稍缓，南路陡峭。因有随行老人，我们选择了相对平缓的北路。

在礼佛者眼里，翻越两座山的行程应该是对一个人心态的细致考验。唐僧师徒历经八十一难后才到达了西天，而我们只需攀登两座山，就可以到达目的地，在她们看来这点路程根本算不了什么。对于自小生活在大山群落中的我而言，眼前的第一座山并不是很高，抬头就可以望见山口的玛尼堆和经幡——很多时候，我认为它们就是静静的佛音，唯有静心聆听，才可辨别其真。

越过第一座山后，映入眼帘的是条狭长的深谷，到达谷底后开始攀登第二座山。此处的路径开始变得陡峭而窄小，眺望前方，朵朵闲云随意飘动在山头，天空也蓝得安详，偶尔有几只飞鸟低翔鲜艳的经幡之侧。

四周寂静无声，只能听见自己粗重的呼吸，这样的氛围让人恍然已入禅境。有那么一小段时间，自己居然恍恍惚惚产生一些奇怪的疑问——正在赶路的是我自己吗？眼前的大山是一种真实的存在吗……

再次越过山口时，我被迎面而来的群山惊醒过来。眼前是一条绿茸茸的幽静峡谷，众人沿石块砌就的小路来到峡谷底部，可见丹霞地质的岩壁上因长年水流侵蚀而布满了许多深浅不一的蚀痕，内里隐藏着许多神秘的洞窟，看上去犹如大山的眼睛。再往下走，是一处干涸的河床，从河床两侧转入一条更为开阔的峡谷后，一排绛红色的建筑群落猛然出现在眼前。

这就是传说中的丹斗寺了。这座在深山峡谷中的庙宇，不时有螺号发出肃穆的佛音。侧耳细听，还可以捕捉到一些叮咚的风铃声从殿堂或僧舍传来。

那天少有香客游人，我们在一年轻阿卡的指引下走进院落，步入正殿。殿堂修建在山岩洞窟的外面，殿堂深处是洞窟，走进去就能看到若干小窟分布在两侧。每个殿堂都有自己的来历，我们一边参拜，一边询问其掌故。

建筑规模最大的当属大经堂，始建于乾隆三十一（1766 年）年，这里是全寺僧众集体诵经的地方，内有许多精美壁画和经由十三世达赖喇嘛开过光的珍贵唐卡。大修行殿是“三贤哲”弘法，喇钦·贡巴饶赛静修和"卫藏十弟子"受戒所在地，并供奉有他们的塑像。龙王殿也叫阿尼鲁加殿，内供释迦牟尼佛、持金刚、无量寿等佛像，正殿背后有一洞窟,里面供奉着龙王。小积石山一带的民众靠天吃饭，因而龙王在一定程度上扮演着山神的角色,掌管农事雨水,意义重大，故而只在藏历四月十一日那天开门供人朝拜。

山崖上还有三世达赖修行殿。据说在明万历年间，三世达赖喇嘛索南嘉措曾来该寺朝拜，并一度闭关修持，后来人们在达赖修行处建成此殿。殿内供释迦牟尼、持金刚、无量寿、弥勒、四臂观音、绿白度母和三世达赖像。太子殿又称"热杂帕殿"，建在一片巨大的岩石下，两层殿顶金碧辉煌，院内大树参天，壁上画着须达那太子的传奇故事。不难窥见，这是一块静美之地。据说这个太子就是释迦牟尼的前世须达那太子，他和妻子曾在这里居住了 12 年，于是就有了这座殿。

太子殿左侧有一庄廓院，内有才旦夏茸的灵塔，门廊内悬有"宏法渊教"牌匾。据庙内僧人讲，六世才旦夏茸全名才旦夏茸·久美柔贝洛珠，是当代藏传佛教格鲁派的高僧，更是著名学者和藏学家，在学界颇有影响。

历史上，丹斗寺一度是藏传佛教萨迦派的寺院，是从中原到拉萨的十二站驿之第一站。后丹斗寺改宗为格鲁派。清末以来，由才旦夏茸活佛接管该寺，如今为民和县才旦寺的属寺，由才旦寺堪布、活佛管辖。

一直以来，丹斗寺是各派信徒们前来朝拜的圣地，许多高僧大德路经多麦到内地觐见或朝拜时，都要慕名前来。从民间传说中的太子须达那、修士阿吉达到保留宗教火种的"三贤哲"、弘扬佛法的喇钦·贡巴饶赛、刺杀朗达玛的拉隆·贝吉多杰，再到前来学经求法的“卫藏十弟子”、前来静修的三世达赖喇嘛索南坚措、阿柔格西·坚赞鄂色，以及改革开放以后的嘉雅央增仁波切、阿嘉仁波切、夏·噶丹仁波切和夏日东仁波切等前来朝拜讲经的高僧……丹斗寺曾迎来过藏传佛教史上许多高僧大德，也培养出了一批杰出的学者，直接推动了藏传佛教的传播与发展，也正是这些丰厚的历史传统和文化积淀，使得丹斗寺在藏传佛教寺庙中占据极高的地位。

如此神圣的丹斗寺，却为今人忽略了。亟须精神抚慰的现代人不远万里，奔着布达拉宫而去，痴迷于玛吉阿米餐厅里的故事和留言；抑或不惧缺氧高寒，为塔尔寺而来，最后却流连于西宁的茶屋酒吧……

而静穆的丹斗寺始终将自己囿于大山深处，任由时光流转、云卷云舒，已然千年。你可以抱怨它交通闭塞，隐藏过深，也可以知难而进，伴随暮鼓晨钟，涤荡心灵。

那年春天，我和朋友拜谒丹斗寺归来，对人世江湖若有所悟——我们的脚步过于匆忙，几乎无暇回顾往昔，反省自身，而藏语里的“丹斗”却是“停下来”的意思。这次丹斗寺之行，让我再次领悟到在高速行进的当下“停下来等等自己的灵魂”该有多么重要。基于这样的思考，我在笔记本上写下一首小诗，名为《春风的江湖》：

自从我拜了佛，门前的溪流
显得清澈。有时，竟像一缕桑烟
从不断冰释的怨恨中飘过

我想了想，那是春天
风很轻，像一个人薄薄的命运
却吹落了山头的雪，只留下

悖谬的世界

我看到鱼群游向浅滩，攀上植物
成为时间的叶片。江湖中
再无波澜，一枝荷兀自泅渡
它多么缓慢，如我前世的孤帆

尘世的安宁与人心的安宁应该是一体的，这样的语境如今只能到大山深处的庙宇中去寻找了，那里有佛也有诗——如果将“诗”字拆开来看，其意就是寺庙之言。难怪仓央嘉措的诗歌后世多有流传，我想它们是真正的诗语佛音。